远方，亦或是脚下

一位乡村教师的情思

赵兴国 著

中国民族文化出版社

图书在版编目（CIP）数据

远方，亦或是脚下 / 赵兴国著 . -- 北京：中国民族文化出版社有限公司，2023.10

ISBN 978-7-5122-1833-8

Ⅰ . ①远… Ⅱ . ①赵… Ⅲ . ①散文集—中国—当代 Ⅳ . ① I267

中国国家版本馆 CIP 数据核字（2023）第 211065 号

远方，亦或是脚下

YUANFANG, YIHUO SHI JIAOXIA

作　　者　赵兴国
责任编辑　张　宇
责任校对　李文学
出 版 者　中国民族文化出版社　地址：北京市东城区和平里北街 14 号
　　　　　邮编：100013　联系电话：010-84250639　64211754（传真）
印　　装　三河市龙大印装有限公司
开　　本　880mm × 1230mm　32 开
印　　张　11.75
字　　数　181 千
版　　次　2024 年 2 月第 1 版第 1 次印刷
标准书号　ISBN 978-7-5122-1833-8
定　　价　98.00 元

目录
CONTENTS

第一辑

哀哀父母

一个牛梭头有多重

不光我，就连母亲也没有想到，平日里寡言少语只知劳作的父亲，会因为一个牛梭头而发脾气打我。在我的意识里，牛梭头只不过是一截带弯的木头罢了，而父亲竟这样看重。日后，母亲曾和我解释说："你爹可稀罕你了，七六年地震的时候，三更半夜，撇下俺和你姐姐不管，抱着你就逃了出去。你爹打小就觉得你机灵，认定你是块念书的材料。"尽管母亲念叨了好几回，可伤痕依旧在我年轻的心里潜伏下来。

父亲极少发脾气，当然，他也没有发脾气的机会。贫苦难熬的日子，像泥洼道一样看不到头儿，说不定哪会儿，还会冒出个砖头瓦块什么的，绊个跟头。父亲能做的，就是和他的"战友"在田地里干活。和牛一起犁地，和锄头一起除草，和锹头一起施肥。父亲好像跟农活有深仇大恨似的，不把自己拼个遍体鳞伤，绝不罢休。每位"战友"都被他操练得锃光瓦亮的。

就算是阴天下雨下不了地，父亲也闲不住，东拾掇拾掇牛圈，西鼓捣鼓捣农具。

晚上，母亲举着昏黄的油灯，查看我左大腿上被牛套绳打的那道紫红色的伤痕，含着泪说："不就是个牛梭头嘛，坏了再做一个，看把孩子打的。"蹲在一边的父亲，一直低着头治疗"战友"——牛梭头身上的"伤口"，没有吭气。

牛梭头，鲁北平原上一种木制的农具，扛在牛的肩头，用于拖拽着力，学名牛轭。

大平原上泥土里刨食过活的农民都认识。可这个学名，没有几个人知道。这群命贱如草的生灵，一落生在这土地上，就被贫困劫掠了读书识字的权利，"命不好"是用来麻醉自己的速效药。可父亲却坚持让我读书。父亲坚定地认为，农村孩子洗干净泥腿的出路只有两条：一是读书，一是参军提干。

牛梭头是我用斧头砍坏的。20 世纪 80 年代初，我这个十几岁的青涩少年，没有从干巴巴的课本中得到滋润，我被邻居家 14 寸黑白电视机播放的香港电视剧《霍元甲》震撼着。那天中午，我在牛棚里看到一柄斧头，猛然间，脑际的电视画面裹挟着一股强劲的青春骚动，在我身体里迅猛地膨胀起来。我挥舞起斧头，配合着喉咙里喊着“哈嘿”，斧头落在那个牛梭头上。尖锐的斧刃，在牛梭头上砍出一道豁口，豁口翘起的木刺，像狺狺吠叫的恶犬露出冷森森的獠牙。

我被打之后的第二天，看到牛，才明白父亲为什么发那么大脾气。原来，牛梭头上的木刺“咬伤”了牛的肩头。此时，一块块黑色血迹凝结在牛肩头细细的黄毛上，原本红色的血迹，变成一块块墨色的岩石，变成一根根黑乎乎的尖刺，刺得我心里很疼。想到可怜的牛扛着牛梭头每走一步，那木刺的尖牙都会狠狠地噬啃它的皮肉，我心里既恐惧又懊悔。

父亲费了半天的工夫，才用菜刀把牛梭头上的豁口一点点修饰平整，再用旧布条，把“伤口”精心地包扎起来。然而用了两天，最终还是不满意，他决定重新做一个牛梭头。一个冬日的黄昏，父亲裹着透骨的寒气，从苍茫的暮色里拾柴回来。他从柴堆中扒拉出一截合适的木头来，那是截新砍的榆木，中间带个弯。晚上，母亲在炕角嗡嗡地转动着她的纺车，我在炕边儿写我的家庭作业，父亲在做牛梭头。

父亲先用镰刀清理树皮，再一点点地把榆木上大小的枝丫砍削平整。削一点，父亲就眯起眼认真地瞅瞅，瞅完之后，就接着砍削，慢慢地，那截木头，悄然展露出白净的模样。下一道工序是用砂纸打磨。打磨一阵，父亲就撮起嘴吹吹，然后用手摩挲几下。打磨一阵，父亲再撮起嘴吹吹，再用手摩挲几下。用手摩挲的时候，父亲把牛梭头放在腿上，头微微向上昂起，眼睛一眨一眨的，看着房顶，而他的注意力却全部集中在手指的神经末梢。那惬意的神情好像是在用手探知土地的墒情。最后，他把牛梭头扛在自己的肩头上，用双手握住两端来回试了几下，终于心满意足地笑了。看着父亲扛着牛梭头的样子，我感觉很滑稽，可那嘲弄轻视的芽芽还没有露出头，一股不知从哪里涌来的辛酸的潮水就吞没了我。父亲肩头上，不就真的压着一个重重的看不见的牛梭头吗？后面拖拽的，除了困苦的日子，还有倔强的信念和对命运不屈的抗争。

父亲曾有一次命运的转机。20 世纪 60 年代初，18 岁的父亲奉公社的命令，辞去村里的民办教师工作，参加了“四清”工作组，到邻县进行“社教”。一年后，“四清”工作被叫停，父亲返乡回来，然而民办教师的位置早被他人占去，父亲只得继续务农。和父亲同去的一人没有返乡，他跟在带队领导屁股后面，洒下一路哀怨乞求的泪水，终于把领导的心泡软，被安排了其他职位。而父亲却挺直胸膛，面对承包地——一个杂草丛生瓦砾满地的废弃砖窑厂。四五年后，这片废墟硬生生地被整成良田，父亲让肥硕的稻穗在鲁北平原的浩荡秋风中翻卷起金色的波浪。父亲郑重地对我说：人勤地不懒！念书也是一样，只要人家让你考学，就算考到 80 岁，我也供你。而那时心不在焉的我，却并不明白这字字句句都是父亲用汗水和辛苦提炼出来的。为了把我逼上求学的道路，他每个假期都把我摁在农活里，让我在汗水里煮着，其中很重要的一项农活，便是牵牛。播种、耕地、耘草、施肥，都需要牵牛。

“手扶好梭头，扶好。”父亲在后面指挥着我。

“驾，驾，哇哦，哇哦，唉咿，唉咿。”父亲指挥着牛。

在父亲的吆喝声里，牛用力地把头向地面探下去，用前倾的身体和地面组合成一张拉满的弓。父亲也和牛一样，把腰深深地弯下去。“驾”的意思是向前，“哇哦”是向右，“唉咿”是向左。还有表示停下的“吁——”和后退的“稍”。这千万年在这片土地上流传下来的暗语，我的父老乡亲们懂得，土地懂得，牛也懂得。只可惜，那会儿的我却不懂。十几岁浮躁的眼睛落不到这踏实的地面。我能看到的，有球场上的奔跑，有崭新的自行车，有漂亮的运动服，还有霍元甲的迷踪拳和邻村女孩扑闪扑闪的眼睛。

“你的眼呢？看啥了？你看都偏到哪儿去了？瞎眼鸡吗你？人活着，就得有一口气。你看你，阴阴阳阳没精打采的，像个啥？”

我从父亲的每个字里面都嗅到一股浓浓的愤恨。惩罚是犯错的影子，并且会被时间拖长。在那段青涩的时光中，那道潜伏的伤痕提醒我，我和眼前这个黑瘦的鲁北汉子，一定在前世就结下了打了死结的怨仇，我的举止做派似乎永远都不合乎他的标准。而在乡亲们面前，父亲却一直都是和颜悦色的。

劳累和怨愤，终于把我钉在老师布置的题海里，在我复读的第二年，熬出一纸大学录取通知书。那天，父亲用粗糙的手把通知书小心地展开，再把中间的折痕轻轻地抚平，一字一字地看。就连那红色的印章，他也扭着头对着日头看个仔细。后面有一行小字，学费 860 元。这行小字，每个字都是泥洼道上坚硬的砖块。那一晚，土炕长满了尖牙，啃咬得父亲在上面翻来覆去滚了一夜。第二天一大早，我那千难万难也没弯过腰的父亲，万般无奈之下，决定卖牛。

我清楚地记得，那是个初秋的日子。父亲低着头，手里拿着空荡荡的牛缰绳从集市上回来。他把一叠钱交到母亲手里后，便默默地走进牛棚。父亲把牛棚里里外外打扫干净，又在牛平日趴卧的地方，铺垫上干燥的沙土，那是给劳累的牛准备的温软被褥。虽然这些都已是徒劳，可父亲依旧仔细地做着。然后，他拿出牛梭头，用水，用布，一遍又一遍地擦洗。他擦洗得那样细致，就像当初打磨的时候一样。这是他亲手为他的“战友”打造的武器，他的“战友”曾扛着它，和他并肩拖拽着沉重的日子，风里来，雨里去。先前那截白净光鲜的榆木，如今已被岁月染成土黄色，内侧更是浓重的古铜色。那是他的“战友”拼了浑身的力气，用肌肤研磨出来的，每道纹理里，都浸满了勤奋不屈的坚韧。而今，他，却把他的“战友”卖了。那一刻，明媚的秋阳把我心底的那道冰冷的伤痕融化成滚烫的泪水，砸在脚下厚实的鲁北大地上。

我曾问过父亲为啥做牛梭头要选榆木，父亲说：“牛梭头担的劲儿太重，一般的木头扛不住。”听父亲这样说，我又想起父亲把牛梭头扛在肩头的样子，一个酸涩的硬块忽然堵在我的喉咙里，让我不能呼吸。大平原上的农民，扛着肩头的牛梭头，拖拽起生活的重担，挣脱命运的桎梏，需要付出怎样的艰辛啊？

现在，只要有空，年逾古稀的父亲就会自觉不自觉地到牛棚转转。那微驼的背影，看上去好像依然有个牛梭头压在肩头。那个牛梭头挂在牛棚的土墙上，和那些“复员”的犁耙“战友”一起，陪伴着岁月。

本文2017年3月发表于《山东文学》(下半月)第3期

稻穗低着头想春天的事情

在稻田里，父亲倒背着手，走在高起的田垄上。高高的天幕下，太阳从东边的地平线上升起；秋天的风，缓慢且有力地从大地上拂过；而大地，如历经百转千回悲欢离合的旅人，停下脚步，回首昨天走过的脚印，思量着明日的前程。

父亲走走停停，边走边看。有时，他直起微驼的腰身，极目远眺，好像一位身经百战的将军在检阅他的队伍；有时，他蹲下身子，用满是老茧的手，轻轻托起一穗稻谷，细细数一数有多少谷粒；有时，会有一只野鸭从田间扑棱一下，展翅飞起，远远地落到隔壁的田里。田地里的所有事情，总能让父亲兴致盎然，仿佛他本身就是田地的一部分。

对于一个土生土长的农民，热爱土地是他骨子里流淌的血脉，农田是他的圣地，庄稼是他的儿女。我总在想，对于一个热爱土地的人，是和其他爱好不一样的。土地滋养万物而不言，那是何等的善良、淳朴、安详、谦恭，而对于挚爱着它的人——父亲来说，又是何等的圣洁。

“地，不哄骗人。”父亲说。

父亲知道田地里发生的所有事情。他知道撒进土壤里的亿万颗种子，哪一颗在清晨最先露出了头；他知道哪里的庄稼开出了第一朵花儿；他知道什么时候庄稼渴了，需要浇灌；他知道，哪一天庄稼在田地里等着他的镰刀来收割。当然，田地也知道父亲，记住了他滴落的每一滴汗水和泪水，记住了他什么时候鬓边长出第一根白发，记住了他挺拔的腰身什么时候开始弯曲。

这片稻田，原是一个废弃的砖窑厂，父亲凭着一双手，用铁锨和小推车，硬生生地把这片废墟整理成良田。

1983 年冬天的一个夜晚，父亲从村委会回来，兴奋地对母亲说：“我把村北面的废窑承包下来了。”母亲听了父亲的话，很担心在那一片碎砖烂瓦上长不出庄稼。废窑有南北向的十六七亩地，烧砖的废窑在南面，北面是制砖用土后留下的大大小小的土坑。砖窑废弃后，土坑里积了很多水，都长满了一人多高的芦苇。那一年，父亲开始了造田行动。七八年的光景过后，这片废弃的砖窑厂和苇塘，在父亲手中变成了一块齐齐整整的良田。

整地的活儿，我去干过，不管是在南面还是北面，都特别讨厌。在南面，是那个砖瓦厂，碎砖烂瓦遍地都是，一锹下去，砖头瓦块和铁锹绞在一起嘁哩咔嚓地乱响，费的力气不小，锹头上却只有一丁点儿土，你要是用力不小心的话，还有可能崴着脚呢，我就崴过。看到我着急忙慌的样子，父亲就说："不着急，一锹一锹地来。"小推车装满了，便把这些砖瓦推到北面的土坑里，把坑填平。在北面干活，倒不嘁哩咔嚓的响，铁锹一脚蹬进地里，不费上九牛二虎之力，你休想把土掘到车上去，因为土里满是芦苇纵横交错的根，牵牵连连的，很结实。父亲看看我，说："你这样，这样就容易多了。"他一边说一边用铁锹把土切成小块，就像切豆腐块似的，然后装上车。看着父亲不紧不慢干活的样子，我总不由自主地想起拖拽着沉重的犁铧，耕耘土地的耕牛。

冬日的清晨，当其他人还躺在暖和的被窝里睡大觉的时候，父亲已经早早地起床了，他把牛从牛棚里牵出来，提来一桶水，掺上热水，再撒上一大把麦麸，让牛喝了，这才开始套车。一层薄薄冷雾轻轻拥着古老的乡村，晶莹的霜雪装点着枯黄的草茎，太阳懒懒的从地平线下面爬出来，眼神也是冷冷的。就在这冷冷的路上，父亲、牛、车，缓缓地走向前方的废窑厂，走向父亲的一个美好的蓝图。在这寒冷的早晨，大约没有人能体会到父亲内心的火热和坚强，这条道路也应该记不清父亲曾留下了多少脚印吧。

到了废窑厂，父亲停好牛车，从车上拿下铁镐，开始一下一下地凿开冻土。他高高地举起铁镐，用力挥下去，喉咙里发出低沉的吼声，铁镐重重地撞击在冻土上，大地都在抖动。嘿——，嘿——，一声声低沉的怒吼，内心的热火透过镐尖，传递到冰冷厚重的冻土上，冻土片片飞溅，渐渐出现了裂缝，开始松动。嘿——，嘿——，冻土被这希望的怒吼撕开，在这希望的热火的炙烤下，它屈服了，碎裂了。

我想，一定是棉衣阻碍了父亲，他把厚厚的棉衣脱下来，头上、身上冒着白腾腾的热气，在冬日的阳光下，那身影如同一座高高的山。父亲伏下身子来，把散落的冻土块搬到牛车上。冻土块都被搬上了车，下面露出了松软的未冻的土，父亲又开始一锨一锨地装土，把冻土块之间的缝隙填满。车装好了，嘴里吆喝一声，牛一塌腰一使劲，车子启动了，迎着朝阳，满载着一车的期待，走向前方。父亲一路赶着牛走着，冬日的阳光洒在这位生长在鲁北平原上的农村汉子身上。如同祖祖辈辈一样，他在这片土地上默默无闻地、努力地活着，似是一粒微尘。而此刻，这粒微尘正映射着亘古不变的阳光的色彩，这色彩里有希望、勤劳，还有坚韧。他有属于他的理想和希望，他在他走向理想的路上洒下了自己辛勤的汗水。如同燕子筑巢，在父亲的坚持下，一车车的土填下去，水坑也一寸寸地缩小。废窑厂整平了，水稻熟了一季又一季，父亲头上的黑发也白了一茬又一茬。

2005 年，父亲 60 岁，承包的稻田也到了期。按照原先的约定，应该父亲优先继续承包，村委和父亲商量，打算把那片地分给每一户。我原以为父亲会奋力保住那片浸满他汗水和希望的土地，可父亲在炕上躺了一天，说："那片地，光叫咱自己种着，不好，我是党员，应该为大家着想。"

父亲应该算半个孤儿，在他 15 岁的时候，也就是 20 世纪 60 年代的"三年经济困难时期"，我的爷爷奶奶相继去世，留下父亲和小姑。如今，每每看到我儿子吃着雪糕玩着电脑，我就不由自主地想到父亲。

我脑海里总是浮现出这样一幅画面：一位衣衫褴褛的少年，在灰蒙蒙的天幕下，一手挎着讨饭的篮子，一手领着妹妹，行走在乡间的小路上，嘴里一遍遍重复着：“大爷大娘，给口饭吃吧。”他穿行在村庄的胡同里；他在陌生的屋檐下避雨；他拿着杨木棍子和龇着尖牙狺狺吠叫的恶狗对峙；他受委屈的时候，只能一个人跑到我爷爷奶奶的坟前，无助地哭泣。我想，是不是贫苦的日子把勤劳和节俭的品质烙印在父亲的生命里？是不是孤苦无依的经历使得父亲更像这宽厚的泥土呢？

父亲是党员，先后在村里担任十多年的村支书，他带领父老乡亲种浅水藕，发展苹果园，处理邻里之间家长里短的事务。母亲说，有一年冬天，父亲带着社员去修筑防潮坝，一个多月没有回家，家里大雪封门，母亲用铁锅熬雪水，和我们姐弟几个过了十多天。如今，父亲老了，村里的大部分土地也被一家汽车配件厂圈占了，可他还坚持到临近的秦皇河去做保洁工作。每次下班回来，他总喜欢骑着电动三轮车，沿着田间的小路走一走，停下来看一看，看看水稻有没有抽穗，看看麦苗长了多高，看看这片他熟悉的尚存的土地。

我的父亲，一名普通的农民，一名普通的共产党员，如同一株普通的庄稼，在故乡这片土地上，在春风中生根发芽，在夏雨里奋力长大，在秋阳下收获希望，他用自己，彰显着一种精神的高尚和伟大。

我想，不正是一穗穗忠诚且顽强的稻谷，构筑起这大地的丰收吗？

本文 2019 年 11 月 8 日发表于《山东商报》

“福”饺子

好吃不过饺子，舒服不如倒着。饺子在中国人心中的特殊地位，是其他饮食品种不能撼动的。尤其是在北方，且不说逢年过节要吃饺子，娶亲队伍出发前的大清早要吃饺子，就连长辈训斥毛头小子也说：“你才吃了几碗饺子呀？”

人老精，鬼老灵。也不知历经几世几劫，修炼至今的饺子也有了灵气，身上罩着一圈圈若隐若现的光环。在老家，有一类饺子，不能明说，那就是男孩第一次带女朋友进家门，要吃饺子。老人称呼这叫“捏嘴”，意思是要将来的媳妇儿进门儿后要少说话。这个称呼很形象，你想想看，包饺子的时候，两手的拇指、食指用力把饺子皮儿合上的动作，是不是像捏嘴呢？能大张旗鼓说到明面儿上的，那还是“福”饺子。每年腊月三十儿晚上，千家万户，谁家不包几个“福”饺子呢？我们家便是其中之一。

大年三十儿下午，贴了春联、挂了红灯笼之后，父亲和我去上坟，母亲和妻子做饭。等我们给老坟添土压纸回来，母亲她们就已经把晚饭做好了。这时候，整个世界仿佛一下子安静了下来，路上几乎看不到行人，偶尔有一两个，也是行色匆匆。吃了晚饭，我和父亲做几样菜喝酒，母亲和妻子则在一旁拌馅儿和面包饺子。酒味儿、菜味儿、馅味儿、面味儿，混合着电视机里面的春晚，形成一团温润的中国独有的年味儿，氤氲在点点星空下这间小小的农舍里。妻子擀皮儿，母亲包。擀面杖在面板上咯噔咯噔一下下快活地碾动，小小的面团变成一片圆圆的饺子皮儿。饺子皮儿在母亲手里像一只只跳跃的白色小鸡崽，填了馅儿，变成一个个饺子。它们一排排腆胸叠肚地排列在盖垫（老家用麻绳把高粱秸秆串起来制成的锅盖）上，颇有些雄赳赳气昂昂的味道。最后，母亲把早准备好的一枚硬币拿过来，说："咱今年包几个'福'饺子呢？包三个吧，一个钱的，两个豆腐的。"不多时，三个"福"饺子就站在队尾了，和"大部队"一起等着新年的钟声敲响。从我记事儿起，每年母亲都要包"福"饺子，她说谁吃到"福"饺子，新的一年谁就有福气，这一年什么事儿都会顺顺当当的。好像每年我都会吃到“福”饺子。

大年初一清晨，在鞭炮的噼啪声里，新年庄严地向世界敞开了大门。我起床的时候，母亲已经把热腾腾的饺子端到桌上了。此时，那一队队豪迈的饺子经过柴火沸水的洗礼，业已乖乖地冒着热气躺倒在碗里。母亲一边串饺子（为了防止刚出锅的饺子粘在一起，把饺子重新再盛到另外的一个碗里）一边招呼我把赖床的儿子叫起来。母亲串饺子的时候，很认真，很虔诚，仿佛在进行一场隆重的仪式。老人家左手端住瓷碗，右手拿着竹筷，竹筷贴着碗内侧轻轻地探下去，探下去，然后轻轻地搅动一下，动作那样轻，好像碗里有不可触碰的亿万珍宝一般。随着母亲的搅动，一团团热气在碗口升腾起来，在这间农家小屋里弥散开一层淡淡的雾气，和窗户玻璃上的剔透精致的窗花相映成趣，而窗外，亿万颗鞭炮炸响的声音汇成洪流，在天地间回响。偶尔，母亲会用筷子小心地夹起一个饺子，轻轻摆放在瓷碗里，然后用筷子压一下，就像在春天的土地里埋下一粒种子。

我喊了半天，儿子就是不动弹。

母亲说：“算了算了，不起就不起吧。给他端过去一碗，让他在被窝里吃。”

我说："那怎么行呢？"

母亲说："大过年的，别吵吵，一家人消消停停地就好，惹得他哭哭咧咧的干啥。"

吃着吃着，儿子忽然把一个已经吃进嘴里的饺子吐了出来。

儿子看着碗里的饺子说："这是什么呀？"

母亲走过去，看了看，说："这是'福'饺子，你有福啊。"

儿子皱皱眉，说："我不吃这个。"

母亲笑着说："傻小子，'福'饺子，这一年不生病不长灾，硬硬朗朗的，快吃了吧。"

过了一会儿，父亲笑着说："我的碗里也有一个。"

母亲回来坐下，说："还有一个钱的，看看在谁碗里，谁吃着谁有福，挣大钱。"

忽然，她"咦"的一声，慢慢把吃进嘴里的半个饺子放到碗里。那是半个"福"饺子。她看着我，一脸的疑惑，说："怎么在我的碗里呢？"

我说："您有福啊。"

母亲思量了一下，笑着说："都有福，都有福，咱一家人都有福。"

看着两鬓斑白的母亲，我的眼睛忽然很酸涩，忙站起来问：“有要‘忌讳’（醋）的吗？”母亲说：“对啊，老了老了，忘了，别忘了醋碗里点上点儿香油珠儿。”

其实，昨晚包饺子的时候，我就看到了，母亲像过去一样，在每个“福”饺子上都做了细微的记号，刚才在盛饺子的时候，分别把“福”饺子放在我们碗里，我趁她哄孙子的工夫，把她故意放到我碗里的“福”饺子悄悄夹回到老人家的碗里了。一个小小的“福”饺子里，充盈着母亲对儿女多少的祝福啊，唯独遗忘了她自己。

我看着母亲小心翼翼地把剩下的半个“福”饺子放进嘴里，一丝幸福的笑容在老人家的脸上散开，如那漫天飞舞的烟花一般绚烂。

本文 2019 年 2 月 15 日发表于《滨州日报》

父亲走在冬天的风里

父亲裹着厚厚的棉衣，坐在牛车上。牛车，走在冬天的风里。

苍茫的天底下，浩荡的寒风，呼啸着掠过干瘦的鲁北平原，把父亲和牛车打磨成一座雕塑。哒，哒，哒，黄牛迈着悠然自得的步子，不紧不慢地一步一步地往前挪动着，节奏缓慢且坚实，正如一辈辈生于斯老于斯的乡亲，一年又一年，用辛劳和淳朴一点点地改变着自己的命运。仿佛自有了这大平原，这座雕塑就伫立在那儿似的，和这里的一草一木、一山一水，早已融为一体。

对于一个土生土长的农人，一辈子有两件大事儿，一是盖房子，一是打发孩子结婚，尤其是给儿子娶媳妇。而娶媳妇的前提就是盖房，而盖房，就要有宅基地。自从我家划分了新宅基地，冬天，父亲和牛的主要任务就是往新宅基地拉土。新宅基地是一片靠公路的两米多深的水湾，在路的东边。水湾太深了，一车土填进去，便不见了踪影。路的西边是一条引黄渠，每年都有泥沙淤积。在我儿时的记忆里，到了冬天，就会有外地人来清淤，老家叫作“上赋的”。后来，等到家里分了宅基地的时候，清淤的工作主要是用泥浆泵了。村里有需要垫宅基地的脑筋机灵的人，买了烟酒，送过去，说些好话，泥浆泵的老板就安排人把输送泥浆的管道铺到那人指定的位置，个把月二十天以后，一块儿基本平整的地就整好了，只要等着阳光把它晒干就可以了。母亲曾经不止一次地向父亲建议用这样的办法，可是父亲就是不同意，父亲说：“淤积的土是死的，不透气，种上东西不长。”争执了几次，母亲见拗不过父亲，干脆一甩手不管了。于是，每年忙完秋收秋种，父亲便和牛开始拉土填湾的工作，这项工作前前后后做了八九年，中间换了三头牛。

父亲抄着手，怀里抱着一根拇指粗细二尺来长用来驱赶牛的木棍。每当车上拉着重重的冻土块，到了家门前那个上坡路的时候，父亲的面目就开始狰狞起来，一手拽着车，一手挥舞着木棍，嘴里大声地吆喝着，“驾，驾”。此刻，牛把头深深地垂下去，垂下去，额头几乎都要和地面接触了，肩头高高地耸起，鼻孔里喘着粗气，仿佛要和高坡拼命似的，和父亲一起把车上这一大堆重重的土拉进家里去。父亲虽然恶狠狠地挥舞着木棍，这木棍却很少真正地打在牛身上，即便是打，也是轻轻地敲一下而已，因为他不舍得真打，在他心里，牛早已是他同甘共苦的战友。那年，他的这个不会说话的战友正在帮助他完成一个理想——盖一幢房子。

冬日的清晨，当其他人还躺在暖和的被窝里睡大觉的时候，父亲已经早早地起床了，他把牛从牛棚里牵出来，提来一桶水，掺上热水，再撒上一大把麦麸，让牛喝了，这才开始套车。平日里，从地里干活回来，父亲总是要在路边停下来，割上一大包袱青草，回家后用铡刀细细地铡了，再喂给牛。在我看来，父亲对牛的关心远远超出对我们姐弟几个的。我那时的主要任务是给牛割草，放学后，隔着墙，把书包扔进院子里，再拿起父亲早早地在门洞里放好了的镰刀和包袱，去给牛割草。晚上，父亲躺下睡觉前，也总是要到牛棚里去看看，用竹筛把草料细细地筛了，再喂一遍牛。隔着窗子，我经常能听到外面传来的窸窸窣窣的筛草声响。伺候完牛，回到屋里的父亲还有一项任务要做，那就是翻看我们的作业，父亲经常对我们说：“只要学校不撵你们走，砸锅卖铁我也供你们。”

确如父亲所说，那些用泥浆泵淤积而成的院子里的土是不透气的，撒上了种子却长不出东西，只能是光秃秃的。而我家的这个普普通通的农家小院，一年四季都被青翠的绿色主宰着。勤快的父母在院子里不单单种了各式各样的青菜，还有果树，诸如苹果、梨树、葡萄树、枣树，就连墙根底下也没闲着，种了丝瓜和倭瓜。

早上，父亲总喜欢背着手，漫步在庭院中。在这片土地上，每一寸都浸满了他的汗水，每一株植物都孕育着他的希望。他瞅瞅这儿，看看那儿，不时地还要蹲下身子来，眯起眼，细细地端详每一片叶子。这每一片叶子上的每一条叶脉间，都有他的一份坚持。正是有了他的坚持，才有了这一片青翠，也正是有了他的坚持，我们姐弟几个，一个个都完成了学业，参加了工作，健康地长大成人。

如今，每次我们姐弟几个回家，临走的时候，父亲和母亲总是要送到大门外，并且给我们每人都装上一大袋子这样那样的菜。我们说吃不了那么多，父亲说：“我和你娘也吃不了，你们出去买，不也要花钱吗？”

回到自己的小家，在厨房把这些菜蔬洗净，看着菜叶上纵横的脉络，不由得想起那些过去了的冬天，想起父亲和牛车走在如刀般凌厉的风里，走在鲁北平原的一条条乡间的路上。

本文 2017 年 5 月 5 日发表于《鲁北晚报》

母亲的天堂

没有冬天的严寒，不会珍惜春日的温暖；没有夏日的酷暑，不会享受秋日的凉爽；用自己辛劳的汗水浇灌出的果实，最为香甜。事情大概是这个样子。

1978 年到 2018 年，这 40 年的光景，用母亲的话说：日子那是尥着蹶子地往上蹿啊，现如今，那就到了天堂了。我无法深刻地体会母亲这种天堂般幸福的感受，因为她老人家说过，我三辈子也吃不了她一辈子吃的苦，顶多也就碰了一点儿苦日子的尾巴。1972 年出生的我，面对 1945 年出生的母亲，也只能凭着我的记忆和感受，大致从一个庄稼人吃穿住用的角度，来品鉴一下母亲口中天堂的滋味。

民以食为天，咱就先说吃。

1978 年，我 6 岁。我记得那时候家里的主食有地瓜干窝头、玉米面饼子，模模糊糊地，还有菜团子，菜，主要是咸萝卜条。

地瓜干窝头是黑色的，拿在手里黏黏的，吃进嘴里，有一丝丝甜。玉米面饼子，干硬硬的，拉嗓子。菜团子什么味儿记不得了，只记得母亲用两只手狠狠地团成团，沥干水后，再在玉米面里滚一滚，蒸出来叫“滚团子”。那时候，村里的盐碱地很多，粮食产量不高，玉米亩产量五六百斤就不错了，现在动不动就 1000 多斤。产量低，再交了提留公粮，家里人口多的，就不够吃。咋办呢？到粮站去买。母亲说，十块钱就够一家人吃一个月的。因为那时的粮食几分钱一斤。特别困难的年景，上级政府也会发救济粮——地瓜干。

分地瓜干的地方在大队仓库。“啪，驾驾，喔喔喔……”，车把式手里甩着鞭子，嘴里大声地吆喝着，赶着马车从村口的大路上来了。苍黄的天底下，一群穿着洗得发白的补丁摞补丁的黑色粗布衣服的农民，拿着同样布满补丁的口袋，眼巴巴地看着村口。我们一堆鼻子下面拖着清鼻涕的孩子，大呼小叫地在车前后跑着，车上拉的是大麻袋，麻袋里装的是地瓜干。知道我们为什么那么开心吗？因为我们的零食到了。你别看那带着黑色霉点的地瓜干跟长了雀斑似的，口袋里塞上三四块，小手拿着放进嘴里，咔吧咔吧一嚼，还真别有一番滋味呢。那天，我跟我12岁的小外甥说我小时候吃薯条都论麻袋，他满脸的羡慕，还不大信呢。

不吃那个，能吃啥呢？汉堡、炸鸡腿、旺仔小馒头吗？我听说这些名字，都是十几年后的事儿了。只有过年或者走亲戚的时候，才能尝到糖块和饼干，女孩子不舍得吃，悄悄藏在褥子下面。我们家里屋有一口木箱，母亲爱在箱子角放一个苹果。母亲说每每打开箱子的时候，只闻到那股味道，便特别享受。

那时候孩子们的零食，真的是纯天然绿色无污染。春天，白茅的嫩芽（我们叫谷笛）、榆钱儿；夏天的狗茄（学名苦天茄）、莲蓬子；秋天的枣子、烧蚂蚱；冬天呢？冬天烧麻雀。

我对枣子的印象很深，因为老家前面有个打麦场，麦场上就有两棵枣树，枣树是邻居五奶奶家的。从枣子花生米那么大，五奶奶就捆着裤脚踮着小脚，像一只螳螂一样，坐在门洞的蒲团上，看着枣树。我们四五个孩子，在墙角躲好，探头探脑地查看情况。一旦“敌人”脱离岗位，我们就蹑手蹑脚地一哄而上，纵身上树，嘴里吃着，手里摘着，怀里揣着，如“大圣”进了蟠桃园一般。孰料，正在得意之时，忽听背后有人大骂：小兔崽子们，大灯白眼地偷东西啊，看我不撵到你娘的妈妈头儿上。扭项回头闪眼一看，正是五奶奶高举着拐杖追了出来。于是乎，哇呀一声，望风而逃，一哄而散。待气喘吁吁地躲到僻静之处，偷眼回瞧，“追兵”未至，这才扑通一下坐下，享用一路颠簸后所剩无几的枣子。殊不知，家门口，五奶奶正拿着折断的枣树枝堵着，下地回家精疲力竭的老爹，还有一顿巴掌“饼子”伺候呢。

那年月，用母亲的话说：孩子们能填饱肚子活命，就阿弥陀佛了，大人在地里累死累活的，管孩子可不就用巴掌吗？逢年过节，走亲戚来朋友，家里有点好吃的或者待客的，大多在房梁上吊一个钩子，钩子上挂个篮子，把吃食存在篮子里，一来防老鼠，二来防馋嘴的孩子。当初，大人吓唬孩子，是：要不然不给饭吃；现在，孩子恐吓大人，是：要不然，不给吃饭。

倘若母亲看到我上面说的话，一准儿把嘴一撇，说：“你吃过榆树皮吗？你吃过棉籽皮吗？你吃过棒子瓤吗？你见过饿死人吗？1960 年闹饥荒的时候，一个人一天二两的粮食定量，能活过来的，就是命大的啊。”

我问:“那你饿了吃什么呢?”

母亲说:“啥都吃。”

再说说穿吧。

说到穿,很有必要说一说我姐姐。

姐姐比我大4岁,是1968年的。母亲说姐姐落生的时候连块裹孩子的布都没有。我问那咋办呢,母亲说把姐姐揣在怀里。这让我想起歌剧《洪湖赤卫队》韩英狱中对母亲的那句唱词:日夜把儿贴在那胸口上。我问后来呢,母亲说是五奶奶送来一块布,做了一个小口袋装孩子。可不像现在,孩子还没出生,就早早地厚的薄的,把什么都准备好了。

那种装孩子的布口袋,我见过,也肯定在里面待过。袋口缝两个扣子,防止孩子挣出来。袋子里铺上一层烧热的细沙土,把光溜溜的婴儿往里一放,不管是尿,还是拉,都不用管,有时候,一天都不用照看一下,大人该干吗干吗。这种布口袋有的孩子能穿近一年的时间,早上还躺着,下午自己个儿钻出来,满地跑啦。

跟同龄朋友聊起那个时候的穿着,他说他印象很深的是一件的确良衬衫。那是一个投河自尽的孩子遗留下来的，朋友平生第一次有了一件真正属于自己的衣服，虽然衣服大得连屁股都蒙住了，虽然那是亡人的，可是他依然很开心，因为那是一件新衣服。朋友他先前的那些衣服，只能是哥哥穿过了的，缝了又缝、补了又补的。

母亲也说过关于衣服的一件事。那年母亲十五六岁了，姥姥在母亲八岁的时候就过世了，姥爷在市烈士陵园看门，母亲跟着大舅和大妗子在老家，和表哥表姐在西屋的一铺土炕上住。母亲说这件事的时候眼圈一红，叹了口气。她说，快要到收麦子的时候，她还穿着一件夹袄，里面不要说衬衣，就连内衣都没有。一个晚上，她趁大家都睡着之后，点起油灯，披上被子，自己悄悄把夹袄拆了，趁夜，自己又缝起来早上穿。我听着母亲絮絮叨叨地那样说，就像我自己受了天大的委屈，就像自己的娘受了坏人的欺负，可我只能眼睁睁地看着，束手无策。我的泪也下来了，并且号啕大哭起来。一个豆蔻年华的女孩子，本该花枝招展的，本该羞涩矜持的，本该备受呵护的，本该清纯靓丽的。可我的母亲呢？她看到的，只有如豆的灯盏和无边的暗夜。

母亲却笑了，说："傻孩子，哭啥？那时候，就那样。”母亲说这话的时候，神态很安详，和我记忆里，她盘腿在土炕上摇着纺车纺线一样。

衣服被褥都是家织布，织布便需要纺线，纺线便需要棉花，为了多收获一点棉花，母亲和邻居家的大娘、婶婶，霜降以后，外出“乱”棉花桃子。这里这个“乱”，是个动词，捡拾的意思。在我老家，有个不成文的乡俗，霜降之后的庄稼，便归公共所有了，只要勤快肯吃苦，一天四五十里路跑下来，也能“乱”十斤八斤干瘪的棉花桃子。夜里，昏黄的油灯下，我趴在炕沿上写作业，母亲忙着收拾那些棉花桃子。母亲把它们铺在地上，先是用脚踩，咯吱咯吱的一阵响声之后，有一些裂开了口，露出里面白色的棉絮。母亲便把棉絮剥出来。如此几番，地上剩下的，是些又黑又小的棉桃。母亲便拿起早准备好的手腕粗的柳木棍子，吭哧吭哧一顿打。被棍子打的这些，是要另外存放的，因为里面的棉籽也被打碎了。母亲说：有件事，我一直放不下，你姐姐小的时候，俺年轻也不知道，就连棉籽种一块儿絮了一床小棉褥子给你姐姐铺，哎呀，那孩子躺在上面得多难受啊。可我不能忘记的，是一件草绿色的军大衣。

1986 年，我在离家 20 里路的镇中学上初三，住校，每周六下午骑自行车带着被子回家，周日下午再带着被子返校。那时候，我们管自行车叫洋车。之所以来回带被子，是因为学校没有围墙，宿舍的门窗也是破破烂烂张口瞪眼的，一把锁，亦不过吓一吓老实人而已，有时候，便会发生失窃事件，所以老师特别嘱咐，把被子带回家。后来，因为邻村一个同学的缘故，我搬到他所在镇税务所一间作宿舍的房子里，和他搭伙做伴，直到毕业，这才免去了来回带被子的麻烦。

一个冬日的中午，我正在税务所的宿舍里吃饭，父亲裹着一身寒气，忽然来了。父亲戴着一顶黑色的雷锋棉帽，黑色家织布的棉衣，腰里系着一根天蓝色的围脖，黑色棉衣的边角布满了斑驳的白色，很是破旧。父亲见到我，从自行车后座上解下一件草绿色的军大衣给我，说这是母亲来回跑了60多里路到市区的军用品服务站给我买的，所用的钱，是承包地里的藕换来的。父亲没有进屋，只是把我替换下的那件油田工人棉衣，捆在自行车上带回家去。不知怎的，我一直忘不了父亲在税务所门口向我挥手远去的背影，我清晰地记得，父亲只带了一副黑乎乎的白线手套，那么冷的天，要走那么远的路。

那件军大衣我一直穿到我 1994 年参加工作后，领了工资，买了一件波司登羽绒服。到那年，父母承包的土地已经到了 30 亩。打那件军大衣开始，我的棉衣袖口便不再缝“腕袖”（为了保护棉衣袖口磨损特意缝上的一层布）了。

老家的房子哪年盖的，母亲记得很清楚，就像记得她几个儿女的生日一样，每一块砖，每一片瓦，每一个土坯，都有她的辛苦、希望、祈盼和骄傲。要知道，一个庄稼人，证明自己的方式，可不就是这吗？母亲说，老屋跟我妹妹同岁，1974 年的；新屋跟我儿子同岁，1996 年的。父亲说，庄稼人，一辈子养老护少，有两件大事要做，那便是盖屋、娶媳妇。母亲说，盖老屋的时候，家里只有 30 块钱。我一算，盖老屋的时候，父母才 29 岁，换到现在，结不结婚还不一定呢。

老屋是 4 间土坯房，红砖的基础。脱坯垒房这活儿，我见过，也参与过的，是邻居五奶奶家的偏房屋。脱坯时间，最好是秋后，盖屋的时间，最好也在秋后。收了玉米种上麦子，再割了稻子，忙完农活离大雪封地还有一个多月的时间，虽然天气已经有些凉，可对于忙碌了一年的庄稼人，是个很难得的大空闲，可以安排一些大事来做，比如说脱土坯。脱土坯需要三个条件，人、土，还有天气。要不怎么说一方水土养一方人呢？大平原上有的是土，这里的人干活从来不惜力气，还有，秋后的天，一场秋雨过去，那是响晴响晴的。

俗话说得好，养得起猪垒得起圈，娶得起媳妇管得起饭。当爹娘的，连个窝巢都垒不起来，还怎么让孩子成家立业呢？这在农村，那就叫做人没有完成任务，庄乡爷们儿，四邻八乡，难免就撇嘴斜眼，背后指指点点说三道四。就拿现在来说，结婚娶媳妇，不也是要房子吗？可说的时候，上下嘴唇一碰，轻松加愉快，可做的时候，谈何容易啊？尤其是对于把每分钱都穿在肋条骨上的庄户人家，更是难上加难。土是不用花钱的，可邻居帮工可是要管饭的，对于庄户人家，粮食粒子就是钱。还有，房屋基础是要买砖垒，不然，一泛碱，土坯用不了几年就腐蚀碎成土末末了。还有檩条房梁，即便自己种树，那也要雇木匠拾掇，也需要钱。

用母亲的话说：那时候，挣分钱太难了，除了卖粮食粒子，啥法也没有。我说：打工啊。母亲说：你以为就你心眼儿多啊，那时候，空有一膀子力气，你没地方使，连个厂子也没有。咱们家那架“工农”牌缝纫机，还是你爹修防潮坝挣钱买的呢，那么累的活儿，两头儿不见太阳，但一天吃五顿饭啊，咱们村里还有好多想去去不上的呢。

垒房的活儿很辛苦，我干过，我知道。买房的时候到处借钱，很为难，这我也知道。可如母亲嘴里所说的，盖那老屋，除了身体上所受的劳累，心里还要经受多少焦虑，我就不得而知了。母亲说：“盖这新屋，就容易一些了，包了地，年年有收入，攒一点钱，就备料，砖啦，木头啦，还多亏了你姐姐，借给咱一万，救了大急了。”说到这里，我想插句话，说说父母承包的那块地。

那块地是一个废弃的砖窑厂，二十几亩大小，大致可以分成南北两部分，南面是砖窑的废墟，碎砖烂瓦到处是；北面是烧砖取土留下的坑，深浅不一杂草丛生。可就是这样一个地方，父母凭着一辆小推车和两柄铁锨，硬生生地整理成良田地。整地的活儿我去干过，南面，一锨下去，嘁哩咔嚓，面目狰狞的砖块和锨刃一阵撕咬，不小心还可能崴了脚；北面，土里草根密布纠缠不清。两位老人，捡拾了南面的砖块，填进北面的土坑，再推着土回来，在废墟上铺一层土。苦心人天不负，地整好后，父母在北面地势洼一些的田里种了水稻，南面高一点的田里种了棉花。

当秋风轻轻地拂过每一穗低垂的金黄的稻谷之时，稻田看上去像是一块飘动着的金黄色的绸缎，又好像是一队队接受检阅的士兵，父亲则像是把绸缎捧在手里醉心欣赏自己杰作的织工，又像是运筹帷幄决胜千里的大将军。

一个秋天的傍晚，我放学回家，母亲在棉田里拾棉花还没有回来，父亲让我去地里看一下。我出门的时候，一轮又大又亮的月亮正从东边的地平线上升起来。我远远的，看到棉田里白花花一片，像大海泛起的浪花，走近一瞅，哪里是什么浪花，是盛开的棉花啊。我原本要喊母亲回家的，却不由自主地留下来，腰间捆上布包袱，一起干起来。没过多久，父亲也来了。

我们拾完那块地的棉花的时候，月亮已经高高地挂在南天上了。亘古不变的银色月华，洒在我们身上，也洒在老家的屋顶上，天地之间是那样的澄澈。那个夜晚，则在我生命里刻下一道深深的印迹。一分辛苦一分收获，夏日里母亲跪在棉花田垄里摘棉花的汗水，在此刻，凝成那一缕安详的喜悦。

去年秋后，社区里安排煤改气工程，母亲坚决不同意，说："俺和你爹还不知道能活几天，花那钱干啥，白瞎。"我半开玩笑地说："咋能说白瞎呢？我们尽了这份孝心，也让您享受享受暖气，早上起床，也别再'刷冷堂子'了，就算您将来走了，我们哭的时候，也安心啊。"本来是玩笑话，说的时候，我眼睛里却有一种苦咸苦咸的味道。

刷冷堂子，是我们老家的一句土话。过去土屋取暖，顶多是烧火炕，后来烧煤炉子，再往前，听说，有的人家为了暖和，把大牲口晚上也牵进屋里。土炕刚躺下的时候，是挺暖和，可睡一晚，炕凉了，到了早上，可就遭罪了。现在，都有保暖内衣，厚厚实实的，穿着睡觉，早上起床穿衣服也暖暖和和的。可我们小时候，没有保暖内衣啊，光着身子溜被窝，光着身子穿棉衣。三九天，水缸里一晚上结二指厚的冰，大早上，除了被窝里那点温和气儿，到处都冰凉。若是没有火炕、炉子的冷屋子，那更了不得，早上地面上能结一层白生生的冰霜，尿盆冻成一个冰疙瘩，拿出去不用倒，往地上一扣就行。不是有那么一句话吗？小伙子睡凉炕，全靠火力旺。我至今还记得起床时母亲给我烤棉裤、棉袄的场景，不烤还能咋样呢？那时候就那条件，没办法啊。

在我的坚持下，壁挂炉上墙，地暖管子铺上，我又耐心地教了母亲几遍如何开关，这暖气，母亲就用上了。以后早上起床，甭管多冷的天，老人再也不用“刷冷堂子”了。

今年惊蛰那天，我和母亲在老家门口的菜地里，用铁锨平整菜畦。太阳很大，不多一会儿，我便热得把羽绒服脱了下来，沐浴在自南方款款而来的春风中，顿觉一身喜气洋洋的清爽。我想，陪我跟严冬厮杀的这身重铠，自今日起，便可刀剑入库马放南山了。母亲说：“现在条件真是好了，装了壁挂炉地暖，过这个冬天，我也连厚棉裤、厚棉袄都没有穿，尤其是早上起床，不受罪了。唉——，这才几天啊，跟做梦一样。你出村上初中那会儿，冬天一放学，冻得一进胡同就哭，回家第一件事儿，就是爬到炕上，暖和暖和手脚。星期天回家来，还出去打柴火烧呢。”母亲絮絮叨叨地说着，晴好的阳光，镀在她鬓边的银发上，分外闪亮。

每每听到母亲这样说，一层悲壮且苍凉的云团便悄然涌上心头。底层的生命，顽强地活下来，能吃饱穿暖，竟成了一种奢求。我对于母亲口中的打柴火，再熟悉不过了。

我打记事儿起，农村里除了其他农活之外，还有一项活计，叫作打柴火。不管是路边沟坡的野草，还是巴掌大的杨树叶子，都要，若能刨到一个树根，那简直就跟捡到了金疙瘩一样。不过刨树根的活儿，没有砍斧、镢头和一身力气，是极难成功的。七八岁的半大孩子，则用一截铁丝做针，纫上一根长麻线，把地上落叶穿成一只大大的“毛毛虫”拖回家。柴火在灶膛里燃烧，热量储存进土炕厚厚的土坯里，晚上躺下，被窝里热乎乎的。那时，睡热炕头，可是一种身份的象征。“二亩地，一头牛，老婆孩子热炕头”，千百年来，农民的理想生活不也就是这样吗？

就在我追思往事的时候，近旁一辆收废品的三轮车正开着电声喇叭路过。我问母亲那老煤炉卖了没有，母亲说还没有。于是我叫住那三轮车，回身进家，在杂物堆里翻出那只铁炉子来。

那是一只铸铁的煤炉，形状很像现在酒店里烧木炭的铜火锅，只是这么多年过来，早已“暮去朝来颜色故”，浑身上下，锈迹斑斑，一副灰头土脸的样子。母亲问收废品的人说：“多少钱一斤啊？”那人回答说：“都锈成这样了，也就两毛钱一斤。”母亲把脸一拉，说："才两毛呀？那俺不卖了，当初买的时候，花了25块呢，你看这，收拾一下，还能用啊。"一个从困苦的泥潭里挣扎上岸的人，会把恐惧刻进骨头里。比如母亲，在母亲眼里，一根草都有一根草的用处，更何况一只铁煤炉呢？记得有一篇报道，说青岛的一位老人，邻居投诉后，被家人哄着离开家，家里的垃圾足足运了三车，不料想，老人返回后一个月，房子里垃圾又满了。我很担心，再过几年，母亲会不会也跟那位老人一样。

别说一只铁煤炉不舍得卖掉，前些年，那些用过的农具，母亲都擦拭干净后，放在老屋的角落里。除了锄镰锨镐，耕耘耩耮，还有手推车、轧花机、柴油机、水泵，等等。我也曾不止一次地建议统统卖掉，可母亲总是舍不得。

清明那天，我回家，看见母亲正坐在小板凳上，在老家的屋檐下收拾丝瓜种子。母亲鼻梁上架着老花镜，戴着一顶紫红色的帽子，穿着红底黑花的外套。经过一个漫长的冬天的晾晒，臃肿的老丝瓜先前墨绿色的外衣已经变成土黄色，柔韧的外皮也变得干脆。母亲先是把它们摆在地上，用脚踩碎，再拿起丝瓜瓤，抖一抖里面残存的渣滓。丝瓜瓤的丝虽然很纤细，但相当柔韧。不由得令人感叹，那是一种生命的奇迹。母亲说，丝瓜瓤可以用来刷锅洗碗，用着还很顺手。只待一场厚实细密的春雨把土地滋润后，母亲手中那黑色的种子又将破土而出，在新的一年里，绽放出新的一丝生命的绿色。

春日的阳光透过玻璃窗，在老人家身上镀了一层金色的光晕。那一刻，我愿时间就那样凝固下来，让所有的辛劳、努力和喜悦都凝聚成那一份祥和。

或许那便是母亲所说的天堂的滋味吧。

本文2018年入选《2018齐鲁文学作品选》

“筷儿长　道儿长”

“孩儿想娘，筷儿长；娘想孩儿，道儿长。”这句话的意思是说，孩子想娘的时间，像筷子那样长；而娘想孩子的时间，像道路那样长。我很早以前听母亲说过这句话，只是不大明白，其实原本也就没有放在心上细细地想想。

1996 年初春，家里盖新房，可我却陪着妻子住进医院的产科。母亲白天忙完家里、地里的活儿，傍晚的时候，就骑自行车到医院来陪床，那时候的我很不懂事，不知道关照母亲多休息。现在，我的儿子已经 20 岁了。还记得儿子刚出生的时候，当面无表情并且有点不耐烦的护士小姐确切地告诉我说：“19 床，男孩。”我高兴得几乎跳了起来，抱着等在产房外的母亲转了好几圈，母亲也笑了。可第二天，我便发现儿子哭出来的泪是黄色的，医生告诉我说小家伙得了新生儿黄疸。医学知识匮乏的我看着襁褓中的儿子，也泪流满面。我跟在医生后面一遍一遍地问："大夫，孩子不要紧吧？"医生回答说："暂时看来没问题。"此时已经惊慌失措的我隐约地明白"暂时"的后面可能会是什么，于是我跟在医生屁股后面又问："那以后呢？那以后呢？"而医生却径直走了，只留下傻呆呆的我站在医院的走廊里。后来跟朋友说起这件事的时候，他们都笑我白痴，说我夸张，可我一点儿也不觉得，因为我真的非常爱这个刚刚见面两天的小家伙，胜过爱我自己，真的。

记得儿子蹒跚学步的时候，每当我早上出门上班，母亲都会哄着他离开，因为小家伙一看到我走就会哭，每当我听到身后那稚嫩的哭声，我觉得好像我的整个五脏六腑都在被一只无形的大手无情地撕扯，这时的我真的明白什么叫"牵肠挂肚"了。傍晚时候，放学了，远远就能看见守望在家门口的母亲，怀里抱的是我的儿子，小家伙看见我以后就会挣脱母亲，一边用稚嫩的声音喊着"爸爸"，一边像幼鸟一样扑扇着羽翼未丰的双翅向我飞来。那一刻，那一身的风尘，满心的疲倦，都烟消云散了，在我的眼中，只有他那灿烂的笑脸。如果说真的有神灵的话，儿子一定是上天赐给我的快乐天使。

晚上，看着儿子熟睡的脸庞，我不止一次地暗暗向上苍祈祷，我要让儿子健康快乐，为此，我愿用我所能拿出的一切来兑换他在以后的日子里将要经受的苦难，我愿用我所有的力量来为他撑出一片晴朗的天空。每天晚上，母亲都会走过来，问我："睡着了？"然后俯下身子，用手轻轻地抚摸一下小家伙的小脸蛋儿，仔细地端详一会儿才离开。就在走出房门的时候，母亲习惯性地回过头来对我说："早点歇着吧。"看着老人家微驼的背影，我的眼泪竟然不知不觉地流下来。我深深爱着我的儿子，而母亲又何尝不是深深地爱着我和我的孩子呢？扪心自问，我爱她老人家又能有多少呢？

"不做父母不知父母恩"，往事在这一刻一下子涌上心头，我开始明白母亲为什么能够步行六十多里路给我去买一件军大衣；在零下十几摄氏度的冬天的早晨等在医生的门口半个多小时；点一盏油灯，拿着针线，在深夜里缝补着儿女的衣衫，等着为上晚自习的儿子打开家门……母亲她老人家不识字，她说小时候自己报名上识字班，可因为家里穷，没有去成，她老觉得有点儿可惜，这大概也是为什么她一直要我们姐弟几个好好上学的缘故。母爱，没有华丽的辞藻，没有委婉的语调，唯有辛勤的汗水和深情的守望。

“孩儿想娘，快儿长；娘想孩儿，道儿长。”都说世上没有比脚更长的路，可是有哪一双儿女的脚能走出一位母亲的心呢？

本文2006年4月发表于《中学生作文》第4期，
2011年被《渤海》转载，2012年被“时光书系”
《记忆中的风景》选载

母亲的丝瓜

丝瓜，在老家是一个看似无足轻重小打小闹的地方游击队，大片大片的地块儿已被小麦、玉米、棉花这些正规军占领了，甚至连庭院的中心也没有它的立足之地，它只好在沟边、墙根儿、篱笆边儿扎根立命。可母亲却从来都没有忽视它。

一场细密厚实的春雨，轻轻地爱抚故乡山水之时，母亲便开始准备种丝瓜了。她在窗台上放一个白瓷盘，瓷盘上面蒙一块润湿了的棉布，棉布下面是一粒粒黑色的丝瓜种子。大概是窗外房檐上雨滴的滴答声惊醒了种子宝宝的酣梦，几天后，半个小指甲大小的黑色种子便睁开惺忪的睡眼，吐出白色的嫩芽。在以后的几天里，从地里干完农活回来，即便是累得直不起腰来，母亲也要掀起棉布来，用手轻轻翻动几下，细细查看嫩芽的长势。母亲的手很粗糙，手指的关节特别粗大，每一寸肌肤上都纵横交错着柿子树皮一样又粗又黑的纹理。有时候，看着母亲的手，一个画面在我脑海中展现：呱呱坠地的我，被母亲托在掌心里，我娇嫩得几乎吹弹可破的肌肤和母亲这枯树枝般的手紧紧地贴在一起。每每想到这些，心里竟然有一种莫名的恐惧，害怕那手会不会把我划伤，就像现在看着母亲翻动浸了水又黑又亮的种子，担心那手会不会把白白的嫩芽划伤一样。

这种担心，在我家的大黄牛产下小牛犊的时候也有过。看着黄牛的四只碗口大的巨蹄在孱弱的牛犊近旁挪动，每当一只蹄子抬起，我的心也就提到了嗓子眼儿，生怕那蹄子会落在牛犊身上。可是我的担心是多余的，黄牛无论怎么挪动，落下的蹄子都躲开了牛犊，并且不停地低下头来，轻轻地把牛犊身上湿漉漉的毛舔干。黄牛注视牛犊时候的眼神和平时是不一样的，那种眼神和母亲翻动丝瓜种子时的眼神差不多。

母亲用锄头在院子篱笆边儿挖出几个浅浅的坑，把丝瓜种子放进去，用土掩好，再浇上一瓢水，时间不长，一棵棵嫩绿的新芽就破土而出了。细细的藤蔓顺着篱笆纵身攀缘而上，一夜之间，枯木做成的篱笆就有了鲜活的生命。绿色的藤蔓飞速地延伸，站在矮矮的篱笆上，伸出嫩黄色的触须，如年少时的我，在春风里，向更高更远的蓝天白云不停地探身张望。这时候，母亲便弓着腰身搬来几根茶杯粗细的木棍，沿着篱笆搭起一个一人多高的架子，不几日，家门前，一座点缀着朵朵嫩黄小花的绿色的凉棚就落成了，黄花吹响生命的喇叭，凉棚下丁零当啷地挂了几只丝瓜。有的邻居图省事儿，干脆靠墙放几根木棍了事。绿色的藤蔓是不会在乎的，一路高歌猛进地爬屋上墙，洋洋洒洒地把势力范围扩散到它能触及的地方。我都纳闷儿，那样细的藤蔓，竟然能伸展得那样长。

晚饭后，凉棚下。父亲沏上一壶茶，自斟自饮，我嬉闹了一天的小儿子则在我母亲怀中慢慢安静下来。母亲一边摇晃，一边用手轻轻拍打着她的孙儿，在小马扎吱呦吱呦的响声里，母亲嘴里哼唱着：上架棚，下架棚，开黄花，结青龙。夜风习习，丝瓜枝叶随风摇动，沙沙作响，儿子酣然入眠。这丝瓜架一直到寒露以后才被拆除。

秋分过后，一早一晚的风凉了很多。枣树上的枣儿红了，丝瓜架上的叶子变得墨绿，藤蔓根部光秃秃的，嫩黄色的花儿几乎看不到了。在老家窗台上，多了几个个头儿硕大的丝瓜，那是母亲特意留出来的丝瓜种。经过阳光的照射，丝瓜种慢慢由绿变黄，最后定格在枯黄。和这枯黄相伴的是几串鲜红的辣椒，几瓣白色的大蒜，还有金黄色的玉米。在冬日的暖阳下，母亲坐在小板凳上，面前摆一个簸箕，身后是红白黄组合的背景。她把丝瓜种放在簸箕里，用手轻轻一搓，又干又脆的皮便迸溅开了，拿起丝瓜瓤抖几下，黑色的种子噼里啪啦地掉落出来。丝瓜瓤的丝不但细密，并且坚韧，即便是踩几脚，也会慢慢恢复原状。生命是如此的伟大，它们都费尽了心力去保护自己的子女。母亲把黑色的种子存放在小盒子里，丝瓜瓤用剪刀剪成几段，刷锅刷碗用。现在我的厨房里就有一段丝瓜瓤。

几年前，因为儿子要到市区的学校上学，我把我的小家搬进了市区。离老家远了，置身于冷冰冰的钢筋混凝土浇筑的高墙之内，每天都要披挂整齐，把自己藏在厚厚的铠甲里，防着黑暗角落里射来的冷箭。上班，下班，焦头烂额的我，只能隔三岔五地回家看望一下父母。当母亲知道我又准备买房子的时候，她走进里屋，一阵窸窸窣窣之后，拿出一个红本本——存折，递给我说：钱不多，你拿着。我知道那是父母辛辛苦苦省吃俭用积攒下来的钱，于是慌忙说不用。母亲说：拿着吧，等我和你爹老了，早晚还不都是你的吗？

离开的时候，母亲又收拾了一些院子里的菜给我带上，其中丝瓜是必不可少的。母亲说：城里样样都要花钱，能省的就省下。然后母亲就站在丝瓜架下，看着我远去。

母亲的身影渐渐融入故乡苍茫的暮色中，而我的脑际却清晰地浮现出丝瓜藤蔓上的触须来。那触须大约 10 厘米长，长在丝瓜叶和藤蔓的交叉处，像三四根嫩黄色的手指，是那样柔弱、稚嫩，在阳光下几乎是透明的。可一旦触到东西，就大变了模样，变得坚硬，变得无情，死死地抓住，宁可折断，也不松手。这种变化在带着鸡雏的母鸡身上我也看到过，换作平时，不等我走近，它就远远地跑开了，可如果后面跟着一群毛茸茸、唧唧啾啾的鸡雏的时候，只要我踏入它的安全警戒区，它便立时翻了脸，低头炸翅，恶狠狠怒冲冲地向我扑过来。一位母亲是绝不允许自己孩子头上有危险的乌云的，哪怕是一丁点儿也绝不允许。这一前一后的变化，简直是判若云泥。或许正是因了这生命的原动力，一代代，一辈辈，世间万物才得以如此欣欣向荣。

佛说：一花一世界，一叶一菩提。丝瓜这看似可有可无的小角色，便如寒潮来临前的一句叮嘱，车流如织的斑马线上握紧的手，夕阳下那一声回家吃饭的悠长呼唤，其中自有深意。

丝瓜，思挂，思念牵挂。

本文2016年11月18日发表于《临沂日报》

蹀躞在岁月原野上的身影

我们在麦田里割麦，爹，娘，姐，还有我。

娘对我说："国子，你去地头，把水提过来。"我如同重犯得了特赦令，二话没说，把沉重的镰刀往地上一丢，拖着灌了铅的腿朝地头走去。我感觉到姐姐扭头看我的眼神，我知道，她也肯定想站起来喘一口气。姐姐那年 12 岁，我比姐姐小 4 岁。

我是在天刚蒙蒙亮的时候，被娘近乎粗暴地从土炕上拽起来的。我懵懵懂懂地胡乱揉揉眼睛，看看黑咕隆咚的窗外，问干吗，娘急赤白脸地对我说：去割麦子啊，昨个晚上不早和你说好了吗？都叫了你几遍了，还不动弹。我不能怪娘的粗鲁，麦秋时节，辛劳的农活把农人白天黑夜的区分冲得很淡，一场代号"麦秋"的人类和自然之间的遭遇战即刻开打。在鲁北大平原，"秋"有着特殊的含义，不仅仅表示季节，它还表示收获和播种。在这儿有两个秋，收麦子被称为

“麦秋”，收玉米、收稻子、收棉花，被称为“秋上”，用方言说的时候，发音是：秋 hang，平声。麦秋也叫“抢秋”，老话火上房麦上场，说的就是这个理儿。20世纪七八十年代的农村，一场雨就兴许让你辛辛苦苦一年的收成泡了汤，一阵冰雹，就让你叫天天不应叫地地不灵，真的是不抢不行。

娘，我困死了，三更半夜起这么早割麦子干吗？在一摇三晃的牛车上，困意未消的我提出了疑义。傻小子，早上割麦子凉快啊，等中午的时候，别说热，光是干焦焦的麦芒子就能扎死你，娘摸着我的头说。姐姐坐在车尾，说：“娘，到了那里你先给我搓麦粒子吃行吗？”娘说：“行。”一听到说搓麦粒子，仿佛立马有一股带着草的清新味道的清水把我燥热的身体清洗了一遍，我来了精神。我说我也要，娘说都有。我说：“那我要一大把。”母亲满口答应说，行。赶牛车的父亲搭话说：“把一地的麦子都搓给你们。”听父亲这么说，姐姐抖着小辫儿，我豁着门牙，俩人哈哈大笑起来。父亲母亲看着我们俩笑，也跟着笑起来。那笑声从那个宁静的早晨一直响到现在，逢年过节一家人聚餐的时候，不经意间就谈起那段日子，引发的笑声依然是那样欢快，唯一不同的是，豁牙的换成了爹娘。

浩浩荡荡的熏风在鲁北大平原上吹过，一块块大大小小的麦田平铺在炽热的骄阳下，黄焦焦的麦穗，在风里摇摇晃晃你推我搡，窸窸窣窣地吵闹着，只有被镰刀割倒在地，它们才会消停。我走在风里，热乎乎的风穿过我的身体，带走我黏糊糊的汗水，我感到很凉爽，脚下也轻快了许多。我的脚踩在割倒的麦秸上，不时地有青蛙从里面跳出来，它们细长的后腿一蹦的时候，屁股后面会撒出一道白亮的尿，我受了那一纵一纵姿态的诱惑，忘了娘提水的命令，开始追青蛙。拴在地头大白杨树下的黄牛，瞪着傻呆呆的大眼看着我，两片大嘴唇不停地蠕动着，嘴角挂着白色的唾液。白杨树巴掌大的叶子在风里哗啦哗啦地翻转着。

国子哎——，让你提的水呢？我听见娘从很远的地方喊我，我回头看过去。上午的阳光正轻柔地洒在他们身上，汗水从爹娘洗得发白的衣服后背上洇渗出来，颜色黑黑的，身影像黑黑的逗号。

我走到地头，提起水壶，含着壶嘴喝了两大口。清凉的水流明明白白地从我的身体里穿过，把我浑身的酸胀冲走了不少。我抬起头，看见广袤的大平原上，许多像父母一样的黑点，在起伏的麦浪里时隐时现。

我一手提壶，一手提着装茶碗的篮子，朝爹娘那里走过去。地邻居家存叔用浓重的家乡话对我说：“小儿来，毛儿还没长齐，就干这么累的活儿，这肯定不是亲娘，亲娘哪有这么狠心呢？”虽然我心里知道他是在逗我开心，可此情此景，仍然差点儿把我眼泪整出来。小儿来，这个干法儿，今天晌午不给香油大果子（油条），再加大葱炒咕咕蛋（鸡蛋），闹上两碗儿酒，可是不能和他散伙啊，存叔笑着说。斗笠大的太阳明晃晃地照着他一口被烟熏黑的牙和黑红的脸庞上。

我把水提到爹娘跟前，我们一家4口人，在地边的树荫下坐下来休息。娘从口袋里拿出几个略带绿色的麦穗，用两手虎口捏住麦秸，把麦穗合拢在掌心里轻轻地搓动。娘的手像秋天里挂在棉花秸秆上的空桃子，又干又硬，并且上面还有核桃皮一样很深的裂纹，每年冬天都会裂开，还流出殷红的血，很是吓人。娘搓了一会儿，然后把双掌摊开用嘴轻轻把脱落下来的麦皮吹走，再把手合拢起来搓。麦穗在娘的手里唰啦唰啦地响着，我那不争气的口水在我嘴角泛滥起来，惹得我不住地吸溜。反复几次下来，娘掌心里便魔术般地变出一小堆嫩嫩的饱满的麦粒，晶莹得像一粒粒珍珠。娘说：“来，张嘴。”娘用手扶住我的后脑勺，一抬手，那一堆麦粒就倒进我张大的嘴里。偶尔也会掉落在地上一两粒，母亲便捡起来放进自己嘴里。那一刻，满载泥土气息的麦粒，经过咀嚼，储存进我身体的每一个细胞里，融进我内心的深处。

姐姐也说要吃青麦粒，于是娘又站起来，蹀躞着到麦地里去找。我看见娘的身影。娘被汗水浸湿的背部已经干了一部分，映现出一条曲曲折折的白色的汗渍印迹，娘的背有些驼，她低着头，在千万穗麦子中为她的儿女寻找着青一点的麦穗。娘找得很专注，丝毫没有留意到，风扯动着她鬓边的黑发。

晌午，我们高高地坐在装满麦个子的牛车上回家。一股带着焦灼热烫的风，从南方遥远的天际浩荡而来，在鲁北大地上卷起一轮轮金色的麦浪，起伏于波峰谷底的，是我挥汗如雨的父老乡亲辛劳的身影，每一滴汗水里都饱含着一份浓重的辛劳、希望和收获。农人因土地而活，土地因农人而生。

千百年来，每年此时，南风似伯牙如约而至，麦浪效子期生死相知。

本文 2017 年 11 月 4 日发表于《青岛日报》

红腰带

母亲戴着老花镜，在沙发上给我缝红腰带。

我忽然发现，这个时候母亲的样子看上去是那样的慈祥，我简直有些惊讶，这样子和平日里絮絮叨叨啰唆没完的完全是两个人。她花镜架在鼻梁上，身子靠着沙发靠背，头微微向后仰着，左臂微曲着放在腰间，手里拿着我的那条深蓝色的运动裤。右臂几乎是伸直的，手拿着针，把一条三指宽的红布条缝在我裤腰的内侧。她用左手的拇指和食指捏着布条，其他三根手指夹住裤腰，努力地把裤腰里面的橡皮筋儿拉开，然后把红布条贴在裤腰上，一针一针地缝好。

母亲刚开始和我说要给我缝红腰带的时候，我感觉很可笑。我觉得，我这都四十挂零的人了，什么酸甜苦辣，什么悲欢离合，对于我来说，也都麻木了。俗话说，三十而立，四十不惑，大半辈子都过去了，是不是红腰带，没什么关系。而母亲却非常坚持，说："缝上又不麻烦，一会儿就得。我给你缝在里面，别人也看不到，你怕什么。"我说："这个被朋友看到，多不好意思啊。"母亲说："有什么不好意思的，老大不小的了，又不是相媳妇儿，你不知道，本命年，还有 40 虚岁这一年，都要扎红腰带，40 周岁就不用了。"

母亲可能是老了的缘故吧，诸如这样乌七八糟的事儿，只要有，她就信。诸如什么给外甥送水果罐头啦，给侄女送三尺红布啦，只要听到社会上有传说的，她就肯定在第一时间做到。有一年，她听说一件事儿，说是要外甥给舅舅送一张铁锨，舅舅给外甥送三千块砖。从早到晚，和我絮叨了不下一百遍，最后见把我絮叨烦了，才算了事。可是后来我听姐姐说，她偷偷地到市场上转了一天，才买到一张铁锨头，悄悄地给我舅舅送了去，说是我给买的。难怪后来妗子送我一套衣服，说是舅舅单位发的，穿不着，我想大概是因为那张铁锨的缘故吧。而现在，她老人家安详地坐在那儿，给她的儿子缝红腰带，她的儿子呢，穿着内裤，在一边等着。

大约过了半小时，母亲用剪刀把线头剪断，把裤子递给我，看着我穿上，然后又让我撩着上衣转了一圈，审视了一番，说：行了，从外面看不出来。然后回身把针线剪刀都收拾在一个小盒子里，自言自语地说：“这眼不行了，看不清了。”

早先，母亲的营生儿（针线活儿）在老家那是有名的。我清楚地记得老家有一本厚厚的书，书里面是一张一张的鞋样儿。还经常有人拿了布料来，找母亲帮忙剪开。晚上，昏黄的油灯下，我趴在被窝里半懂不懂地翻看着书上的字，母亲则摇动纺车在一边纺线，在纺车嗡嗡的响声里，我慢慢就睡着了，也不知道母亲什么时候才休息的。纺好了线，就找来邻居家的婶婶、大妈帮忙在场院里刷机。在以后的日子里，每天晚上，我又在织机哐当哐当的声音里入睡了。我现在铺的被单就是母亲织的，虽然不如别的料子平滑，可是，躺在上面，好像有一种说不清的幸福的味道，暖暖的，宛如母亲的怀抱一样。前几天，有朋友送我一套老粗布，我打开看了看，用手摸了摸，怎么也找不到那种感觉，虽然我明明知道这么一套要好几百块。

现在生活好了，母亲也老了。虽然眼有些花，可是，我儿子，我的小外甥，每年冬天穿的棉裤、棉袄还都是母亲做。母亲说：“商场里买的那个棉衣，看着好看，但不暖和。”她总是给他们做那种带匼子的，看上去像个小厨师围着围裙似的，母亲说这样凉风透不进去。棉袄的袖子也要比成品的棉衣袖子长一块儿，母亲说这样冻不了手。带囤子的棉裤暖和，只是小家伙解手的时候不方便，于是母亲特意在他们棉裤的裆部前面开一个小口儿，老人家说："看，这样尿尿的时候就不用脱棉裤了。"大家哈哈地笑起来，小家伙瞪着黑亮的眼睛看着我们，不明白我们究竟在笑什么。

晚上有朋友约了一块儿吃饭，无意间谈到年龄的问题，我说我都平着（方言，指40岁）了，大家都不信，借着酒劲儿，我把裤腰一翻，说：看看，看看，红腰带，俺娘今天刚给我缝的。

我感觉很幸福，很骄傲。

本文2016年4月发表于《齐鲁晚报》

生命里一面永不褪色的旗帜

一个暮春时节的周末，我和父亲在故乡的田野上，用牛车往老家门前的菜地里运土。父亲说门前菜园里的土已经泛碱了，需要换一换。现在，不管大事小事年逾古稀的父亲都要和我说一下，等我周末回家来解决、处理，就像我小时候放学回家，不等放下书包就跑到他膝下，把学校里的大事小事，一五一十地告诉他一样。

父亲一边用铁锨往牛车上装土，一边和我说街坊四邻家长里短。他说，去年在路边整的巴掌大的一块地，被福有叔的儿媳妇点上春棒子了；他说，富有叔去他闺女家养老了，两个儿子都不要他；他说，现在往家运的这些土，都是好土；他说，村里有人说马上就有个什么大厂子过来占地了，这些长庄稼的好地，被占了，可惜；他说，我的腰不行了，走不了几步路，就很疼。在他壮年的儿子的陪伴下，父亲就这样絮絮叨叨地说着。

父亲对土地的贪恋，到了痴狂的程度。路边那块巴掌大的地，原是去年村里灌渠清淤的时候，挖掘机大爪子挖出来的一堆土，父亲母亲费了两天的工夫，整平后种了黄豆。今年又清淤，被抢先占了，惹得他不开心了好长时间。父亲总是嫌地少，总是嫌我懒。父亲说，你周末的时候多回来几趟，咱们拉着柴油机、水泵出去浇地，一天也能挣不少钱。前些年，他和母亲最多的时候承包过30亩地，秋天是他们最开心的时候，看着门前场院里高大的庄稼垛，就像看到我的大学录取通知书一样。

我曾经不止一次地劝说过父亲。我告诉他，人老了，健康最重要，辛辛苦苦一年到头，刨除耕种、灌溉、施肥、收割的各项费用，一亩地也挣不了千儿八百的，一个感冒就得花四五百，不值当的。父亲说，种了一辈子地，每到秋天，看到别人家一车一车往家拉庄稼，眼红。我说你看看富有叔，受了一辈子累，腿疼腰伤的，现在没人要了吧。父亲说，到一时，说一时，现在只要能动弹，就不愿伸手跟你要钱花，你买房，又要供孩子，挣那么点工资还要还贷款。父亲总是担心我，就像我总担心我的儿子一样。父亲说，要是还有那些地也行，现在耕种都机械化了，只要你周末回来搭把手就行，粮食虽说卖不了多少钱，可政府每一亩地还有补贴呢。父亲说着，双手拄着铁锹直了直腰。这时候，春风正从鲁北大平原上浩浩荡荡地吹过，温煦地吹拂着父亲佝偻的腰身。猛然间，我发现父亲变矮了。难道是多年的劳累，把他挺拔坚韧的腰身榨干了吗？

父亲应该算半个孤儿，在他 15 岁的时候，也就是 20 世纪 60 年代的三年经济困难时期，我的爷爷奶奶相继去世，留下父亲和小姑。每每看到我儿子吃着雪糕玩着电脑，我就不由自主地想到父亲。我脑海里总是浮现出这样一幅画面：一位衣衫褴褛的少年，在灰蒙蒙的天幕下，一手挎着讨饭的篮子，一手领着妹妹，行走乡间的小路上，嘴里一遍遍重复着：大爷大娘，给口饭吃吧。他穿行在村庄的胡同里；他在陌生的屋檐下避雨；他拿着杨木棍子和龇着尖牙狺狺吠叫的恶狗对峙；他受委屈的时候，只能一个人跑到我爷爷奶奶的坟前，无助地哭泣。我想，是不是贫苦的日子把勤劳和节俭的品质烙印在父亲的生命里？是不是孤苦无依的经历使得父亲更依恋宽厚的泥土呢？

大约在 20 世纪 80 年代的时候，父母承包了村里废弃的砖窑厂，两位老人硬是凭着两把铁锹、一辆小推车，用一滴滴汗水，把那片布满碎砖拉瓦的废墟，浸泡成一块良田。前几年，承包地到期后，小姑来过一次。一进门，小姑就掉了泪。小姑说：“俺哥俺嫂子种了一辈子地，受了一辈子累，没了地，收不了粮食，要是吃不上饭，再挨了饿，可咋办啊？”看到自己的妹妹哭，父亲也哭了。一边擦眼睛，一边安慰小姑说：“地是村里大家的，咱是受了一些辛苦，可是，老让咱一家种着，不好。”小姑转头对我说：“你可要好好孝顺你爹你娘，他们俩这辈子，泥里水里的，没得一天好日子。”

父母所经受的辛苦，我只不过接触了一点表层的东西。耕地的时候，我也只不过帮着牵一牵拉犁的牲口；夏日里，也不过是在玉米地里清理杂草。也就是平时周末和暑假干活多一点，从小一直就上学，小学、初中、高中、大学，然后就是工作，真正在地里的时间很少。可不管地里多么累，父亲还是坚持让我上学，父亲说：“只要人家让你考，我就供你，供到八十也供你。”父亲坚定地认为，农村孩子的出路有两条：一是上学，一是参军。这要在泥里水里摔打多少次，受多少委屈，受多少劳累，才能得出这样认知啊？

庄稼地里不养人啊！父亲虽然这样说，可在父亲的词典里，泥土是一个极严肃、庄重的词，是有素养和道德之类的价值评判标准在其中的，最为关键的一条：泥土要能长庄稼。就像他说做人一样，不吃苦受累干活的人，不算是人，起码，不是一个好人。父母每每遇到不好的人和土，总是不经意地从微启的牙缝里挤出一个单音节词，来表达他的蔑视。同样，长不好庄稼的土，不是好土。我不知道父亲要在这片田野上巡视了多少遍才找到这点好土。

喘息了一会儿的父亲，朝掌心吐了口唾沫，两手摩挲了一下，又握紧锹柄，开始铲土。他右脚蹬锹，同时喉咙里发出嘿嘿的声音，铁锹深深地插进泥土里。他轻轻撬动一下铁锹，把一大块土托在锹头上，他调动浑身的肌肉，两臂挥动，锹头画出一道弧线，重重地拍在牛车上。父亲拍在牛车上的锹头是扣着的。父亲曾经教过我，锹头扣着装土，土装得结实，拉回家的路上不易脱落。

父亲教给我很多农活的经验。比如，牵牲口耘地、除草、施肥的时候，到地头拐弯要把内侧的套绳提起来，这样能避免套绳缠住牲口的后腿，避免牲口踩了庄稼。又如，秋天往家拉庄稼的时候，装车要前面重后面轻，前后都要踩结实。父亲还教给我很多做人的经验。比如，过日子谁都有五步三急的时候，人家开了口，能帮的，就帮一把。又如，干工作要踏实勤快，多卖一把力气没啥，力气用了还能长，可一个人的名声若是坏了，费多少工夫也修不好。

父亲是党员，有十几年时间担任村里的书记，其间处理的大事小情数不胜数。记得有一天，富有叔气呼呼地冲进我家里来，厉声责问父亲说："哥，咱老一辈儿少一辈儿的这么多年没啥仇吧？"父亲平静地说："没有。"富有叔旋即瞪大眼睛抢前一步说："那你为啥挡着，不让我拉木头啊？"父亲依旧平静地说："那些木头不是你的。"富有叔像是一个输红眼的赌徒，辩解说："我家对他家花了钱的。"父亲铁青着脸，强忍住心里的怒火，继续耐心地劝说道："是你家先和人家散了的，这里面的规矩你是知道的啊。"富有叔摊开双手说："这些年咱们这么好，你就这样对我吗？"父亲终于爆发了，义正词严地喝道："正是因为咱们这么好，所以才这样对你，要不然，你这么做，村里人还不戳烂你的脊梁骨啊。你这是欺负人家孤儿没人管，如果人家有哥哥、有弟弟，你敢吗？还不打断你的腿啊？"父亲面对来势汹汹的潮水，像坚实的堤坝一样昂首挺胸，守住自己脚下的阵地。富有叔被父亲这一声喊喝镇住了，又自知理亏，嘴里不干不净地嘟哝着，转身悻悻而去。

后来我从父亲那里了解到事情的大致原委。原来，富有叔的弟弟和同村的一家姑娘定了亲，付了一部分彩礼钱。后来富有叔的弟弟参了军，就和人家姑娘退了亲。老家约定俗成的规矩是：如果是女方先提出退亲，就要归还男方的彩礼，如果男方提出，彩礼就不用归还了。谁知，过了不多日子，姑娘的父亲去世了，孤身一人的姑娘不久也远嫁了。一年后，一场大雨把姑娘家早已破旧的房子冲塌了，富有叔就想把散落在地的檩条木头拉回自己家。父亲知道这件事后，硬生生地拦住，把木头放到大队的仓库里，等联系姑娘后，由木头的主人自行处理。

父亲后来对我说："别小看这几根木头，主要这个事儿你富有叔他做得不地道，如果碍着情面当时不管，讨了他一个人的好，那就得罪了一村人。人眼是秤，以后不光他，就连咱也被庄乡爷们儿暗地里戳脊梁骨。"

我以为因为那次的矛盾，我们和富有叔两家的关系也就冻结了，可是事情过了没几年，富有叔给结婚的弟弟腾房子，暂时就借居在我家的老院儿里。面对我诧异的眼神，父亲说："千年的狗屎还万年香（老家的一句俗语，意思是对过去的事情念念不忘）呢，都在这块土里生，都在这块土里埋，亲帮亲邻帮邻，谁都有个过不去的坎儿。事儿和事儿不一样，先前挡他拉木头，那是公，现在帮他，这是私。这做人的脊梁，站，要站得直，弯，要弯得下。”

父亲的话好像刚刚说过，可是，不知道什么时候开始，我顶天立地刚直不阿的父亲开始抱怨起来。他抱怨自己笨了，抱怨自己干不动了，抱怨自己不中用了。不知道什么时候，我伟岸的父亲，怎么变矮了呢？

可能是干活热了，父亲把外衣脱下来，我发现他里面竟然穿的是我的一件旧衬衣。那是一件褪色的黑红方格衬衫，父亲穿着很是不伦不类。不知道什么缘故，我现在也喜欢穿儿子不穿的衣物、鞋子。我觉得，一来，那是花钱买来的，不破不烂的，扔了可惜；二来，那上面有孩子的气息，每每看到，心里总有一股暖暖的感觉。不知道，父亲穿着我的衬衣，会不会也有我这种感觉呢？

一车土装满，父亲赶着牛车回家，牛蹄敲击着故乡的土地，哒哒作响。那件红色的衬衫，像一面旗帜，招摇在春天的风里。

本文2017年7月发表于《山东文学》（下半月）第7期

锄禾

那天，我随乡村振兴采风队伍去黄河滩区的景点，在一间展室里看见一把锄头。走近一看，便知道，那是用了多年的铁锄。巴掌宽的锄面，已经锈迹斑斑，秤钩样式的锄把上，装了小酒杯粗细的土黄色的白蜡木柄，柄长约一米半。铁锄在和泥土草茎间殊死的搏斗中，在主人无数次的挥动中，消磨了自己锋利的锄刃，钝一回，锻造一次，锻一次，消减一分，于是，终于在一个个普通的日子里，由扇面，终成了巴掌。看这锄面已经缩小一多半，想来，不知道被主人带到集市上，在铁匠炉的烈焰里，重新锻造了多少次；亦不知道，它的主人，现在何处，又会被岁月消磨成什么样子。

玻璃幕墙把铁锄和我隔离开，在它旁边，还摆放着碌碡、鞍鞯、石磨等其他农具，想来，应该不会寂寞。茶杯一样的黑色投灯，用明亮的光照着它和伙伴们，在它们上方的墙面上，挂着描绘农业生产的场景图画。实物和图画的结合，虽然和光洁华美的室内装饰不协调，可依旧能勾起过往的记忆，记忆有了依靠，虚空中，便有了温度，有了质感，有了感动。

一个又一个的日子，密密匝匝地缀连成一面筛网，过滤掉很多东西，也留下很多。留下的，虽然在堆垒积压里，难免暂时性地遗忘，可一旦翻拣出来，细细品味，不免如陈酿一般，散发出独有的醇厚香气。

我老家在农村，爹娘都是实打实的庄稼人，辛辛苦苦省吃俭用，养活了我们姐弟四个，盖了新老两套院子。近几年，老家搞开发，村里的地被几家厂子征占，冷冰冰的铁栅栏举着一排尖锐的戟尖，把父老乡亲和土地隔离开。失去土地的父亲，用了一个夏天的时间，把农具归整好，存放在老院西厢房里。西厢房是阔气的叫法，其实不过一个牛棚而已，在木梁空隙里，插放了一把木耙；墙上挂着耢，耢下面，是地排车，另外，还有一堆锄镰锨镐，规规矩矩地躲在厚厚的尘土里，数着日子。

看着木耙，我努力地在脑海里往回想，如在一团团苍苍茫茫的雾气中找寻回家的路。浮现在脑际的第一幅画面，是我推着木耙，在碌碡碾过的麦穰上，飞奔。大约木耙是收集麦穰的专用工具，因为它的耙齿象牙一般，比竹耙齿要既大又长许多。碾过的小麦秸秆，非常平滑，麦粒从麦穗上脱落下来，带着调皮的笑意，躲在麦穰下面，木耙用它长长的牙，把麦穰收起来。画面一转，我仿佛看到一张张满脸愁苦的脸，那是我的父母，那是我的乡亲，他们肩上搭一根布袢，布袢后面拴着犁铧，犁铧翻开土地，布袢勒进肩头，种子在土地里萌发，我，在长大。

“打麦场里，是不许女人来的。”这是老家的风俗，五奶奶和我说的，我不知道为什么，在她和我说过的那么多话里，我唯独对这句话记得这样清晰。那是下午的打麦场上，我们在晾晒麦子，一团乌黑的云团，从西北角的天空上恶狠狠地扑过来，风一阵紧似一阵，我们一家人手忙脚乱地把摊放在麦场上的麦子收起来。五奶奶踮着小脚跑过来，拿起木耙，把耙头一翻，用前端安装耙齿的木梁把麦粒堆放起来。等豆大的雨滴噼里啪啦地重重砸在麦场上的时候，我们大家气喘吁吁的，坐在门洞的麦堆上，五奶奶和我说了那句话。

穷苦的日子，弱小的生灵只有把自己的命运寄托给虚空中的神灵，千百年的苦熬苦业，很多很多忌讳，成了不可逾越的雷池。女人不能靠近打麦场，便是其中一道。我暗自庆幸自己是个男孩。附带说件事，去年父亲 75 岁生日，姐姐笑着对父亲说：“你打小稀罕你儿子，俺这女儿，就是搭头。1976 年地震的时候，你抱着你儿子就跑出去，把我和俺娘丢在屋里不管。”耳背的父亲眨巴着眼睛，看着大家开怀大笑，也咧开嘴跟着笑起来。只是，当年抱着我夺门而逃的父亲，那齐齐整整的牙，豁了好几个。

庄稼地里，没有闲人，尤其是男孩子，能吃苦肯受累有力气，是能找到俊媳妇的前提条件。我站在木耮上，如立身船头的大将军一样，摇摇晃晃地在大大小小的土坷垃的海洋上，转了一圈回来，在高大的白杨树下，五奶奶就夸奖我说：“这孩子好，这孩子眼里有活儿，将来肯定能找个好媳妇。”长大几岁的我，已经不再相信五奶奶口中“小脚大耳朵，一捏吱吱地”的好媳妇标准，我也不会再在大人们的哄笑声里不知所措。我身子已经长高了一大截。我已经能有模有样地站在木耮上，替大人干活了，尽管，不放心的父亲还是遵从五爷爷的意见，把地排车的挡板拆卸来，铺在木耮上，防止我不小心人从木耮上掉下来，被锃光瓦亮的耮齿伤着。

而今，当年“大将军”已是白发苍苍，木耮寒光闪闪的锋刃，尽管父亲擦拭过，可还是被密密麻麻的锈点覆盖，暗淡了曾经的光芒。而木耢下面的地排车，贴近地面的木头，已经开始受潮腐朽，左侧车辕上的铁片和螺钉，早已锈得不成样子。

人老多情这话应该是对的，年近知天命的我，每每看到比麦场还宽的马路上，乌央乌央的车辆堵在那儿，一种很浓很浓的滋味便不由自主地从身体最深的地方升腾起来。

汽车在此起彼伏的"嘀嘀"声里，比牛拉着地排车还慢地往前挪。三四十年前，我家的地排车，许许多多的地排车，也曾在这路上碾过。只不过，那时候，路面上没有铺石子、柏油，也没有现在这样宽。而今，隔三岔五的，我会看到有车祸在路上发生，绝大多数情况下，只不过是小剐小蹭，看着散落在路面上的碎片，看着车体上的伤痕，我便想起地排车的左侧车辕，便想起我左小腿上的疤痕。

事情很简单。那是我上初中时，学校放麦假（那时学校有四个假期：麦假、暑假、秋假、寒假，麦假和秋假，是为了农忙时节，回家干农活而设立），个头已经和父亲一般高的我，赶着牛，拉着地排车，往家里运麦子的时候，因为操作失误，导致地排车翻倒在水渠里。车祸的后果是，地排车摔断了车辕，我划伤了左腿。父亲为了修理车辕，特意到集市上，花钱定做了两个铁片和螺钉，用了一天的时间，小心翼翼地把断成两截的车辕接好。

在我还一瘸一拐的时候，父亲就教给我说："赶牲口，往前是驾，停止是吁，左拐是咿，右拐是喔，后退是：稍。"父亲是用很重的方言教我的，具体对应的字是不是我所写的，我不确定，我只是按照发音，大致猜测是这样。那时，在乡下，没有说普通话的，即便是说，人们也听不大懂，更不要说牲口了。我想，现如今，对于那些整天抱着手机的孩童来讲，不要说赶牲口，就算是把木耙、耢乃至锄头放到他跟前，他也应该不知道那是做什么用的吧？当然，父亲笨拙的手指也划不好智能手机的屏幕，也不知道包在手绢塑料纸里的钱会和二维码联系在一起。他熟悉的是在土地上弓下身去。

"三之日于耜，四之日举趾。同我妇子，馌彼南亩"。在中国美学的图谱中，农民的形象，被一个个辛苦的日子凝练成这样一幅画面：一位头戴斗笠的老农，在田间锄禾。炎炎烈日，厚厚的土地，还有纵横恣肆的汗水，脸上的皱纹，都做了留白，而锄头和禾苗和紧皱的眉头，则细致入微地描摹。作为一个标签，勤劳和困苦，烙印在农民的骨头上。

当都市的高楼在大地上直起腰的时候，那些在田间，脚陷在泥里的人，身影不仅渺小了很多，并且弓身劳作的姿态，远远看过去，也变成了跪拜。

本文 2021 年 5 月 28 日发表于《山东商报》

第二辑

蓦然回首

忽如一夜春风来

一个人，一个普通人，把自己打磨成一座塑像，需要经受些什么呢？这个问号，如一柄重锤，重重地敲击在我的心头，轰然而响。那一圈圈随之而起的音波，在我身体的每一根血管里奔走，在我每一个细胞里冲撞。

塑像并不高，我只需微微抬一下头，就能看到全貌；若是说矮，也不矮，我伸出手，刚刚能摸到基座的上沿。从滨州市阳信县梨园郭村的大街由东向西一路走来，远远地就能看到这座塑像，黑色的基座，白色的花岗岩塑像，在他背后，是一眼望不到边的梨园。在这冬日里，梨树的枝干是淡黑色的，如同一片黑色的海，而这塑像，如果不注意，乍一看，是很容易融入这梨树的海洋里的，只有走近它，才恍然大悟，心里道：呀，这里原来有一座塑像。基座上写着：省农民状元朱万祥。

我手扶着塑像的基座，用眼睛细细地审视上面的每一个字。我抬头看那塑像，那憨厚淳朴的模样，分明就是我老家村里的一位长辈。忽然眼睛一阵酸涩，我仿佛看到千千万万个父老乡亲，在丰收的麦田里、在密不透风的玉米地里、在这枝杈交织的梨园里，辛勤地劳作着，他们弯下腰，古铜色脊背是被阳光浸泡出来的颜色，他们昂起头，浩浩荡荡的风正在这大平原上吹过。

是设计者的匠心独运，还是妙手偶得呢？这塑像的构造，极符合我对英雄人物的理解。英雄，原就是我们身边极普通的人，似乎我们能够触手可及，如阳光，如雨水，也如我们身边飘过的一缕清风。可当困难来临，当危机火烧眉毛，大到一个民族，小到一个家庭，英雄身体里的机能便会随之触发。他们，义无反顾地肩负起别人看似不可能完成的任务，如一道撕开黑暗的闪电，如一杆冲入敌阵的红旗，如高广的天幕上闪闪的明星。带领人们，走向胜利，走向希望。

农民，几千年来，土里生土里长，就算是死了，也是一把土埋了了事。他们用草民来称呼自己，他们用汗水养活自己，他们用刻进骨头里的勤俭，教会他们的后辈活下去的技能。就在塑像后面，有一段简介，我在手机上百度了一下，知道了朱万祥同志的一些事迹。“骑在人民头上的，人民把他摔垮。俯下身给人民做牛马的，人民永远记住他。”离乱的岁月里，农民是信奉神灵和命运的，而翻身做了土地主人的农民，用自己的勤劳和智慧，主宰了自己的命运。在这片土地上，共和国的缔造者，毛泽东同志的儿子毛岸英，也曾留下他的脚印。

“如果党需要我把血一次流光，我就一次流光；如果党叫我把血一滴滴流光，那我就一滴滴流光。”（列宁）

70 年前的这片土地，还是枪林弹雨炮火纷飞，当这个遍体鳞伤的民族刚刚顽强地站起来的时候，家门口闯过来一个身强体壮气焰嚣张的壮汉。为了“保家卫国”，共和国领袖的儿子，把自己的生命永远地留在异国他乡。也许是历史的巧合，毛岸英同志牺牲是 28 岁，而他的父亲，毛泽东同志，参加中国共产党第一次代表大会时，也是 28 岁。后来有人做了一个统计，参加中共一大的 13 个人中，走到最后的，只有两个人：毛泽东、董必武。

有名字的，没名字的，在这片土地上究竟走过多少人，是无法计算的。就像这万亩梨园中的枝杈，就像这片土地上的庄稼。为了这片土地的和平安康，有的人一次把血流光了，有的人正在一滴滴把血流光，每一滴血，都渗透滋润进这片多情的土地，土地上生长的每一棵草木、每一粒果实，都带着他们的气息。

阳信县春天的梨花，我是看过的，足可以用“浩瀚”形容。金阳的鸭梨，我吃过，足可以用“甜美”形容。如果你想去标识每一朵花、每一片叶，那是徒劳的。在这“浩瀚”“甜美”的背后，不正是因为一代代、一辈辈勤劳智慧的人们执着地耕耘才得来的吗？

本文2019年2月3日发表于《滨州日报》

一棵树的三级跳

我作为大平原上土生土长的土孩子，虽已身居钢筋混凝土构筑的都市丛林之中十余载，可一年四季，有事没事的，总喜欢欢蹦乱跳地一头扎进大平原的怀里，尤其是年逾不惑后，只要有闲暇，我就去亲近那片广袤的土地，那里的一草一木，对我都有着不可抗拒的吸引力。

古诗有云：胡马依北风，越鸟巢南枝。用我老家方言讲：做啥事，都要有个着落。每次出行，我自觉不自觉地，便以老家为坐标，以村口的古槐为原点。不管是特意回家，还是路过，只要那一树苍翠远远地扑入我的眼帘，只要能感知到那熟识的村庄的气息，我的心便会沉静下来，就像梦中惊醒的幼儿，再次探知到母亲的乳房之后，即可安然入睡一样。

可这种温馨的感觉，在去年的一个秋日，硬生生地戛然而止了。尽管此前签订拆迁协议的时候，我早就预想到会有这一天，但当真的亲眼看到拆迁后的场景，那种痛感，仍然难以自抑。

那是怎样的一种痛啊？！

我那熟识的村庄哪里去了？好像一转身的工夫，怎么不见了呢？站在废墟上，我感觉自己是一棵从土地里被拔除的庄稼，那虚空中巨大的手掌，毫不客气地扯断我紧紧抓住泥土的根须，我仿佛能听到那声响，是一声声心跳般的钝响，是一声声悠长的叹息。那满地的瓦砾，每一块都是一颗尖利的牙齿，在噬咬着我的血肉；那断壁残垣，每一堵都是一把利刃，切割着我的骨骼；还有那片土地上，好像忽然高出了一大截的天空，空荡荡的，空得让我感到眩晕。在我的记忆里，那空着的地方，本应该有屋顶、有烟囱、有炊烟、有丝瓜黄色的花儿，那里应该有我的村庄啊！可那一刻，只有一团令人几乎窒息的空。我知道，在某种意义上，此刻，我成了一名孤儿。

正在我怅然若失之际，远处蓝色隔板裂开一道缝隙，进来一个黑色的身影，走近一看，原来是新根哥。村庄虽说已然变成了废墟，可新根哥还是先前的标配，头顶着一头蓬蓬的乱发，一咧嘴，满口被烟油涂黑的豁牙，上身，破了洞的白色康师傅文化衫已经斑斑驳驳，下面照例是短裤、拖鞋。然而明显的变化是，他眼睛里有了光。看见我，新根哥把肩头的十二磅铁锤和麻袋、麻绳往地上一丢，从口袋里掏出一盒南京牌坤烟来。我问他最近忙啥，他回答说，过来砸点钢筋。接着新根哥往前靠近了一步，小声地问我："你家钱打到谁的卡上了？"问完，眼睛狡黠地一撩，把手伸进短裤口袋里，拿出一张卡来，把头一昂，说："别看咱长得跟土里扒出来的似的，看，身上天天带着好几十万呢，现在楼上楼下电灯电话，实现四个现代化啦。"我一边恭喜他，一边叹息说："可咱们村啥都没了，以后上坟烧纸都找不着地方了。"新根哥说："咋能说都没了呢？老槐树还在啊。"

啊，老槐树还在！听新根哥这样说，一股不可阻挡的冲动在我身体里瞬间膨胀起来——我要去看看我的老槐树。

辞别了新根哥，我凭着记忆中的方位，快步地朝老槐树的位置找寻过去。我一路脚下磕磕绊绊、高高低低地走，无数个以老槐树为背景的虚幻画面在我脑际闪过，我感觉我的喉咙里堵了一团硬硬的东西，让我透不过气来。可当我走到一处墙角的时候，我却突然放慢了脚步，一种恐慌一把拽住了我。我急切地想：废墟中的老树，会是一番什么样子呢？会不会也和我的村庄一样，伤痕累累呢？

我鼓足了勇气，迈步拐过墙角，抬眼望过去。我看见，一圈绿色防护网的包围中，我的老槐树还在那儿，还苍翠依然。

她还在！还在那儿！还苍翠依然！

我心里欢呼着，快步地走向她，老槐树也一如过去那样，朝我张开她宽大的怀抱。我从防护网的缝隙里钻进去，站在她身边，用手轻轻地抚摸她的肌肤，用眼睛看着她秀美的发髻，深深地细嗅着她身上独有的清新凉爽的气息。这时候，一阵风吹过，她轻轻地抖动了一下，发出了一声细微的声响，我的泪水也被风吹落，重重地砸碎在我脚下的土地上。

老槐树一定知道我今天要来吧，这似乎是我和她的一个约定。我知道，我 47 年的点点滴滴都深深刻进她的每一条纹理中，这片土地上的每一个生灵，都在她心里存有一个位置。从她第一天在这片土地上站立起来，她的根系里就植入了这样的宿命。她历经了上百年的风雨沧桑，看一辈辈、一代代的人悲欢离合，看草木荣枯。她看着我光着屁股第一次来到她身边，看五奶奶口中念念有词地唤回我的魂魄；看我在漫天大雪里伤痕累累地归来；看母亲送我搬进市区的楼房；看我今天含着热泪把炽热的依恋袒露在她跟前。应该也会有那么一天，她也会看到我的离开。她从村口，走到村中，而今，又走进了这片废墟。只可惜，很少有人看到我的生命里，挺立着一棵郁郁葱葱的老槐树。

记忆中，第一次靠近老槐树，是一个夏日。那日中午，尚且还是满头黑发、腰身挺拔的母亲，把我放在树下，嘱咐我趴卧在那盘石磨上，不许动，然后跟着生产队的社员们一起下地干活挣工分。闹了一天肚子的我，哪里还有力气动啊，小肚皮一贴上石磨，晒了一中午的石磨，便毫不犹豫地把积攒下的头顶上炎炎烈日的热力传递给我，就像我买房时，母亲从被褥缝里掏出裹钱的布包，硬塞进我的手里一样。我如同刀绞一般疼痛的肚子，立马就不怎么疼了，只感觉那热力如腾腾燃起的火焰，穿透我的身体。嘿，你还别说，老辈人传下的绝招儿，还真灵。

那时的老槐树，尚立足在村口。那时的乡村，有很多治疗病痛的偏方。譬如割伤了手指，烧一点棉絮，把灰烬捂在伤口上；譬如小孩子受到了惊吓，花两毛三买上一包丰收牌的香烟，请五奶奶——新根哥的母亲——来，五奶奶手里拿着小孩子的一件衣服，嘴里念念有词地叨咕一通，然后对抱着孩子的母亲喊："孩子回来了吗？"母亲则大声回答，回来啦。然后，无精打采、哭闹不安的小孩子深深地睡一觉，醒来，果然又活蹦乱跳了；还譬如着凉感冒，现在绝大部分家长一定是两眼发直地抱着孩子去医院做检查，然后打针输液，俺们那时候，可没有这么复杂，用额头一贴，感觉烫，倒一碗热水，放上红糖，切上姜末，趁热咕嘟咕嘟喝下去，蒙上被子睡一觉，好了。什么支原体、衣原体，不认识也不知道。用母亲的话说，现在的孩子，格外娇嫩，你们小时候，大人在庄稼地里没黑没白泥里水里地干活，能让你们吃饱肚子就不错了。

底层的生命，辛苦而坚韧，每个年龄段都有相关的工作安排。拄拐棍的老人看着在地上爬的幼儿，半大孩子挖菜割草，青壮劳力在庄稼地里挥汗如雨。我们拾草的时候，少时四五个，多时十来个，相约而去。当我们弯腰驮着圆滚滚、满是补丁、装满青草的布包袱回家时，如果时间尚早，我们会到老槐树下玩游戏，玩得最多的，是捉迷藏。青草往地上一搁，找来一块砖头，远远地用镰刀投掷，决定哪一个"倒霉蛋"捉人，当大家分别检验他眼睛确实是蒙严实之后，远远地高喊一声“好了”，于是，整个天底下，瞬间安静了。那一份安静，不同于我面前静静的废墟，也不同于高树上远远的鸟巢，那是另一种静。一种看似贫瘠，却又饱满的静；一种看似紧张，时刻担心被捉到，却又安之若素的静。快乐，在某种意义上，是和金钱物质地位没有绝对的必然联系。

感觉老槐树移动了位置，和最末一次见母亲落泪有关系。那是2007年，因为儿子上学，我在市区买了新房子。农历七月初二，那天上午，新根哥开着他的时风牌农用三轮车，满满装着家具、被褥、锅碗瓢盆，帮我从老家往市区搬家。我骑着红色野马牌轻骑摩托车，跟在咯噔咯噔地喘着气的三轮车后面，走出村口时，无意间在后视镜看到母亲的身影。我停下回头看，母亲站在老槐树下，手里举着一件东西朝我招手。我于是转回去，走近看清母亲拿着一个烧水用的铝壶。母亲眼睛晶莹地闪着亮光，手扶着槐树粗大的树身，气喘吁吁地说，早准备好的，放在西厢房的窗台上，一忙乱，忘了拿上。我把水壶挂在车把上，发动摩托车追赶新根哥的三轮车。走出好远好远，回头看的时候，看到母亲依然站在高大的树下。我也看到，那时的太阳，正沿着亘古不变的路径，用她炽热的胸膛拥抱着大平原上所有的生灵。后来，父亲和我说，那天你娘跟丢了魂儿一样，坐在老槐树下的磨盘上待了好久。

搬进市区的我，虽然离老家只有30里路的距离，这距离，和前年去英国斯旺西大学读博的大外甥相比，简直是不值一提，可从某种意义上说，我也算是“背井离乡”的游子。少时求学，读鲁迅先生的《故乡》，尽管记住了老师要求背诵的“辛苦麻木”“辛苦恣睢”“辛苦辗转”，可对先生笔下的“故乡”，依旧很是茫然。在我的印象中，那只不过是两个汉字，词义只是指向我的老家，指向黄河岸边的一个小村庄而已。可随着我买房搬到市区居住后，随着年岁渐长，“故乡”的味道，如秋虫之鸣响，渐渐清晰起来。在我夜深人静辗转反侧时，我思乡的思绪，如雷电火石般迅疾，一纵身，便落在老槐树上。

三年前，当老人家听我们说大外甥坐飞机去英国的时候，回头对我说，你打小就对你五奶奶说，长大了开飞机，拉着她，结果，你五奶奶临走，你也没开上飞机，就连汽车还都是贷款买的。俺们那时候，毛主席说，既没有内债，也没有外债。我说，时代不一样了，现在咱们的综合国力很快就要超过美国啦。老人侧着耳朵使劲听着，说，超过美国好，就要超过美国，“严伟才”不早就说了吗？打败美帝野心狼。老人说完，又嘱咐说，让鲁超（我的大外甥）也小心，英国过去老欺负咱。我说，放心吧，现在咱们富了，有了原子弹，没人敢欺负咱了，你看现在咱们村里，多少盖楼的了。母亲说，是啊，日子好了，俺们也老了，你看老槐树都跑到村子里来了。

是啊，老槐树跑到村子里来了。随着国家新农村建设步伐的加快，新根哥他们一帮男男女女，打工的打工，创业的创业，日子翻着跟头地往前奔，不几年的光景，村里蹭蹭起了好多小二层，如雨后的麦苗，一天一个模样。而现在呢？……老槐树不说话，废墟不说话，我也不知道该说什么好。

正在我独自黯然神伤的时候，新根哥拖着麻袋走过来，说，现在看，没意思啊，明年再来，这儿，就是一片楼啦。来来来，我带你去看看规划图。于是，我跟随新根哥走出蓝色隔板，来到一幅高大漂亮的展板前，上面写着：安康家园规划图。只见一幢幢高楼，一条条街道，花园、绿地……陶渊明老先生的“黄发垂髫，并怡然自乐”，用在这里，再恰当不过了。咦，那是啥？我指着小区中央一块绿色问。新根哥说，那是老槐树啊。新根哥说完，把钢筋装上千骏牌电动三轮车，说要不是等着接孙子放学，咱哥俩今天非好好喝两杯不行。

看着新根哥远去的背影，我忽然想起刚才在老槐树下看到树枝的红布条和树下的纸灰。那大概是有幼儿又受到了惊吓，或者迷信的老人又对着老槐树许下了什么样的祈愿吧。以往，底层的百姓，只能把个人的幸福寄托于虚空中的神灵。而今，新生的一辈，更相信自己手中的硬茧。

风从原野上浩荡吹过来，刚才还蒙在我心头的一片灰云，随之而散。我的老槐树还在，过去在村口，昨天在村里，明天呢？明天她就立身高楼大厦之中了，她也成了“城市”树。短短几十年的光景，如同我们伟大的祖国一样，从农村到城市，老槐树也完成了一个华丽的“三级跳”。

我忽然想，新根哥会和他的孙子说老槐树的“三级跳”吗？他的孙子听了，会相信吗？

本文 2019 年入选《黄河放歌》

在原野上

我必须承认，虽身为农村的土孩子，可那天，却是我在原野上第一次专注地审视一株枯草，去贴近和我一样土生土长的生命。

时间已然是深冬，强劲的老北风，吹着尖利的口哨，就像当时困苦的日子大摇大摆地在乡村碾过一样，从苍茫的天际凌厉地纵身而来，在亿万棵枯草的缝隙中肆意地穿行。枯草用自己细小的躯体，组成规模庞大的阵营，或细密，或稀疏，在沟坡，在路边，如同溃败的兵团，垂头丧气地拖拽着折断的刀枪剑戟、扛着破损不堪的旗帜，在大地上瑟瑟发抖。它们丝毫没有因为我们的兴高采烈而改变自己的衰败、颓废和苍凉。

我清楚地记得，那一天是正月初五。老辈儿传下来的规矩，这一天要老老实实待在家里，不许走动。然而，困苦的日子阻挡不住年轻的心去寻找快乐，我、新力叔，还有永志哥，跑着、跳着、笑着、叫着，在原野上肆意地挥洒着年轻旺盛的气息，尤其是对我而言。第二天，就又要回到学校，一头扎进书山题海中去。尽管我是第二年高三复读；尽管我心里很清楚：母亲希望看到的，是我利用这短短的却又宝贵的假期，在家里如饥似渴地复习。可是，我那十八九岁的年纪，青涩而又张狂的血液，把我带到这原野上。我羡慕新力叔骑着锃光瓦亮的大金鹿自行车在乡路上奔驰，我甚至希望能像永志哥一样，驱赶着一群羊，自由自在地在大地上行走，没有作业，没有考试。我如同一个闷在水底很久很久几乎窒息的人，在那一刻，奋力地冲破水面，透一口气。

原野像一块摞满补丁的棉被，她朝我们敞开温暖的怀抱，她的每个针脚，都给我不同于练习题的新鲜气息。挖鼠洞的土坑，在布满绵羊脚印的沟坡上，小小的洞口，闪烁着老鼠狡黠的眼睛；绵羊的脚印细碎而又稠密，时而会有几颗圆溜溜的灰褐色羊粪球混迹在枯草的身边；一条条纵横交错的沟渠，一条条田间的小路，好似平面直角坐标系的横轴竖轴，朝着无穷远延展开去。走着走着，你说不定就会遇到一个粗大的树根，上面放一块证明已有人占据的断瓦，周遭已经被刨开，露出胳臂一样的根须。这树根远远看过去，很像是土地的一颗断牙，如果肯花两三天工夫把这树根刨回家当劈柴，足够烧热一个冬天的炕头。我不明白，如此慷慨大方的原野，母亲却说："俺们在泥里水里滚了一辈子，你可不能再遭这份罪了。"这话和新力叔和永志哥一路对我所说的，意思差不多。

多年之后，也是一个冬日，也就是一心想发大财的永志哥，被新力叔从广西带回来那天。我在酒局上和他们说起那天在原野上的事情，永志哥眼圈一红，很激动地对我说："打小，五爷爷就说你脑子灵，说俺们俩是戳狗牙（方言：讨饭乞讨）的货，你看你这记性，过去了这么多年，你还记得这么清楚。你现在，国家干部；新力呢，大老板，只有我，混吃等死。"他的话说得我心里很难受。在酒足饭饱后回家的路上，他们俩又乘着酒兴，在沟坡上点燃了厚厚的野草，赤红的火焰，如先前一样奔放热烈，只是永志哥扯破喉咙的喊叫，渲染了太多岁月的苍凉。

那天，我们走到原野深处的时候，才找到一个合适的地方，点燃了野火。穷苦的日子里，一棵草在农民眼里也有天大的用处，喂牲口，做烧柴。五爷爷肩上背着粪筐，手里攥着镰刀，如同一头饿狼一般，搜索着能带回家的一切东西。以村庄为圆心的方圆数里地之内，老人知道每一棵草的位置。幸好，他衰老的腿比不上我们的灵便，没有把他带到这个地方。我清楚地记得，那个地方不远处，是一口废弃的油井，一根粗大的油管铁青着脸竖立在那里。

就在我和油管对视之际，脑间迅疾地闪过同级的油田籍学生，他们衣着光鲜，不用学习就可以招工。我曾无数次地假想过，我的爹娘也是“吃公家饭”的，我也能嘴里说着“怪声怪气”的“普通话”，趾高气扬地在校园里昂然而过。可那只能是假想，我能回到的，只能是远处那个匍匐在大地上的村庄。

近旁，新力叔和永志哥已经用手撕扯了几把枯草，在枯草丛里堆成一小堆，然后两人蹲下来，紧紧地并排着用身体做成挡风的屏障，再把两手拢成一个花苞状，小心翼翼地划着火柴，很虔诚地用掌心护住那虚弱的豆大火苗，去引燃那堆枯草。眼见着那火焰燃烧起来，他们快速地把身体闪到一旁，转眼间，在我们的欢呼声中，一团熊熊燃烧的野火在天地间升腾起来。它如一头怪兽，奔突着，嘶吼着，吞噬着。先前那一棵棵貌不惊人的小草，在火焰中噼噼啪啪地叫嚷着，它们用无数个弱小的躯体，在寒风中，用火焰的形式，聚合成一股不可阻挡的力量，以摧枯拉朽的气势，让自己的生命得到升华。

我们往回走了很远，那兴奋的心情还指引着我，回头去看那燃起野火的地方，直到那最后一缕烟尘也消散殆尽。这时候，铅色的云层，正在我们头顶上缓慢沉重地移动。新力叔突然眼睛一亮，提出喝酒的想法。这无疑是一个再好不过的想法。

在20世纪七八十年代，喝酒，在偏远贫困的农村，还是一件很奢侈的事情，家里只有来了尊贵的客人，才会炒菜喝酒。主家担心在客人面前丢人，会把躲在门口扳着门框看着桌上的菜肴啃手指的半大孩子都赶出去。在贫穷的泥潭里，保持尊严，是一件极其困难的事情。对我而言，直到现在，我内心深处默认最好的菜肴，依然是大葱炒鸡蛋，自很小的时候，我就知道，母亲把存放鸡蛋的小茅囤，藏在炕头被窝后面。打那个年月过来的孩子，哪一个没有偷嘴吃的经历呢？尤其对于上顿咸菜下顿咸菜，正在长身体的年轻人来说，借着喝酒，再吃一点酒肴，多沾一点荤腥油水，是体内生长的细胞迫切的需求。

或许新力叔只是一时兴起，随口说说罢了，在他家院子里，被他娘夹七夹八地数落了一通后，尽管我心里还燃烧着炽热的火，可我能确认，美好的愿望几乎没有实现的可能了。我只是没有想到，接下来，我会差一点被一句话击倒。

“以后少和他近乎，那么大个子的人，复读了两年课，听说不是打篮球，就是戳台球，一点成色也不长，还想喝酒，我才不伺候这戳狗牙没出息的东西呢。”

直到很多年之后，风里雨里，我也算经历过许多的事情，算得上刻骨铭心的，也不少，可这句话，在现在看来，应该是刻得最深的，虽然说被后来的年月磨去了尖利刺痛的棱角，可每每想起，心里还是会泛起一股极深极深的痛。

至于那天我怎样和永志哥分开，怎样又回到原野深处那个燃放野火的地方，我一点记忆都没有。我只感觉隔着厚厚的土坯墙，闯到我耳朵里的那每一个字，都是一根浸满了鄙视的鞭子，重重地打在我的心上。过去那干巴巴地待在《青少年修养》课本上的“尊严”两个字，一脸严肃地在我身边站立，而我卑怯的眼睛，却不敢和“他”对视。我蹲坐在沟坡上，在远处油管的注视下，看着脚边被野火烧过后，枯草那焦黑的断茎。我眼中的那断茎，时而变成新力叔家奶奶那丑恶的脸；时而，又变成油田籍同学得意扬扬地背着轻飘飘的书包向我挥手作别；最多的时间里，那断茎则化身成一块块黑色的墓碑，其中离我最近的那根上面，刻着我的名字。我如同一只被刨了洞穴的田鼠，满眼恐惧地找寻一个安身的地方，可偌大的原野上，竟没有一寸地方可以令我立足暂歇。

一丝丝凉意从我后脖颈传来，我打了一个激灵，抬起头，看见亿万片细小的黑影，正从灰蒙蒙的天幕上飞身坠落。

哦，下雪了。

我紧了紧棉衣，直着眼睛看雪粒，一个个砸落在眼前的满是灰烬的地上。不知道过了多久，当我耳边听到："这不是俺那好孩子吗？"五爷爷已经三把两把扫去蒙在我身上的雪，用他的老羊皮大衣，把我裹起来。我的眼泪如决堤的河水般奔涌而出。后来母亲说，那天那个傻呆呆的我，着实把她吓坏了，发了一夜的烧，喝了三碗姜糖水不管用，最后还是请邻村的大夫给打了针，才算好了。而我只记得在茫茫的大雪中，五爷爷和我说的那句话："人活着，得有一口气。"再次回到学校的我，进入一种滑翔模式，教室、宿舍、餐厅，三点一线；听课、做题、修改，三位一体。我至今都回想那个状态，我至今也养成了一个习惯，心里有什么烦恼，便在原野上找一处僻静的地方，把自己融入其中；至今，我也没有告诉母亲：那天究竟是为什么，我会一个人待在那儿那么久。后来母亲说，打那时起，她觉得我忽然长大了，懂事儿了。

尽管过去了那么多年，然而，每当我看到原野上升腾起淡黑色的烟雾；每当我俯下身子去端详一株枯草；或者大街上三五个毛头小子肆无忌惮地在我眼前一闪而过，我就不由自主地想起那个冬天。那冰火双重天般的记忆，如同那日我落在雪上的滴滴滚烫的泪水，在晶莹剔透的纯洁之上，洇渗开一片黑乎乎的踏实且坚硬的土地来。

一直以来，我都在寻找一个合适的比喻，把那天在我生命中的价值表达出来。我曾想到过河流的拐角，如同黄河的壶口瀑布；要么，便是一棵树，在某个狂风暴雨的时刻，被折断了枝干。终于，一个偶然的机会，我在铁匠铺，看到老师傅用铁钳夹着烧红的铁条，放进水里的时候，伴着一团白烟，在铁条一声沉闷的嘶吼中，我忽然觉得，我离答案近在咫尺。一切看似巧合，而似乎冥冥之中早有安排。

本文 2020 年 1 月发表于《散文百家》

老三爷爷和他的搪瓷缸子

老三爷爷又推着他的爆玉米花机出现在南场院里，伴随着一团团升起的白烟，接连不断的砰砰声给村子带来了欢乐。

乡村已经老得掉了牙，什么时候这个地方生根发芽，没有人清楚地记得了。春去秋来，一茬茬庄稼种了收收了种，一辈辈生灵也在这片土地上培育出一种独有的默契——单单只凭听声音，就能辨别出什么人、什么事，在什么地方。咚咚锵咚咚锵的鼓声，这是谁家娶媳妇。呜哩哇哇的唢呐声，这是走了老人。清脆的啪啪啪木头梆子声，是何家集大普子的香油大果子（油条）来了。厚重的棒棒棒的梆子声，是刘六家老二在卖豆腐。咣咣咣的锣响，是皂户李家染坊来收布送布。如果是“砰”的一声，这就是爆棒子花的老三到了，在南场院里，一准儿能看到他。

黑色的雷锋式棉帽子，黑色的粗布棉袄棉裤，黑色的棉鞋，腰间胡乱捆着一条绳子。虽说是黑色，也不知道多少年没有拆洗过，染过的家织布很多地方早就褪了色，黑里间杂着一块块的灰白。袖口、领口油光锃亮的，臂弯、屁股、膝盖上补丁摞补丁。衣服外面的脸和手和衣服一个颜色，嘴巴上一把乱蓬蓬的花白胡子，在冬天的风里一抖一抖的，鼻涕冻结在上面，脏兮兮的。他手上戴着一副黑色的白手套，十个指头都破了洞，很是滑稽。不过人们不会在意那些，人们在意的，是他爆的棒子花很香。

农人的日子被贫穷这把锋利的锄头收拾得近乎残酷的简单。一年到头，春种夏耘秋收冬藏。一天到头，日出而作日落而息。穿衣，家织布。吃饭，窝头咸菜棒子碴儿粥。住的是土坯房，出行靠两条腿。最大的节日是过年，最惬意的事情，便是冬日里北墙根儿下在暖阳的拥抱里熏熏地嚼着耳听口传了不知几辈子的故事。曾经有一位退休的老干部带回来一部洋戏匣子。哎哟，可了不得啦，全村人跟过年似的，晚上乌压压地满满坐了一场院，那场面，比大队书记开会气派多了，一个吱声儿的没有，都咬着手指单眼瞅着。也有婚丧嫁娶盖屋垒圈，但这些事情只不过好似盛开在田间的一株昙花，白驹过隙般一闪而过。摆在乡亲们面前的，依然是一大片一大片辛苦的日子，等着他们熬过去。

辛苦的日子教会乡下人用最小的付出获取最丰厚的回报。我不认为这是小气，因为底层的人没有大方的资格。逢年过节，走亲访友，最经济实惠的零食自然是棒米花了。棒米粒儿是自己地里长的，只要往搪瓷缸子里扔进二分钱的加工费，就能得到一堆香喷喷的棒米花了。听说那种二分钱的钢镚儿现在能换好几块钱了，因为那个贰写错了，本来在下面的两短横跑长横上面去了。

搁钱的搪瓷缸子就放在风箱上，搪瓷脱落了很多，斑斑驳驳的。往缸子里放钱是随便自己放的，老人从来不看，临走的时候也不数，用一块手巾一裹了事。穷苦的生活会扭曲人们的道德，道德在饥饿面前是不堪一击的。志者不受嗟来之食，廉者不饮盗泉之水。那是高高在上的彩虹，看得见，摸不着。乡亲们最关心的还是脚下的土地、囤里的粮食和口袋里的钞票，很多时候，会因为一点地边边沿沿儿斗得不可开交。然而，每当站在那个破旧搪瓷缸子前面的时候，看着手里的小钢镚儿“当”的一声投身到它的同胞兄弟中，心灵却忽然就变得圣洁起来。老人并没有看着，即便是投进一块小石子，也会同样发出“当”的一声。可此刻，这个斑斑驳驳的搪瓷缸子成了对人们的一份无比珍贵的尊重和任信，一股能让人挺直腰杆的气概把龌龊的私心扫荡一空。放钱的搪瓷缸子旁边还有一个大的，一样的破旧，是用来盛棒米粒儿的。两满缸子棒米粒儿爆一锅，只能少，不能多，如果多了，爆出来不开口的“哑巴儿”也就多。你可以不给钱，但就是不能多。老人就是这样固执。而此时，固执的老人正在呼哒呼哒地拉动着风箱。

“呼哒”，“呼哒”，随着老人每一次拉动，风箱一口口地喘着粗气，从炉子里喷出一团团淡墨色的黑烟，那些是柴草的魂灵，轻悄悄地飘升起来，消散在冬日的风里。老人右手拉动风箱，左手转动着葫芦形状的小铁锅炉。有五六分钟的光景，老人停下拉风箱的手，迅速地转动几圈铁葫芦，低头看着摇把儿处的压力表。这时候，人们的心也悬到嗓子眼儿。老人把铁葫芦从架子上提下来，放到一个圆形的铁笼子前面，用撬棍把开口处扣好，嘴里喊着：“开了啊！”

“砰——”

一声巨响过后，一团白色的烟雾慢慢散开，铁笼子里多了一堆白色的棒米花。老人把爆好的棒米花从铁笼子里抖出来，装进主人家的口袋里，主人则慷慨地对周围的人说道：“抓一把，来，抓一把。”

老人的到来给北墙根儿底下晒老爷儿（太阳）的人们增添了新的话题。冬天，封了地以后，女人要么坐在炕头上摇动纺车嗡嗡嗡地纺线，要么纳鞋底，孩子们拖着清鼻涕在田野里疯跑，男人们则聚集在场院的北墙根儿下面晒老爷儿，东扯葫芦西扯瓢地聊天。那些了解一些老人历史的人此时便成了主角。

老人的故事很简单。他是一个光棍儿，他左手少了一根食指，他爆棒米花从来不看钱。然后呢？然后没有然后了。

乡下光棍儿的男人是一只没有褪去尾巴的蛤蟆，在其他成家男人咧开大嘴哇啦哇啦吵闹聒噪的时候，他能做的只有弯腰保持沉默。一堆男人在一起谈论的话题自觉不自觉地就会转到女人身上来，谁家媳妇奶子大，谁家老婆屁股宽，女人的每一个敏感部位都会引起一阵狡黠放肆的笑声。恰是这笑声，一下下撩拨着他的尾巴，使得他的腰身弯得更厉害。

“老三，给你说个媳妇吧？咋样？”有人调侃他。他咧咧嘴，笑了一下算是回应。

“老三，听说你领了一个娘们儿回来，是不是啊？”

有人询问他。他咧咧嘴，笑了一下算是回应。不管人们说什么，他都没有停下手里的活儿，一直用他少了一根手指的左手转动着小铁炉。

“呼哒……呼哒……”人们来了走，走了来。“呼哒……呼哒……”一声声巨响震颤在大平原的这一个角落。日头偏西了，晒老爷儿的人群也开始散去，只剩下一群孩子围着，捡拾散落在地上的“哑巴儿”。

“爷爷，你的手怎么了？”孩子们总是忍不住好奇地问。

见周围只有一群孩子，老人的腰杆好像直起来许多。

“被冰割掉了。”他说。

“冰？”孩子们眼里满满装的都是疑问。

“是啊，冰，那年春天，我到河南俺姐姐家去。你们知道吗？河南面滩里种地不交公粮提留款，咱们这面都吃不上饭了，俺娘让俺到姐姐家去。过河的时候，冰上还能走人，回来的时候就开了河了，场院大小的冰片在河里噌噌地走。我临下河喝了一斤老白干，要不然不能下，会冻死的。然后扛着一袋子玉米面蹚水过河，快要上岸的时候，脚冻麻了，打了一个趔趄，面袋子就从肩上掉下来，我用手一抓，手被冰划破了。

当时还不知道呢，回来后就烂，化脓，后来就到医院里锯掉了，当时好像没花钱，公社里报销。”老人断断续续地说了这样一些。孩子们则用惊奇的眼睛一遍又一遍地看他的手。他的食指是齐根儿截掉的，像是树上剪去一根枝杈，时间久了，被树皮包起来，形成一个鼓鼓的包包。老人自己看自己那个包包的时候，眼里似乎闪着一丝亮光，仿佛那是一个亮晶晶的勋章。

当炊烟笼罩了村庄的屋顶，暮霭里响起母亲呼唤孩子回家的声音之时，老人便开始收拾东西了。他也要回家去了，虽然我直到现在也不知道他是哪个村的，只知道他叫老三，是一个光棍儿，左手少一根食指，并且从来不看人们是不是真的往缸子里放钱。我曾问过他这个问题：“爷爷，你不怕有人偷你的钱吗？”

老人说：“人欺不算欺，天欺过不滴。”

有很长一段时间，我并不明白这句话到底是什么意思。我想他可能是用那种方式表达一种属于他自己独有的性格，亦或是给自己打造一个标签，就像现在年轻人所热衷的“耍酷”。现在，当我看到有人对着阳光翻来覆去审查一张纸币的真伪的时候，当我在新闻报道中看到一奶同胞的兄弟姐妹因为拆迁款对簿公堂水火不容的时候，我总是不自觉地想起这位老人，总想起那个斑斑驳驳的搪瓷缸子。

一转眼，老三爷爷已经走了30多年。关于他和他的搪瓷缸子的事，大概没有几个人知道了。

本文1999年12月发表于《青岛信报》，
同年入选《2015年齐鲁文学作品年展》

豆子在沸锅里浮沉

假如要给季节搭配一个背景的话，我以为，应是乡下。你看，季节的画笔在都市中，无非是于钢筋混凝土构筑的丛林间隙，用工笔细细勾了两下行道树、用中毫描几个公园罢了。可在乡下，用笔顶小也是板刷，饱饱地蘸了浓墨重彩，在大块大块的田野上，撸胳膊挽袖子地肆意挥洒，若赶巧碰见收秋的时候，那简直就是拎着满桶的油彩，可劲儿地泼啊，泼黄了麦子，泼红了高粱，泼白了棉花，泼绿了玉米。哪怕是夕阳西下暮色四合，在田野里弥散开的那一层轻纱般的薄雾里，也到处充溢着季节的味道。那天，我和上初一的儿子阳阳到家的时候，浑身仿佛都浸透着这味道——收秋的味道。

院子里打开了门头灯，一群飞虫围着盘旋飞舞，灯下，母亲坐在小板凳上，守着一堆玉米棒子，右手里握着一柄改锥，正在剥玉米粒。“阳阳回来了。”母亲站起来，两手在前襟下面扑打了两下，去拉阳阳的手，可她孙子的眼睛却盯在那柄改锥上，拿在手里端详了半天，母亲嘱咐我到厨房看看锅里的米饭熟了没有，然后拿过改锥，教阳阳剥玉米粒。母亲左手拿起一个玉米，用右手里的改锥在长发飘飘的头上一挑，然后无名指和小指握着改锥，用腾出来的拇指、食指、中指，配合着左手，捏住被改锥划开的玉米一拉，只听刺啦一声，一个黄澄澄的玉米棒子便“袒胸露乳”地跳了出来。阳阳拿过改锥，学着奶奶的样子，拙手笨脚地开始剥玉米，母亲满眼都是她的孙子，喜欢得眼睛眯成一条缝，嘴里忙不迭地嘱咐阳阳不要弄伤了手。阳阳倒是没有伤到手，可剥了七八个之后，便把改锥朝地上一丢，嘟囔着手指疼，问我要手机玩，我说你看你才剥了几个啊，够你吃的吗？母亲抢前一步说：“才多大孩子啊，细皮嫩肉的，手还没磨出来呢。”说着，走进厨房，从我口袋里一把掏出手机来，又笑眯眯地交给阳阳，祖孙两个，皆大欢喜地各司其职，剥玉米的剥玉米，玩手机的玩手机。这时，父亲肩头扛着牛梭头（牛轭）和套绳，牵着牛进来，说了句：“回来了，阳阳回来了吗？”然后去牛棚。我低头看看锅里熬的大米汤，正在热火朝天地翻滚着，一粒粒绿豆混在里面，像一个个调皮的孩子在捉迷藏似的。

吃饭的时候，母亲在阳阳的碗里满满舀了两勺子白糖，唠唠叨叨地说：“多吃，长大个子。”阳阳吃着吃着，突然哎呀一下，用手捂着腮帮子，从嘴里吐出一粒豆子来，然后说啥也不吃了，又转身去玩手机，我刚要发火，母亲呵斥我说：“吃饭训孩子，你这是啥毛病啊？”父亲把儿子吐到饭桌上的那粒豆子捡起来塞进嘴里，咯噔咯噔地用牙碾碎，咧开嘴笑着说：“一个石豆子。”

母亲沉吟了一下，叹了口气，说：“现在这孩子们，可真是长在了福运里，和他们比，俺们这还算是人吗？”我说咋就不是人了呢？母亲说：“俺这辈子吃的苦，连你一起说着，就别说孩子了，你五辈子都受不完。”

父亲母亲受苦受累，这我是知道一些的。父亲母亲都是1945年出生，父亲15岁的时候，正赶上三年经济困难时期，全国“搞生活”，我的爷爷奶奶先后饿死了，只留下父亲和我小姑哥妹俩过日子。记得有一次小姑来串门，笑着对我说：“俺们两个出去要饭，你爹躲在后面不进门叫人家大爷大娘，光让俺去。”我曾不止一次在泪眼蒙眬里去想象那幅场景。两个十来岁的孩子，走在长长的乡间小路上，头上是苍茫的天幕，脚下是广袤的原野，为了填饱肚子活下去，他们要走向一个又一个村庄，不知道有多少恶狗曾对他们狂吠，不知道有多少白眼刺向他们，当然，也不知道有多少唏嘘哀叹留在他们身后。写到这里，我的泪又不听话地流下来。

母亲的日子也好不到哪儿去。母亲说我姥娘在她六岁的时候就得了一种怪病，浑身疼，不能起床。母亲说过一件事我印象极深。母亲说，她十五六岁的时候，和四个表侄在一个炕上睡，芒种时节，还穿着夹袄，于是她头天晚上光着身子裹着被子，自己把夹袄拆开，抽出棉絮之后，再缝起来，第二天正好穿。我问母亲有没有害羞，母亲说：害啥羞啊，有件衣服穿就不错了，哪像你们现在，吃不愁穿不愁。母亲也曾和阳阳说过这些往事，可收效甚微，就像现在嘱咐他用功读书一样，这个耳朵听，那个耳朵往外冒。

我对母亲说："那些苦都过去了，现在，你们可是最幸福的人。"

母亲问我说："俺们有啥幸福的啊？"

我说："因为现在什么苦，什么脏活儿累活儿，对你来说，都不叫事了。"

母亲听我这么说，笑了起来，说："那当然是啊，现在就是叫俺们拎着棍子出去要饭，也行。"

父亲说："人活一辈子，哪有顺顺妥妥的，哪一个不是七灾八难的，你看那锅里的豆子，不在沸水里滚几个开锅，哪能熟了呢？当然，有的人机灵，滚一两个开锅，就熟了，有的呢，慢一点，要滚七八个，有的啊，就像这石豆子，熬干了锅，也熟不了。"

听父亲这么说，我脑际又浮现出那天幕下的兄妹两个人，想起父亲母亲推着小推车，修整承包的村北面的废窑厂；想起父亲拖着秧苗在齐膝深的水里跋涉；想起我因为逃学而被父亲抡着套绳打……

直到现在，我还经常想起父亲的话，想起那在沸水里翻滚的豆子，想起求学时候，父母嘱咐我说："俺们在这庄稼地泥里水里爬了一辈子，可不想你们下一辈也受这份罪了。"

本文 2019 年 6 月 28 日发表于《山东商报》

我们的火车就要开

故乡的季节是一场聚合离散的爱恋。经过一个夏季的浓情蜜意，长空雁阵一声长鸣，沉静的秋波便在田野上清清爽爽地铺开了。

明媚的秋阳下，我和母亲在故乡的沟坡上收割高粱。儿子唱着母亲新教的童谣在玩土，“老母儿奶奶，好吃韭菜。韭菜不烂，好吃鸡蛋。鸡蛋腥气，好吃公鸡。公鸡有毛，好吃仙桃。仙桃有核（hu），好吃牛犊，牛犊撒欢儿，嘚儿嘚得儿啦上了天儿。”这田野对于儿子来说是极其新鲜的，各种各样鲜活的气息肆意地交汇在一起，在被浩荡的长风擦洗得锃光瓦亮的碧空下，大自然为他奉上一盘史诗般雄壮的生命的大餐，补充他因为困居在幼儿园高墙内而极度缺乏的另一种营养。

一则手机报让我停下手里的活儿，“娘，咱滨州就要通火车啦！你看，这不。”我兴奋地把手机递到母亲面前说。母亲放下手里的镰刀，眯着眼看了看，说：“这下可好了，等下，你和你五奶奶说一声，你打小就说开火车拉着她，她盼了一辈子，临了也没坐上火车。”

临了也没坐上火车的五奶奶，和五爷爷居住在不远处坟场的一土堆下面。一条细细的小路隐约蜿蜒地探出，在那里，村庄又用另一种形式展现在阳光下。在广袤的鲁北平原这一角落，没有塔松，没有鲜花，只有随着季节荣枯的野草。一辈辈土里生土里长的命贱如草的生灵在此复归于土。他们一生的风景，以古老的村庄为圆心，以窄窄的乡路为半径，画的同心圆，口口相传的故事被一代代嚼碎融入每一寸肌肤里，偶尔也会有外出的人带着新鲜的奇闻逸事从村东的土路上走来，而岁月用无形的手悄然抚平荡起的涟漪。村庄依然平静，依然穷苦。

对于五奶奶来说，五爷爷带来的火车，却在她心里挽成一个结，一辈子都解不开。相比村里面朝黄土背朝天的农人，五爷爷是见过世面的人。别人只是在电影《铁道游击队》黑白银幕上见过火车，而五爷爷却见过真的火车。“嗬，火车，老长啦，从咱村这儿能到咱公社，你看都看不到头儿。”夏夜的打麦场上，五爷爷扑打着蒲扇，浓浓地吐出一口纸烟，如是说。此时，吧嗒吧嗒响着的烟袋锅，一闪一闪地点亮着无边的黑暗，我想，五爷爷那个麻将牌一样的门牙，又骄傲地从他厚厚的嘴唇里跑出来了。

五爷爷是五奶奶的骄傲，也是我遇到的第一位哲学家。他用简单的话给我解释高深的哲理。“小儿来，有吃饽饽就肉的，就有嫌糠不够的。”这话给用两条腿感受速度的我，再和其他交通工具的比较中落败的我以宽慰。夏日里，母亲和五奶奶在门前场院的那棵老槐树的浓荫下做针线活，我则倒坐着小椅子骑马。远处乡路上腾起一路烟尘，那是白色车顶的石油勘探车，车后面定会跟着一群十来岁的孩子。遇到自行车，我就会唱：“骑洋车，跑得快，蹬断链子磨破带，看你下来不下来。”偶尔有飞机的轰鸣声划过天空，我就大声唱道：“飞机飞机你下来，我和日本打仗去，他使枪，我使炮，打得日本人嗷嗷叫。”墙上用白石灰水刷的也有“提高警惕保卫祖国要准备打仗”的字样，只可惜，等我认识它们的时候，它们已经被雨水冲刷得看不清了。

在五奶奶眼睛的余光里，五爷爷修理着胶皮独轮车。五奶奶问我说：“小儿来，你长大了开火车不？”

我说开。五奶奶接着问我：“开火车拉着我不？”我说，拉。五奶奶就摸着我的木梳背儿头说：“这孩子长大了肯定有出息。”不料想，一晃几十年过去了，她并没有坐上火车，我也用现实证明五奶奶的预言出现了偏差。

火车是五爷爷用独轮车去淄博推大缸时见到的。20世纪60年代，淄博叫张店，滨州叫北镇。也就在“三年经济困难时期”，五爷爷和邻村的几个年轻人，推着胶皮独轮车，从北镇顺着张北公路去张店推大缸，两黑两白到，两黑两白回。独轮车一边绑一个缸，三人合抱，二三百斤沉，是给酒厂和酿造厂送的。五爷爷肩上搭着布袢，脚上蹬着五奶奶亲手纳的千层底，布袋里装着和上野菜烙的糠饼子。嘿然一声，暴起青筋的双手握紧车把，抬脚上路，路的尽头，是一家人的温饱的期盼。那是一根爆响在身后的鞭子，他不能停下脚步。五奶奶说，是大缸救了他们一家的命，也是大缸害了五爷爷。最后一趟，五爷爷躺在自己的独轮车上回来的。同去的人说半路上五爷爷浮肿的腿软了一下，车倒了，碎了一个缸。本来捡起碎片压着保持平衡，还能推一个回来，可五爷爷硬是丢下另一个，又返回去推第二趟。可干粮是不够的，他昏倒在半路上，回来半年后人就走了。我曾努力地去想象五爷爷返回的时候心里在想什么，是家中嗷嗷待哺的孩子？是满脸菜色的妻子？是一个男人养家糊口的责任？还是五奶奶所说的：“老庄稼腚，就怕白费那一趟脚板的路。”

几十年的光景，胶皮独轮车竟然不见了踪影，就连骡马车也成了极少看到的稀罕物。走了不知几世几代的、晴天一身土雨天一身泥的乡路，仿似一夜之间，变成平整的水泥路。记得 24 路通车后，时不时地就有在滨州南下长深高速的大车轰轰地吼叫着在路上驶过，母亲看着路上 17 米长的半挂车问我，这车能拉多少麦子。我说能拉 60 吨，她接着问 60 吨是多少，我说相当于一百多辆马车，她又问我一火车能拉多少，我说能拉一万辆马车。母亲最后问我滨州有火车没有，我说没有。母亲怅然地说：“要是咱这里有火车，那你五爷爷他们就不会死了，他们那代人，吃了那么多苦，却没过上几天好日子。”

一转眼，这事距今又过去七八年了。楼上楼下电灯电话的四个现代化，对于出生于 20 世纪 40 年代的母亲来说已然是梦想，那火车、飞机，我想大概就是她老人家连想都不敢想的天堂吧。

有人说，人死后魂灵会停留七天。此刻，站在五爷爷五奶奶的坟前，我倒愿意他们一直都在，那样，和着火车的轰鸣，他们应能听到我为她唱的这首从我儿子口中学来的儿歌。我想不光是他们，这片土地上的所有生灵都能感受到那新生般的震颤。

“小板凳呀摆一摆，小朋友们坐上来，坐上来啊坐上来，我们的火车就要开，我做司机把车开，轰隆隆隆隆隆，轰隆隆隆隆隆，轰隆隆隆隆隆，呜——”

耳边仿佛又响起五爷爷的话，“小儿来，最好吃的饭，就是炝锅面，再加两个荷包蛋。”那麻将牌般的大门牙又从厚嘴唇里蹦了出来，骄傲地闪着黑黝黝的光。

本文2016年月发表于《文泉》春之卷

温暖的灯光

深夜无眠的时候，我喜欢临窗远眺。在无边的寂静中，看夜空下霓虹灯的独舞，看黑黢黢的高楼默立，最后，眼睛会不由自主地落在守着寂寞长街的路灯上。那黄晕的光，扇形地散开，像一个张开双臂的怀抱，让人感觉温暖又安全。沿着长街，让眼睛一路走，顺着灯光，走到一个未知的黑暗的尽头。在那个尽头的上方，是一层淡淡的光亮，光亮连接着浩瀚的夜空。那时候，我的躯体和思想仿佛都停止在那一层温润的光亮里，很多相对的概念在那里携手跳起舞来，生与死、快乐和痛苦、永恒和瞬间、善良和邪恶……许多平日里纷繁芜杂浑浊黏稠的存在物渐渐沉淀澄清了下来，转化成时间长廊里一丝极其轻微的风。“人有悲欢离合，月有阴晴圆缺，此事古难全”。纵使气吞万里如虎、豪气干云的盖世豪杰，也难逃英雄气短儿女情长。于是，一种浓重而又轻飘的幻灭感和悲哀感，如一层清冷的雾气，若隐若现地升腾起来，游荡在我思绪的旷野中。我问自己：红尘滚滚，人世沉浮，在这满是深沟大壑的旅程上，是什么导引我一路向前呢？

邻居一位多年鳏居的叔父，年逾不惑，依然茕茕孑立，形影相吊。他的小院里，垃圾满地，蒿草丛生，成群的野猫野狗狼奔豕突追打撕咬，似乎已经对生活麻木的他，对此视而不见、听而不闻。每年年终岁末的时候，母亲都要拣一个晴暖的日子，把他的被褥拖出来晾晒一下，还要把那满是厚厚泥垢的被头布拆下来，洗净晒干再缝上。母亲的手在冷水里冻得红红的。母亲说：“街坊邻居的住着，能搭一把手就搭一把手。”有一年，也是冬天，村口来了一位衣衫褴褛的中年女人，带着一个十多岁的女孩子，女人说只要能给孩子做一套棉衣棉裤，就留下来不走了。于是，母亲和其他邻居家的婶子大娘忙着给孩子做棉衣，父亲则和其他叔叔大爷帮着收拾打扫院子修葺屋子，父亲还带着我把我们家一套桌椅送了过去。两天后，新泥的土墙还散发着泥土的气息，整洁的小院里便点燃了热乎乎的炕头。打那以后，叔父回家再晚，打开家门时，再不是黑漆漆一片了，已经有了电灯。叔父有了自己真正的家。

有这样一个故事，有人问上帝：天堂和地狱有什么区别？上帝便带那人去了地狱，地狱的人正在吃饭，面前摆的是珍馐美味，可一个个却骨瘦如柴。因为他们手里都拿着一柄长勺，拼尽全力舀起食物，可是能送进嘴里的却寥寥无几，个个痛苦不堪。上帝又带那人到了天堂，天堂的人也用同样的勺子吃饭，却是互帮互助，你喂我我喂你，一个个神清气爽、健康丰满，气氛也和谐愉快。上帝说：这就是天堂和地狱的区别。佛家也有类似的话：心有善念，必结善缘。

我 19 岁的时候，在市二中复读。也是冬天，下了晚自习，那时候条件差，只能到校门口的小卖部花四毛钱饭票买一块方便面用热水泡了吃，补充一下营养。晚上十点半，下课铃响起，从教室里出来，四下里冷飕飕的，冬的利爪把它能触及的一切都砍削、挤压到极限。我猫腰抬头，把半旧的黄军大衣又使劲裹了裹，努力挽留着身体仅存的一点暖气，出了校门，眼睛看见小卖部窗口透出的灯光，肚子更叫得欢实了。

“大娘，我要一块方便面。”

我抠抠搜搜地从口袋里掏出四毛钱饭票，递给学校大门口小卖部的大娘，同时把手里的快餐缸子递过去。于是一块巴掌大的方便面放进缸子里，撒上一小袋调料，水流冒着白腾腾的热气兜头从暖水瓶里冲下。那明晃晃、热乎乎的瀑布仿佛扑向我一样，一股香气迅疾在这小小的房间里弥散开来，从我的鼻孔里钻进身体里，瞬间充盈到身体的每一个角落。那一刻，每一个细胞都欢快地拍手叫好，好像笼中饥饿的野兽看着缓缓而来的饲养员手中提着的食物。我吸溜吸溜地把一缸子酥软的方便面和热水转移进肚子里，煤炭千万年积攒的热量通过水媒介进入我的身体，暂时把积聚我身体里的寒气驱走，脑门激动地冒出细小的汗珠，处于身体边陲的小脚趾则开始刺痒起来，那里年年这个季节都会遭受冻灾，那年尤为严重。

“使劲念啊！”小卖部的大娘一边给我的缸子里续水一边说。

那段时日过去20多年了，关于那位大娘，她的容貌衣着都已被时光冲淡漂白，我能记得的只有这四个字，还有从暖壶嘴喷涌而出的水流和窗口的灯光。我在想，她营业到晚上11点，是因为要多卖几块四毛钱的方便面吗？她特意给我加满那一缸子热水，是出于对寒夜里幼小生灵的一种怜悯，还是对苦读学子的一种鼓励呢？如今，闭了眼，每每想起那小卖部窗口透出的光，依旧那样温暖柔和，像母亲审视睡熟中婴儿的眼神。

人是哭着来哭着走的，来时双拳紧握，走时双掌摊开。哭着来，不愿遭受人世间这险滩湍流；哭着走，是感叹人世间自有真情温暖；握拳来，意图拿走自己想要带走的；摊掌走，是为把自己的一份温情留下。谁也不会忘记儿时冬天出门前，母亲为你系紧棉衣上最后一颗扣子；谁也不会忘记在你留下青涩的泪水时，朋友握紧你的手；谁也不能忘记那些默默工作，如路灯般坚守本职照亮路途的人。只有爱，只有相互的帮扶，这些如蚁的生灵只有紧紧拥抱，才能艰难涉险。一颗颗善良的心点起的一盏盏温暖的灯光，照亮人们前行的路。

本文 2017 年 3 月 6 日发表于《青岛日报》

傻华蛋、《水浒传》和一块五毛钱

1994年，大学毕业参加工作以后，我每年年三十都要去一位邻居家串门。今年也不例外。这位邻居既是我的堂叔，又是我小学的老师。我曾在称呼上征求过他的意见，他说，在家里还是叫叔吧，显得亲近。堂叔看到我提着大包小裹的进屋，便半带嗔怪地说："你看你这孩子，来就来吧，还给我带东西，我啥也不缺啊。"然后让座倒茶递烟，第二句话，便是对着忙着置办年货的婶子说："国子这个家伙，脑子灵，打小我看着他就是一个念书的好苗子，可就是贪玩。他们这一茬孩子里，除了他，就是傻华蛋，那个家伙可惜了。唉——，这也不能全怨你五叔。不说这个了，陈芝麻烂谷子的。"说着，堂叔——我的老师——就笑起来，那脸看起来像婶子蒸的馒头花卷，曲里拐弯的，满是褶子。只怕这世上，喊着乳名笑着骂我"家伙"的人，也就是老家这些长辈了，只是一年少似一年。

从堂叔家出来，我在零零落落的鞭炮声里穿过一片废弃的宅院，回家。脑子里忽然想起堂叔口中的傻华蛋来。想起和他躲在近旁这样的老宅里看连环画，想起一起去田野里拾草，想起一起在学校里抄写词典，想起一起去看电影、听说书。那些往事，感觉像这老宅院里的荒草一样，别看乱蓬蓬的，可一年比一年厚实，只要追忆的春风一吹，便肆无忌惮地葳蕤起来。

傻华蛋的学名叫军华，因为年龄相仿，又是一个大家族，所以经常在一起玩。他傻倒不是真傻，只是有些愣头愣脑的。小时候，他细溜溜的脖子上挑着一个大脑袋，白白净净的脸，再配上一双滚圆而不大转动的眼睛，活像现在超市里卖的棒棒糖。不过那时候他可是我眼里的英雄，那个大脑袋里，清清楚楚地记得一百单八将的名字和外号。我问九纹龙，他张口就答史进，我问宋清，他答铁扇子。一次，我特意翻着书找到一个项充，他不假思索地答道：八臂哪吒。就现在，村里人们闲聊抬杠，遇到年龄谁大谁小这个节扣的时候，为了证明自己正确，总还脸红脖子粗的，瞪着眼珠子，说："要不咱问傻华蛋去？敢吗？！"村里不管男女老少，就连村东坟地里那些早走了的人，只要傻华蛋见过，就记得哪年哪月出生，属什么的，分毫不差。

我一直觉得，傻华蛋脑子这么灵，和他拥有那套《水浒传》连环画有关系。那是一套36本的连环画，每本的扉页上，还用工笔画着几位英雄好汉的绣像。傻华蛋把这套连环画当成比命还重要的宝贝，按顺序一二三四五整整齐齐地排好，装在一个小木箱中，藏在他们家里屋的粮食囤后面。我知道这个秘密的时候，他说还缺一本就凑齐了，他还说不能让他爹看见，他爹会把这些宝贝填进灶膛里烧掉。在那个一天两头儿不见太阳，在地里拼死拼活地挣工分；一年到头，一个整劳力也分不到一口袋粮食的年月里，念书，乃至和书有关的物件，在农村都会被看作异类的东西。年长的人看到，会直眉瞪眼地说："念书干啥，不当吃不当喝的，上两年学，会写自己名字就行，早下学回家下地挣工分，比啥都强，就你一个土老百姓，还想上大学吗？"

傻华蛋却不这么认为，他说他要念书，他还要去城里念书，他说他去过城里，城里有书店，什么样的书都有，上学的小孩都骑着锃光瓦亮的小洋车，车把上有个铃铛，用手一拨，叮铃铃地响。他每次和我说这些话，大眼睛里都闪着异样的光，脸上显现出很期许的神情来。

我那时候，没有听过小洋车铃铛的响声，我只听过换货郎的拨浪鼓。现在儿童玩具店里也有小拨浪鼓，只是比我小时候见到的少一个小铜锣。听，咚咚咚，镗镗镗，货郎摇着拨浪鼓远远地从路的尽头来了，土黄色的村庄一下子就涂上了鲜活的颜色，那三五成群、没有大人看管四处疯跑的半大孩子，拖着长鼻涕顶着一头乱蓬蓬的头发，从一条条窄小逼仄的胡同里窜出来，围住货郎的手推车。那一天，傻华蛋的眼睛跨过那些针头线脑儿，一下子就钉在那些小人书上。忽然，他抓住我，眼睛发直，呼吸急促，说车上有一本《水浒传》，就是他缺的那一本，九分钱。可是，那时我们的口袋里，除了玩游戏用的巴掌大的破瓷片，要么就是玩打张子（老家过去的一种儿童游戏，把一截小木棍两头削尖，用木棍从地上敲起来，再顺势击打到远处）的张子，别的什么都没有。傻华蛋的大眼转了一下，转身跑回家，拿了一个鸡蛋回来。鸡蛋交给货郎，小人书拿在傻华蛋手里。一大帮孩子，像欢迎凯旋的英雄一样，簇拥着傻华蛋，躲到一个人迹罕至的废旧院落里，分享他的壮举。要知道，那时候家家户户都有一个用蒲苇编制的存放鸡蛋用的小茅囤，那可是农村老百姓零存整取的小银行，等有急事的时候，才搬到集市上换钱。傻华蛋拿鸡蛋换小人书的这种行为，不亚于抢劫银行。这也难怪几天后的一个傍晚，当炊烟在矮小的屋顶上升起的时候，掺杂在其中的还有傻华蛋撕心裂肺的哭喊。那是他妈——我的五婶子——用笤帚疙瘩在抽打他的屁股。傻华蛋后来和我说，他到底也没说出粮食囤后面小木箱的事儿。他一边说一边还狡黠地朝我眨巴眨巴眼睛，脱下裤子来，让我看他屁股和大腿上一条条瘀青的伤痕。

小孩子不听话挨打在那个时候是很正常的事情，白天泥里水里滚了一天回家来的家长，没有闲工夫和不听话的孩子摆事实讲道理，再说他们肚子里有的是事实，却没有几条道理。在贫苦的农民眼里，孩子少花钱，能吃苦受累，多挣点钱添补家里的嚼裹儿，就是好孩子。在学校里，我们的老师——堂叔——也没有太多的道理，用他的话讲，磨破了嘴皮子，还不如一棍子。他每天阴沉着脸，上课下课都提着一根一尺半长、拇指粗的柳木棍子，一是用来做教鞭，二来做戒尺，我们犯错的时候打手心。只有带我们下地帮他除草的时候，堂叔才会笑。现如今，除草，背着喷雾器来回一扫就行了；收麦子，大型联合收割机冒着黑烟一阵吼叫，原先需要十几天完成的麦收，个把小时就完成了。可那时，实行家族联产承包责任制以后，地里的活儿好像永远都忙不过来，隔三岔五的，堂叔就带我们高年级的学生一起下地干活，大部分活计是除草，直到小学毕业，割麦子我只参加了一次。而我们那一级孩子里，只有傻华蛋没有毕业，是他爹，五叔硬生生地截断了军华同学的求学路。

怎么也忘不了参加小学升初中考试时，五叔拖走傻华蛋的场景。

那天，我们几个五年级的孩子在学校集合，去七八里外的中学参加升学考试。我们每个人交一块五毛钱，一块钱的考试费，五毛钱的饭钱。堂叔和我们说因为路远，下午还要考数学，中午就不回家了，一起在考点买油条吃，因为这，我母亲还特意给我带了一小瓶腌萝卜条。那天早上，我们排好队，就差傻华蛋了。堂叔命令我去叫一叫傻华蛋，我刚要去，傻华蛋就来了，气喘吁吁地不停地往后看，好像屁股后面拖着一条无形的尾巴。傻华蛋把手里攥成一团的一块五毛钱交给堂叔。人到齐了，我们便出发，那还是我第一次有仪式感地走出这个小村庄，走向广阔的天地，走向远方，我觉得天特别高，初升的朝阳特别亮。就在我们拐上大路的时候，后面有人在喊：“停下，停下。”我们回头一看，是傻华蛋他爹——五叔。五叔手里提着一把镰刀，倒抓着，撵上我们，一把拽过傻华蛋，抡起木头镰把就打傻华蛋的屁股，嘴里还骂着：“兔崽子，叫你偷钱，叫你偷钱。”他一边骂着打着，一边朝堂叔摊开手，说：“俺们不去了，把钱还我。”堂叔劝了几句，可五叔嘴里就冷冰冰的一句话，“不去了”。拿回那一块五毛钱的五叔拖着傻华蛋头也不回地回家了，傻华蛋那细弱的身子，无论怎么挣扎，都挣脱不开他父亲的手，他回头看着我们，没有喊叫，只是两只大眼睛里，满是亮晶晶的光。

近旁一声鞭炮的钝响，提醒我已经走到了家门口，我迟疑了一下，决定去军华家串个门。可巧，走到半路，迎面正遇到上坟回来的他。军华的身体壮实了很多，显得头好像小了一些，他新剃的头，人很精神，两个鬓角也已是斑白了。我们就在路上东扯西扯了很多话。

我问他：“那套《水浒传》呢？”

他狠狠地抽了一口烟，把烟屁股往地上一丢，用脚碾了一下，说：“早就卖了，那回咱们去考试交的一块五就是用它换来的啊！”

说完，军华笑了，脸皱成一个深褐色的核桃，咧开的嘴里露出被烟熏黑的牙。

本文2018年2月发表于《金银滩文学》第1期

一头牛和一个人的偶然和必然

那天，也就是我妻子陪读回来之前的下午，我忽然心里莫名其妙地烦躁起来。儿子上高一，妻子跟疯了似的，调动了家里所有的经济基础和人脉基础，给孩子办理了异地高考。虽然整个人瘦了两圈，可妻子很高兴，办了停薪留职，屁颠屁颠地租房去陪读。

我放下手里的书，走到落地窗前，看着外面小暑的天气和正在修建的高楼。高楼上，打混凝土的震动棒从早到晚都在不知疲倦地嘶吼，在高大的身影里，民工变成一个个蚂蚁似的小黑点，也在不知疲倦地忙碌着，不时地发出叮叮当当的声响。那是一座即将封顶的 34 层高的住宅楼，住在它对面八楼的我，感觉自己好像跪倒在它面前一样。

我关掉空调，带上门，到附近的集市上去。妻子走后的六天里，我已经把家里能吃的东西都吃掉了。走出楼宇大门，热浪好似多年未见的挚友，一把便把我抱在怀里。白亮亮的阳光直戳戳地砸在20厘米厚的混凝土地面上，在远处反弹碎裂成一层袅娜的光晕。当车子里空调开始冒出冷气的时候，集市也就到了。可是，看到那如同一堆蚂蚁一样的人群，我犹豫了起来，劝自己说，蔬菜也不一定比得上方便面来得更实际。更何况，那游走在光晕里的人和电声喇叭嘈杂的叫卖声，搅和成一锅带着汗臭味的唯恐避之不及的稠粥。我一转念，要不找个朋友晚上一块儿聚聚也行，吃一顿顶三顿。于是我掏出手机，从通讯录里搜寻合适的对象。就在“大憨哥”三个字跳入我眼睛的时候，我的世界开始了变化前的第一次“宫缩”。

我已经记不清上次我们通电话是什么时间了，半年前，要么就一年前。再次看到他的名字，一股温暖的气息从心底丝丝缕缕地升腾起来，那气息里掺杂着一丝愧疚。真是世事难料啊，想当初，吃饭、睡觉、上课、下课、逃学、打架都形影不离的两个人，竟会疏远到这个地步。最近一次见面，还是他二婚的时候。大憨哥的前妻跟一位刑满释放的人好上了，半年后，和他摊牌，他犹豫了一个月，签字协议离婚。又半年后，一位高中同学把自己的一位离异的堂叔伯妹妹介绍给了他，他带一个儿子，女方带一个女儿。后来问起他为什么签字离婚，他说，不管咋说，她都是孩子的亲妈。

我抱着试试看的态度，拨通了大憨哥的电话。振铃伴着我的心跳嘟嘟响了几声，电话通了。听筒里的人喊了一声我的小名，国子，你挺好吧？我说，我挺好啊，你挺好的吧，哥。大憨哥说，挺好啊。我说，你最近忙啥了？还是干工地活吗？大憨哥说，不干了，到现在，在家闲了九个月了。说完，他笑起来，笑声很是扎耳朵。我忙问，咋了？他说在工地上受了点伤。说完，他又笑起来，笑声一下扎进我的心里。我说你赶紧说，到底咋回事儿啊？大憨哥略微沉吟了一下，说，就是干外墙活儿的时候，一袋子料从十四楼上掉下来，砸着背了。听他这么说，我的头也像是被什么东西重击了一下，鼻子一酸，眼泪在眼眶里迅速膨胀起来。我说你现在在哪儿呢？你能出来吗？咱找个地方凑凑。大憨哥说，行。

在电话里定好吃饭的地方。我怎么打火，怎么掉头，已经记不清了。世界一下子都在我身边变成一片幻影，车子在炫目的光里往前飘飞。翻滚在脑间的，是一个从高空飞速直坠的黑影，像是牛头马面手中的铁镣，闪着冷冷的光，把大憨哥锁在地上。每想到此处，我的心就像是被那根铁镣捆住，并且越勒越紧，说不出的疼痛和难受。可那幅场景则反反复复地在我眼前滚动播放，我的心也一次次地酸痛。直到车子上了大坝，一阵喇叭刺耳的嘶鸣，提醒我对面驶来一辆 17 米的大半挂车，我这才意识到，我正走在我们过去上学时候的路上。

我和大憨哥，在一起上了五年高中，高三毕业后，他两次复读，都是我去劝说的。大憨哥弟兄三个，排行老大，两个弟弟，初中都没有上完就辍学打工了。三兄弟中，大憨哥上学成绩最好，这也是父母同意他复读的原因。他父母都是本分的农民，靠卖粮食供应他上学。可惜，第三次高考的成绩出来，我们两个都没有到分数线。幸好，20 世纪 90 年代，农村教师很缺乏，市教育局招收一批两年制的电大学生，毕业后分配下去当老师，当时说的时候，保证至少民办教师待遇。有个条件，两年学费两千块钱，一次交清。我的父母是卖了一头牛给我凑齐的学费。而当我再次到大憨哥家去的时候，他父母告诉我说，他已经外出打工了。那是我们俩的一个岔道口。自那以后的很多年里，我再没有见过他，我那曾朝夕相处的大憨哥。后来，从同学们口中断断续续得到一些他的消息，有的说他搞传销了，有的说他在附近地区油田上包工地了。只是听说而已，我并没有亲眼见到。突然，有一天，大憨哥电话联系到我，我们几个同学在一家酒馆里凑了一桌，大憨哥做东。一身光彩熠熠的西装、领带、皮鞋，身边还有一个小鸟依人的女孩——他的前妻。更令人惊讶的，是他的谈话，张口国家经济形势，闭口投资理财。我想，那应该是大憨哥最风光的时候吧，几年后，在回老家的路上，我好像看到他骑着一辆弯梁摩托，一身的白色涂料，摩托后座上挂着一只黄色的机油桶，侧面捆着一架高凳，后座上坐的女人已经几乎看不出当年小鸟依人的样子了。我猜想不出，现在，马上就要见到的大憨哥，又会是什么样子呢？羸弱？颓废？衰老？

尽管心里做了一万个揣度，可第一眼看到他的时候，我还是被眼前的这个貌似大憨哥的人惊呆了。一顶白色的旅游帽，一身灰色腈纶的运动服，帽檐下，是一张足可以用惨白来修饰的脸。我看着他，他也看着我，两眼有些呆滞。这真的是我那在酒桌上纵横捭阖侃侃而谈的大憨哥吗？我迟疑了一下，走过去，伸出手去，说："哥。"他的眼睛好像一下子有了光亮，也向我走过来。我感觉大憨哥身体每个部位的螺丝都松动过一样，每挪动一步，身体都会剧烈地抖动，仿佛一阵风就能把他吹散似的。他握住我的手，叫了一声："国子。"我的泪不自觉地流了下来。看到我流泪，他便笑起来，于是我的泪便更迅猛地流下来。

原来大憨哥在工地上被从14楼坠下的涂料砸中脊背，更要命的是，他的腹部正担在一根铁架杆上。大家伙儿七手八脚把昏迷的他架上急救车，跟着到了医院，那时候他也就苏醒过来了，各项指标检查还算正常，不料想，就在大家在走廊里聊天的时候，他的儿子突然注意到心电监护仪显示屏上的数字在迅速地降低。他儿子急忙喊来医生、护士，立即就转进了手术室。原来，是他腹腔里的一根大血管被重击震裂，导致大出血。他说："大夫说，那时候我肚子里满满都是血，血管里只剩下三分之一了。"我问："后来工地怎么处理的呢？"大憨哥笑笑说："咋处理啊？带工地的是我初中同学，除了医药费以外，给了五万块钱，也签了协议。"我说："你这以后可就是半个废人了，重活干不了了。"他说："都是同学，又是老乡，在一块土上，低头不见抬头见的。"说完，他又笑了。我端起酒来，说："来，祝贺你捡了一条命。"我把掺了我眼泪的酒，一饮而尽，那是我喝过的最辣最苦的酒。

我和大憨哥分别回家的时候，我找了代驾。不知怎的，我想起了那头替我换成学费的牛，如果没有它，或许我跟大憨哥也没有什么区别吧。换句话说，若是那头牛在大憨哥家，那这牛和人的命运之间，又有什么偶然和必然的联系吗？两个人原本都在一条道路上相依相伴地走着，可就有那样一个岔道，人生也就经历了不同的风景。又想起在网上看到的一个段子，说一个湖南小伙在北京一建筑工地当小工，偶然间和设计师闲聊，发现他们都是1992年参加的高考（那时候全国统一考题），湖南小伙考了515分，落榜做了小工，设计师考了497分，上了建筑工程大学。

后来，我和大憨哥又通了几次电话，得知他的第二任妻子也弃他而去了。他在电话里说得很轻松的样子。他说："人家跟咱，不就因为咱能赚钱养家吗？现在，咱赚不来钱了，也就养不住了。"

近来，妻子说："我感觉你咋像变了一样，过去那样反对我陪读，现在倒支持了。"我看着对面的高楼，看着那蚂蚁一样爬上爬下的民工，没有回答。我清楚地知道，这段时间，我的世界又完成了一次新生。

本文2018年10月发表于《渤海》第2期

牛　命

一

每次回老家，经常会看到鼻梁上架着花镜弓着腰的母亲，一个人在廊檐下忙活，故乡的大日头明晃晃地照着母亲，母亲就像一棵缓缓行走的老枣树。我问，我爹呢？“老枣树”抬头看见我，瞬间，如同遇到春风一样绽放出新芽，暗淡的眼睛里忽然一下有了光，回答我说，你爹在牛棚里瞎拾掇呢。于是我便到牛棚去，和父亲打一声招呼。我身后的母亲也便照例开心地去准备我足以大快朵颐的粗陋的饭食。母亲口中所说的牛棚，是我家老院的东厢房，也是我结婚的新房。

老家有东西相连的两个院子，东边正房是四间土坯房，始建于 1974 年，和我妹妹同岁。西边是八间砖瓦到顶前出廊檐的房子，建于 1996 年，和我儿子同龄。再往西，是一条南北走向的柏油路，路西，是一条引黄渠，每到春秋农田灌溉的时节，沟满壕平的是一路奔流北去的黄河水。

1995年春末的一天，父亲在村里找了几个庄乡爷们儿，把老院里外收拾了一下，把堆放杂物的东厢房腾出来给我做了新房。那时候，牛还住在一进院门的敞棚下呢。一家人收拾了一天，最后，还有一堆稻谷没有地方搁置，我们家老邻居，五爷爷，狠嘬了两口纸烟，手用力在大腿上一拍，说，反正两个孩子在学校有公家的房子，回家来也就是住一晚两晚的，干脆用稻谷搭个炕吧。于是，大家伙儿七手八脚地把稻谷用砖块齐齐整整地围在墙角，上面铺上木板。所以，我人生中第一次最具有仪式感的夜晚，竟然是在一堆支棱着耳朵的稻谷上度过的。我也没有想到，一年后，随着新房的落成，父亲把这两间粉刷一新的房子做了牛棚。看来，在父亲眼里，牛和我也差不了多少。在农村，牛除了不会说话之外，吃的差一点，其他的，真的跟家里的一口人差不多。

自打村子里的地，在2010年被一家汽车配件厂圈占了以后，父亲像一棵被从田地里连根拔起的庄稼一样，一夜之间便枯萎了。有时，在劳工市场等一上午，没有找到活儿，下午回家来，大部分时间，就在牛棚里默默地拾掇。

地没了，牛也就失去了存在的意义，没有牛的牛棚，是一个没有了粮食的囤，空旷而寂寞。只有厚厚的土墙，还固执地丝丝缕缕地散发出耕牛身上那独有的气味，在空气中细细地飘荡，提醒着人们，这里曾经有一头牛存在过。地没了，和地相关的农具也闲置下来。父亲在牛棚的墙壁上钉了一排木楔，不管是耕耘耦耢用的铁犁木耙，还是刨土除草用的锄镰锨镐，该挂的挂，该摆的摆，父亲都齐齐整整地布置妥当。青石牛槽靠在墙根下，正中央，则被一架焊制的抽水机占据。父亲能整上午整下午地待在这牛棚里。我走进来和他打招呼，父亲有时正在擦拭农具，有时满头大汗地挪动石槽。我想帮帮忙，父亲摆摆手说，你别插手了，回屋吧，省得弄一身土。我便从牛棚里退出来。我倒不怕厚厚的尘土，我实在受不了那股难闻的气味。那气味中，混着牛粪味儿、牛身上的腥气，还有在时光中慢慢霉变的牛棚味道。我不理解，在这个臭气熏天、犄角旮旯儿都布满蜘蛛网、老鼠洞的牛棚里，父亲咋会乐此不疲呢？

有一天，我看见父亲坐在倒扣在墙根的青石牛槽上擦拭一把铁锨，身旁同样是大青石材质的碌碡，扮演着一个小桌子的角色，在它竖起的平顶上，摆着钢丝球、小刀子、砂纸、抹布，还有黄油。父亲眯着眼，仔细地用小刀子把铁锨头缝隙里的木刺剔除出来，再慢慢用钢丝球打磨干净表面上的锈迹，实在弄不干净的地方，就用砂纸打一打，最后，用抹布蘸了黄油，擦拭一遍。父亲完成了那一系列的程序后，站起来，两只手握着木柄，摆弄端详好一会儿，才轻轻放在木架上摆好，再去擦拭另一件。那普通得不能再普通的农具，在父亲眼里，如同稀世珍品的古董一般。阳光在牛棚门口斜斜地切出一道光阴的线来，那道线缓缓地迈动着步子，坚定且冷漠地踏过父亲的身体。

不单单是父亲，这片土地上土生土长的庄乡爷们儿，对农具、牲畜的喜爱是具有共性的。谁的铁锨用着顺手，谁调教的牲口听话，是他们冬日里，在北墙根儿下抄着手蹲在柴草上晒老爷儿的时候，不变的话题。拴在不远处木桩上的牲口，披着一身脏兮兮的长毛，或卧或立，傻呆呆地看着广袤的原野。我知道，它是在盼着春风再次吹来。春风吹来后，它也就不用再吃干巴巴的麦糠，就可以享用多汁鲜嫩的青草了。

二

牛大约是这世界上最苦的生灵吧？在我儿时和牛相处的日子里，这个问题在我脑海中不止一次地浮现。我曾就这个困扰着我的问题，询问五爷爷，五爷爷用粗糙的手摩挲了一下我还留着木梳背儿头的小脑袋，说，这就是牛的命啊，吃的是最孬的，干的是最累的，一步走慢了，还要挨打。我听五爷爷这样说着，大睁着清澈的眼睛，看着身边的牛，牛也大睁着清澈的眼睛，蠕动着厚厚的两片嘴唇，看着我，偶尔，扇动一下耳朵，驱赶走那纠缠不休的牛虻。

它为什么不跑走呢？我问。

往哪儿跑呢？傻小子。五爷爷反问我。

我挠挠头，搜肠刮肚也没有找到答案，因为这个问题实在是太出乎我的意料了。那时，我到过最远的地方，是村北面的砖窑厂，那里有一根很高很高的粗烟囱，还是我跟着五爷爷割草到过那里，烟囱后面是什么，我就不知道了。我再去看牛，牛还是蠕动着厚厚的嘴唇，傻呆呆地看着我。后来，五爷爷去世的时候，看着他老人家那空空荡荡的眼睛，不由得，我突然想起了牛。

依照五爷爷的说法，牛之所以来到人间，是被骗了。五爷爷说，牛原是天上的神灵，因为人在人世间活得太苦了，所以玉皇大帝想派它下凡来帮人们一把，牛神不同意，于是玉帝就哄骗牛神说，去吧，让你天天吃炸（铡）的，没事扛着一根弯弯棍儿。我说，这不很好吗？五爷爷说，傻小子，炸的不是香喷喷的油条馃子，是铡的草啊，那弯弯棍儿，可不是老太爷的拐棍，是拉犁拉车的牛梭头（学名：牛轭）。五爷爷说着，豁着牙呵呵地笑起来，花白胡子抖动着，像一片冬日里被野火烧过的枯草断茎。

自打听五爷爷说过牛的出身经历后，我特意观察过它，而牛好像喝过孟婆汤，对过往的事情一概都忘却了，大瞪着两只眼睛，扑扇着耳朵，甩动着尾巴，扛着牛梭头干活，木然又漠然。即便是被父亲用鞭子，带着撕裂空气的呼啸声，在屁股上打起一道肿痕，也只不过往前紧赶两步，而后，扑哒扑哒，又是那不紧不慢的节奏。与牛的沉静相反的，是父亲的眉头，整天阴沉着拧成一个疙瘩。不光父亲，村子里的庄乡爷们儿，除了爱说笑的五爷爷外，都几乎是一个模子里刻的。而父亲对我的态度，更是吹胡子瞪眼，至今，我的小腿上还留着一道疤痕，那是父亲用鞭子打的。

直到多年之后，我考学、成家、生子为父之后，那道冰冷的伤痕才在我心里变得温暖，而后渐渐滚烫起来。

那是一个仲夏的午后，十二岁的我和父亲在玉米田里耘地。那时节的玉米，正铆足了劲儿长着个子，一天一个模样，眼瞅着往上长。田垄里的杂草也疯狂地蔓延着，和玉米抢夺着阳光、水分和土壤里的养料。父亲和母亲拼了命地抡着锄头早起晚归，还是没有能阻止杂草的攻势，于是，利用周末，让我牵着牛，套上耘锄，清除每一个种地农民的“不共戴天之敌”。在农民眼中，庄稼就是他们的命。我牵着牛，牛低着头，嘴上带着铁丝弯制的笼嘴，一步一踱地扛着牛梭头拉着耘锄，在玉米田里走着。大片的庄稼地，像一片无垠的海，我、牛和父亲，像一条缓缓滑行的小船。可我却没有畅游的舒爽，有的是内心的憋屈和郁闷。父亲那铁青的脸，牛身上的腥臊气味，齐腰高的玉米棵挥动着巴掌宽的叶子，像小细锯条一样在裸露的胳膊上留下一道道红色的划痕，痛且刺痒。而这一切和“小船”在地头哪里掉头，又是大巫见小巫了。

慢着点，慢着点。父亲高声喊着，顺手把耘锄齐腰横搬起来。我则一手牵着牛缰绳，一手提起拉耘锄的牛套绳，小心翼翼地吆喝着，想让牛掉头走进另一道田垄里。牛四只碗大的蹄子支撑着庞大的身躯，在一棵棵玉米中间挪动着，我在父亲用眼神和声音营造出的紧张气氛中，战战兢兢地配合着父亲的指令，驱赶着牛完成任务，可一不留神，咔嚓一声，我竟然踩倒了一棵玉米。

你眼瞎了吗？你看你这无精打采的样子，你说你干啥中用？

父亲像一颗被瞬间点燃的爆竹，不，应该是一头被激怒的雄狮，一把扔掉手里的耘锄，挥动着鞭子朝着我冲过来，那牛筋编制的鞭子，重重地打在我的腿上。霎时间，一阵钻心的疼痛瞬间把我击倒在地，疼痛像一只巨大的魔爪，把我紧紧攥住，一大团硬硬的东西卡在我的喉咙里，憋得我透不过气来，那一刻，天地都在我眼中扭曲旋转起来，我脑袋里飞着千万只牛虻。至于以后，那道伤痕如何结痂留疤，我都记不清了，我只清楚地记得父亲暴怒的样子和那撕心裂肺的疼痛。在那之后的很长一段日子里，我都被这道疤痕搅起的一个巨大旋涡包围着，村庄、土地、庄稼，还有无休止的劳累，混沌成一个个巨大的问号，也在我的眉间拧成一个疙瘩。五爷爷关于牛的那段话，反反复复地在我脑际回响：吃得最孬，干得最累，一步走慢了，还要挨打。于是，每当我看到牛瞪着傻呆呆的眼睛，我就用我的拳头去打它，然而，牛依然那样看着我，间或眨一下眼睛。

后来，五爷爷对我说，玉米这种庄稼看着高大，其实很娇嫩，只要一断，这一季就算完了，只能点种上黄豆补起那块土地来，不至于荒废，所以，损坏一棵庄稼，比割庄稼人身上的一块肉都疼。

而后，五爷爷又接着说，小儿啦，好好上紧地念书，考上学成了公家人，端上铁饭碗，旱涝保收，可别在庄稼地里受这份罪了，庄稼地里不养人啊——

那一声长长的叹息，直到现在，每每想起，还有力地激荡着我的胸膛。

三

我从来没有想到过，帮助我离开这——五爷爷口中不养人的——庄稼地的最后一块垫脚石，竟会是牛，是那头个子高大壮硕的大黄牛。

因为踩断了玉米，我挨了父亲一鞭子，那道伤痕一直留在我的小腿上，也烙印在我心里。每每看到那道龇牙咧嘴的伤痕，我心里隐隐地就弥散开一股仇恨，有对土地的，也有对父亲的，还有连对什么我都不知道的。假期里，有时候我牵着牛在渠边放牛啃草的时候，看着引黄渠里的流水，我很想投身到里面去，随着河水一路北去，遇到我梦寐以求的奇迹。可那些美好的想法，到现在，也只是想法罢了。有一次，大根子叔——五爷爷的大儿子，骑着锃光瓦亮的二八凤凰平把自行车，一路金光闪闪地飞驰而来。他嘴里叼着过滤嘴烟卷，停下来，可并不下自行车，而是像一只大公鸡一样，单腿支在地上，说，老侄子，甭上学了，跟着我干建筑去吧，吃香的喝辣的，小工一天四块五，搂墙角的大老师儿，一天八块，咋样？我说，我回家问问我娘。大根子叔把烟屁股往地上一吐，嘲讽我说，大小伙儿了，还听你娘的，没出息。说完，大根子叔脚尖一蹬地，又金光闪闪地“飞”走了。

父母对我的期望，和五爷爷一样，是上学考学。在我拿到师范学校录取通知书的那天晚上，父亲喝醉了，五爷爷也喝醉了。五爷爷是给我送学费钱来的，他和父亲两个人，在 15 瓦灯泡昏黄的光里，就着一盘大葱炒鸡蛋和一盘咸菜，喝得慷慨激昂壮怀激烈。五爷爷说，咱这庄稼人，一辈子和土坷垃打交道的命啊，要想从泥里拔出腿来，两条路，一条是上学，一条是参军当兵。父亲说，这小子，就是太贪玩了，要不然能考得更好，我是打算好了，就算这次考不上，我也让他复读，只要人家公家让他考，供到 80，累断脖子，我也供他。父亲说完，端起酒杯，朝着五爷爷一比量，说，五叔，你对我，对孩子，这心意，我实实落落地揣在肚子里，干了。说完，父亲一扬脖，把酒一饮而尽，这时，我看见父亲眼中有晶莹的光。在父亲身边，有一叠大大小小的钞票，包在一块塑料布里，那是五爷爷从墙洞里掏出来的。

1992 年，我上师范的学费是 680 块钱。

为了这 680 块钱，父亲把家里水泥柜里攒了三年的粮食卖了，又遍庄合里地借，再加上五爷爷送来的，还差一少半，万般无奈，父亲只好把眼睛盯在了那头大黄牛身上。

大黄在我家已经待了四年多了，从刚来时一米多高的小牛犊，长成了身材魁梧的大牛。身大力不亏。过去，那陷在泥坑里的地排车，小毛驴子，尥着蹶子，被父亲打得嗷嗷叫，也拉不动。可现在，大黄这家伙，闷声闷气地连吭一声都不用，就拽出来，跟没那回事儿一样。每到这个时候，父亲的脸上也洋溢着骄傲自豪的笑容。在乡下，家里能养一头腱子牛，是件很了不起、很值得骄傲的事情，在那个还是本初农业文明的年月，农活一律靠人力和畜力，一到农忙，街坊邻里就断不了请父亲和大黄去帮忙，一天劳累后，喝了酒的父亲醺醺地牵着大黄回家来，那场景，惬意而又温馨。所以，不管是春耕还是秋收，父亲和大黄形影不离。在牛棚——曾经我的新房——的墙角，有一堆干沙土，那是父亲为大黄准备的清爽“床单”，每天下午从地里回来，第一件事，便是给大黄卧倒的地方铺上一层沙土。第二件事，是准备草料，春、夏、秋三季是细细铡了的青草，冬季干草吃完以后，父亲给大黄准备的是麦糠，每次都要撒上一瓢麦麸和清水，拌匀后，才给大黄吃。在过去妻子放化妆品的窗台上，还有一个小木刷子，那是父亲专门为大黄准备的“粉饼”，每天早上，都要给大黄仔细地打扮打扮。

可学费这个泥坑，真的把父亲困住了。

父亲连续几天牵着大黄去赶集，可在集市上转悠半天，散集后再牵着回来。母亲急切地问咋回事，父亲焦躁地回答说，价钱不合适。就在我入学前的那天早上，父亲在铡好的青草里拌了两大瓢麦麸，眼瞅着大黄吃得干干净净后，又照例把大黄精心打扮好，这才牵着大黄出门去集市。和往常不一样，原本中午过后就回来的父亲，傍晚时候才回来，背着手，手里拿着牛缰绳，缰绳后面，没有了大黄，而是一团空荡荡的空气，口袋里多了一沓钞票。

父亲回家后，一声不吭地把牛棚打扫干净后，又撒上一层干爽的沙土。没有了大黄的牛棚，是那样大，那样空。

后来母亲说，父亲午后回来，没有回家，在地头拔了一下午杂草。再后来父亲又喂养过几头牛，虽然父亲依然疼爱它们，可都没有大黄那样强健有力，所以父亲就会自觉不自觉地拿大黄和它们比较一下，总会自觉不自觉地，轻轻叹一口气。

四

顺利踏入师范的校园后，离家远了，我回家的次数也少了。那时，身处在繁华喧嚣的都市中的我，除了回家拿生活费，也实在不愿意回到那个到处弥漫着土腥味儿的地方。每回回家来，我故意带一两本书，装模作样地翻看几下，要么说有作业，要么说准备考试。父亲见状，也便不再喊我下地干农活，只是嘱咐我说，有空去你五爷爷家坐坐说说话，隔三岔五地，你五爷爷就问你有没有回来，个子长了没有，模样白了没有。

新房建成之前，我家和五爷爷家是对门的邻居，从小到大，可以说我有一半的时间是泡在那个土坯房的小院里的。而随着新房的建成，父亲又开了一个面朝西的栅栏门，为了和五爷爷家来去方便，老院的大门留了两年。突然有一天夜里，村里丢了头牛，父亲担心自家牛的安全，当天就把老院朝东的院门用砖结结实实地砌起来。打那起，再去五爷爷家，就要绕一个弯儿。

打小，我跟在五爷爷屁股后面，学到了很多关于人生的哲理。“有吃饽饽就肉的，就有嫌糠不够的”，这告诉我，物质是一切的基础。“人勤地不懒”则教会我，做一个农民，是要具备一定品质的。勤劳，能吃苦，是对农民的赞美和肯定，而懒惰则需要资本，比如说上班吃工资，比如爹娘给他打下铁桶一般的“江山”，否则，又穷又懒，便会成为庄乡爷们儿嘲笑的对象，因为他“没本事”，有“糠”吃就不错了。不知道为什么，母亲每次嘲笑我懒，总是拿我给牛割草说事儿。我辩解说，我小的时候，才多大点儿啊，就背着筐去割草。母亲于是又把嘴一撇，拖着长音说，哎呀俺那天啊，可别说你割的那点儿草了，兴许够你吃的吧。在母亲口中，像我这样懒得像钉子一样的货色，是“吃屎也赶不上热的”的人。20世纪的乡村，几乎家家户户的孩子，周末或是放学后，都会拿起镰刀背起筐，到田野里去割草喂牲口。不知怎的，看到现在的孩子们，衣着光鲜、脑满肠肥地被关在各式各样的辅导班里，我倒是有些感谢那段自由自在的生活。

我这样的“懒”人，在五爷爷眼中，是好孩子，是个有出息的大学“苗子”。五爷爷说，小儿来，长大开车不？我说，开。五爷爷问，开车拉着我不？我说，拉。五爷爷便十分感慨地说，看，这孩子仁义，长大了，肯定上大学有本事。那时的五爷爷是什么模样，我早已记不清了，只记得父亲说年轻时的五爷爷壮得跟牛一样，浑身有使不完的力气。可我最后一次见他，却只看到一个形容枯槁的老人。

那是大前年冬季的一天。此前，母亲打电话给我说，五爷爷恐怕不行了，兴许熬不过这一冬，你有时间回家来看看他吧。那天我刚拐进胡同口，一股霉变的味道便把我包围了，胡同两侧的墙根下，一米多高的枯草在风里瑟瑟发抖。农业机械的普及把村子里的牲畜几乎全撵走了，杂草也便没人稀罕，可以到处肆意疯长。五爷爷家还是那个土坯房的小院，畏畏缩缩地栖身在高大的小二层身影下。还没进院，里面便传出狗的吼叫，我迟疑了一下，大根子叔从屋里出来，见到是我，慌忙一边骂狗一边和我打招呼，伸手把我手里的礼物接过去。我走进屋里，还是那铺土炕，一铺破旧的铺盖上，躺着一个老人——我的五爷爷。屋里有些黑，我只看见被子包裹着一个瘦小的人。五爷爷努力地转动了一下头，用很缓慢的声音低低地问，谁呀？大根子叔大声地回答说，国子来看你啦。然后转头对我说，耳朵不好使，听不见了。可能是五爷爷听见了我们的话，从被子里缓缓探出一只手来，好像要抓什么东西。我这时候才看见，就在他枕头边上，有一个瓷碗，碗里放着半块苹果和一小块饼干。

五爷爷伸出手，是要拿东西吃吗？还是要拿给我吃呢？在我儿时的记忆中，那可是一只神奇的手，要么变出一只蚂蚱，要么藏着几颗红枣。那也曾是饱满有力的手，纵横扭曲着蚯蚓一样的青筋，遍布着钢锉一样的老茧，像牛那青石块刻成的肩头扛起牛梭头一样，抓握过各式各样的农具。他总是那样疼爱我，把最好的留给我，最累的自己扛起来。而今，五爷爷这手却枯萎成一节节瘦瘦的竹子，长长的指甲，如一片单薄的竹叶。我清楚地感知到书本上那干巴巴的词语——风烛残年，此刻在我面前是那样的悲凉。我的五爷爷，像一棵庄稼，拼尽了自己所有的力量，去承接阳光，去吸吮雨水，去掘取土地的滋养，把精心打造的果实呈献出来，在秋风里耗尽了最后一丝绿色，无奈地倒下。一个人，一个庄稼人，在这块方圆几公里的土地上生活了几十年，走到他生命的尽头。他和这土地上的亿万个生灵一样，默默无闻地由生到死，土里来土里去。我想，他们也应该有过喜怒哀乐，有过爱恨情仇吧？只不过，那些相比困苦而言，都成了生命的细枝末节，他们首要的事情，是要活下去。然而我想，他们能不能更好地活下去呢？至少，在生命的尽头，不是这低矮狭窄的土坯房中的昏暗凄凉。难不成，真的如五爷爷所说：这人啊，千万不能和命扛。

我坐了一会儿，心里五味杂陈的话最终还是没有说出口，听大根子叔前前后后地讲述了一些给五爷爷治病花钱的事儿，我就告辞离开。拐出胡同口的时候，我不由得回头看了看那个土坯房的小院，忽然想起五爷爷关于牛的论述，吃得最孬，干得最累，慢一点还要挨打。

几天后，母亲打电话告诉我，五爷爷走了，问我有没有时间回来送送他。当时我正在外地学习，身不由己，只好作罢。一转眼，两年的时间过去了，只怕他老人家坟头上的草也长得很高了吧。我自己劝自己说，这样也好，相比生前的辛劳，五爷爷这也算用另一种存活方式享清福了。

本文 2020 年 1 月发表于《椰城》第 1 期，

同年 5 月转载于《散文选刊》第 5 期

老土屋，我乡愁的落脚处

兽有穴，禽有巢，人呢？人，有家。家在哪里？我的家，在广袤丰饶的鲁北平原上，在老土屋烟囱冒出的缕缕炊烟里。

土屋，是泥土从趴卧到站立，更换了一种存在的形式。就像这里的一草一木，在季节里，盛衰荣枯。半米高的屋基，是砖窑用柴草烧制的青砖；隔潮的材料，是水湾里的芦苇；墙体是土坯，屋顶上压的，还是半尺厚的土。这土，从千里之外的黄土高原，搭坐着河水的大巴车，一路辗转而来，在这里下车，停留下来。听着河水大巴滚滚碾过河床的巨响，看着从第一个生灵在这里点燃第一缕炊烟，埋下第一粒种子，搭起第一间土屋，这里也就有了属于它自己的名字——家。

看到老土屋，脑际随之浮现出的，是一辈子面朝黄土背朝天的父老乡亲，在田地里劳作弯下的脊背。

耸起的脊柱是屋顶的山脊，嶙峋的肋骨是纵列的瓦缝，突出的肩胛骨便是翘起的飞檐。可流下的不是雨水，而是汗水。这平原上村庄，哪个不是在土地上弯下的一个个腰身呢？故乡的男人，整个夏天都是卷起裤腿赤背赤足的。他们从呱呱坠地的那一天起，就扛起轭具，拉动生活给他们的责任。火辣辣的骄阳把紫外线层层叠叠地压进皮肤，挤出苦咸苦咸的汗水。辛劳的农活用一天的工夫，把清晨下地活蹦乱跳小叫驴似的男人，熬炼成傍晚回家有气无力的老狗。可是，那老土屋就在不远处，炊烟从烟囱里冒出来，弥散在暮霭中，他们仿佛看到饭桌上热气腾腾的饭食和桌边妻儿盼归的眼神。男人脚下也就有了力气，扑踏扑踏的脚步，和着一家人的呼吸声，在这河面上，在大平原上，震响。

被夏日淋漓的雨水洗刷过的阳光，清清爽爽地倾泻下来，老土屋端坐在温软的阳光下，好像迎接远归游子的长者，静候着我的到来。土黄色的房子，土黄色的院落，闪着柔和明亮的光泽，和蔼而又亲切，像大地托在手心里的一粒剔透的琥珀。门前的石阶，院里的白杨，窗台上的玉米，屋顶上的蒿草。一切都是那样的熟悉，我竟有些不敢伸出手去触碰，生怕如往日的梦境一般，一个翻身，便再也寻不见了。我战战兢兢地把手扶到墙面上，温热的感觉如初，只是墙上缺少了我刻上去的图画。再坐一下门前大青石做的碌碡，只是口中不再喊“驾驾”，虽然碌碡曾不止一次地做过我屁股下的骏马。暮秋的风，清清爽爽地从宽阔的河面上蹦跳着迎过来，调皮地随手把屋前高大的白杨树上手掌大小的叶子扫落一地。屋顶的瓦缝里，趾高气扬的蒿草，还是不屑于搭理身边的家雀。檐下的燕巢空了，蒿草的心大概也跟着燕子向南飞过了宽阔的河面，飞过一眼看不到头的庄稼地，消失在广袤的鲁北平原尽头。

夏雨骤至。灰蒙蒙的天空裂开一道白光，隆隆的雷声便从那缝隙中直朝着大地砸下来。雨水劈头盖脸地倾泻下来，从屋顶，从胡同，从小路，集合成一道浩荡的队伍，奔向它们的母亲——黄河。而我却只能无可奈何地待在屋里，听着雨滴敲打着屋顶的瓦片，滴滴答答作响。我和姐姐长时间地蹲在门口，伸出手，让屋檐上滴落的雨水轻砸在我们的手掌里。在白茫茫的雨幕中，放飞纠结在我小脑袋里的问号。雨从哪里来？河水流向哪里去？村口的大路尽头是什么？而父亲担心的是屋顶哪里洇渗出水渍。

冬雪飘落，是老土屋一道至美的华服。若说夏雨是调皮爱笑的小姑娘，那冬雪便是披上婚纱的新娘。那样静穆，那样神圣。清晨，没有睁眼，被一种极隐秘细微的声音唤醒。睁了眼，一道明晃晃的白光从窗口照进来。四下里那么静，没有麻雀叽叽喳喳的吵闹，也没有老北风坐在树梢上的哼唱的口哨。推开门，呀，下雪了，天地皆白。白雪覆盖下的老土屋成了一件毛绒绒的玩具，可爱又温馨。我脚上蹬上蒲窝（用蒲苇编制的一种保暖草鞋），鼻下吸溜着清鼻涕，和小伙伴在田野，在大河的冰面上，疯玩儿。只可惜，离开故乡后，再也没有下过那样好的雪。被雪包裹的老土屋，暖暖的。

没有选择的权利，从父母用浓重的鲁北方言叫第一声乳名开始，从我学会用方言唱响第一首童谣开始，便把故乡硬塞进我的生命里，刻进我的记忆里。待我长大，却又赶我离开故乡，让我顺着村口的路，一直走出去。而等我归来，接他们离开的时候，父母却犹豫起来。当我想硬生生地把父母拽走的时候，却发现，他们已经和故乡、和老土屋融为了一体。就像把庄稼拔离土地，就像把鱼捞出河水。父母已和故乡一起老了。

亿万年的沧桑，把这片土地上的生灵和时间揉成了一个气息相通的整体。用季节和节气制定的时间秩序表，在人、植物、动物和大地河流之间是通用的。当河岸边柔长的柳枝吐出第一粒嫩嫩的黄芽，河上厚厚的冰面那铁青的脸也会裂开一丝微笑。当南来的紫燕在檐下衔来第一块春泥，返青的麦苗跟前，父亲敞开黑粗布的棉袄，蹲下身探手去清点分蘖的枝丫。就连老土屋的主人们也是如此。瓦缝里的蒿草，墙洞中的壁虎和蝙蝠，屋檐下的燕子和麻雀，当然，还有屋基砖缝中的蜈蚣、蛇和老鼠。人走了，屋空了，它们也会陆续离开。在夏雨冬雪的浸淫下，老屋也随之老去坍塌，只剩下高大的白杨树和蒿草，黄了又绿，绿了又黄，安静地读着岁月。

我从来没有想到，鲁北平原上普通如草的老土屋，会有一天成为稀罕物。老家二层小楼多起来，供饭香自由进出的篱笆，换成高高的院墙。院墙不但挡住了饭香，也挡住了阳光，明亮的胡同变得幽暗起来。走出小院，一种莫名的怅惘在心头潜滋暗长起来。抬眼，远处的黄河，依然故我地静静地向东流淌。

我总觉得黄河是一棵横躺在中华大地上的紫藤。你看那青藏高原上末端的根系，你看那九曲十八弯盘桓缠绕翻山越岭的茎干，你看那两岸如累累果实般的村庄和土屋，那里世代繁衍这亿万生生不息的生灵。农田是青翠的绿叶，村庄是闪烁其间的花朵，而这老土屋，也是一瓣不可或缺的花瓣。故乡的人，喜欢紫藤，父老乡亲在紫藤身上寄寓了“子孙腾达”的祈盼。

河流在鲁北大地上不经意的这一拐，土屋在这一片滩涂站立起的那一刻起，河流和滩涂也就有了家的影像。父老乡亲在夕阳下有了柴门前的呼唤，归途上的子孙，眼见土屋上升起的炊烟，心里也就有了温暖，也就有了平安。无论伤有多深，无论累有多苦，土屋在，就有根；土屋在，生命就有了滋养；土屋在，我飘飞的乡愁就有了踏实的落脚处。

本文 2017 年 5 月 13 日发表于《鲁北晚报》

远方，亦或是脚下

一

变身为一团会飞的空气，到远方去，是我一个很陈旧且持久的想法。

尽管现在这个想法已经褪去了先前的青涩和稚嫩。然而，它似乎在和我一路同行的过程中，成为我的一根“尾巴”，它连接着我的骨骼和血脉。它带我离开我立足的脚下，一路飞升到很高很远的地方；它带我穿越时间的维度，把过去已经有了结尾的故事，再次进行编辑；要么，把现在还没有开始的计划，预谋一个完美的收官；它还能帮我收拾那些悲欣交集的心情，替我擦拭鲜血淋漓的伤口，使之渐渐变得寡淡如水，最终尘埃落定在记忆中，坦然成为书箱底部一本泛黄的日记。

二

我曾经有过很多此类的“尾巴”。

比如说，儿时希望变身为集市上炸油条摊主家的孩子，可以天天吃香喷喷的油条；比如说，懵懂少年时，希望我爹是一位隐姓埋名的武林高手，传授我绝世武功，把隔壁班里的那个“傻李新”打得跪地叫爹，哼，指着他鼻子质问他，还敢不敢下课脱我裤子；比如说，情窦初开时，祈愿路上遇到一位漂亮女孩，对我一见钟情，并且这个女孩的爸爸是校长或者班主任；比如说，前些年买房时，盼着能花两块钱买一张彩票，中一个亿。最终，这陪我一路走来的诸多“尾巴”中硕果仅存的，只有这根“一”的尾巴。

我在记忆的深处，翻箱倒柜地折腾了好些个日子，最终确定，这根尾巴的起点，和碌碡爷爷，还有一个清晨，一辆“大白顶”汽车有关。

那是很多年前一个冬日的清晨，那时候，碌碡爷爷不仅活着，并且壮实。那时候，现在居住的楼宇还是一片荒地，并且距离市区用遥远来形容。那时候，我是一个农村里的小孩儿，和爹娘一样，都是土生土长的土老百姓。

我想要到远方去。

当我吸溜着清鼻涕把我的这个想法告诉碌碡爷爷的时候，他正用锈迹斑斑的破锨头，把大蝌蚪一样的羊粪蛋儿，一粒粒铲进粪筐里，像是捡拾散落在麦场上的粮食粒子。刚刚，一辆我们称为“大白顶”的石油勘探工程车，在我们身边呼啸而去，消失在路的尽头，消失在薄薄的晨雾中，留下一屁股“油臭”味。如今的孩子们，应该不知道，在那时候，“大白顶”所代表的，有夏天的汽水，有冬天的棉袄，还有喷香的油条和在小伙伴面前的趾高气扬。

碌碡爷爷对我的想法很不以为然，依旧慢条斯理地捡拾着，幽幽地说：哪里的黄土不埋人啊，有吃饽饽就肉的，就有嫌糠不够的，要饭的，半块窝头能让他高兴地蹦高，金銮殿里的皇上，成天大鱼大肉，晚上照样愁得睡不着觉。碌碡爷爷和我说，他认为世界上最幸福的事，是热热地吃一碗炝锅面，再打上两个荷包蛋，碗口上，油漂子忽悠忽悠的。

造物主给每一个生命体默认的设置里面，活下去，是最最基本的。面对严峻的存活环境，身为万物之灵的人，开动智慧的大脑，在死亡的魔爪面前，向世界攫取各种食材，拼死抵抗。吃“观音土”，是碌碡爷爷听他爷爷说的；吃树皮，是母亲亲口对我说的；我曾吃过的，是“滚菜团子”。

应该是受了碌碡爷爷的影响，直到现在，“美味”这个词在我脑际闪过的，后面拖拽的还有一碗炝锅面。最最难以下咽的，依旧是苦兮兮的野菜。尽管如今野菜又“回光返照”似的，成了餐桌上的新宠。

三

一个想法，一旦在某个生命个体的思维土壤里埋身下去，一缕风，一丝雨，都有可能把它唤醒。素日里那些看似突发的奇想，其实，早就有个缘起，在哪里等着缘灭罢了。

变身空气，离开脚下的这块土地，到远方去，远方能带给我什么呢？从羡慕到羞愧，再到耻辱，需要走过多少路程呢？这两个问题的答案，在我 19 岁那年，如两记重拳，砸在我的胸口上，尽管被时光反复清洗之下，有些模糊，但无论从哪个角度看，那都是我旅程的一个拐点。

清楚地记得，那天是大年初五，正是我第二年复课上“高五”的年假里。我到同村的新力叔家串门，临近中午的时候，新力叔说，要不咱们喝点酒吧。

在20世纪七八十年代，喝酒，在偏远贫困的农村，还是一件很奢侈的事情，家里只有来了尊贵的客人，才会炒菜喝酒。主家担心在客人面前丢人现眼，会把躲在门口扳着门框看着桌上的菜肴啃手指的半大孩子都赶出去。在贫穷的泥潭里，保持尊严，是一件极其困难的事情。自很小的时候，我就知道，母亲把存放鸡蛋的小茅囤藏在炕头被窝后面。打那个年月过来的孩子，哪一个没有偷嘴吃的经历呢？尤其对于上顿咸菜下顿咸菜，正在长身体的年轻人来说，借着喝酒，再吃一点酒肴，多沾一点荤腥油水，是体内生长的基因细胞迫切的需求。

或许新力叔只是一时兴起，随口说说罢了。然而这话一出口，在他家院子里，便被他娘夹七夹八地数落了一通，尽管我心里还燃烧着炽热的火，可我能确认，美好的愿望几乎没有实现的可能了。我只是没有想到，接下来，走出大门的我，隔着院墙，会差一点被一句话击倒。

“以后少和他近乎，都那么大个子的人，复了两年课，听说不是打篮球，就是戳台球，一点成色也不长，还想喝酒，我才不伺候这戳狗牙没出息的东西呢。”

“戳狗牙”是老家方言称呼乞丐的说法，在我高傲的心里，此前，是从来没有把自己和衣衫褴褛、蓬头垢面的乞丐联系到一起的。直到很多年之后，风里雨里，我也算经历过许多的事情，算得上刻骨铭心的，也不少，可这句话，在现在看来，应该是刻得最深的。虽然说后来的年月磨去了我尖利的棱角，可每每想起，心里还是会透出一股极深极深的隐隐的痛。

在那一刻，我又捡拾起儿时“大白顶”汽车的向往，决定逃离，逃离脚下的庄稼地，到远方去。因为远方，不仅有香喷喷的“炝锅面”，还有尊严。

四

是距离产生美，还是钢筋混凝土构筑的都市丛林缺少泥土的温度呢？

从乡村逃离到都市的我，觉得自己已经很久很久没有听到黎明时鸡鸣的声音，没有感受南风拂过面颊的清爽，没有嗅到霜降时节晨雾的味道，没有数着星星沉沉睡去了。而今，我面前，只有看不到尽头的路，如同纺线的母亲手中的棉条，在纺锤撕破空气的嗡嗡声里，抽出无穷无尽的丝线，向远方的地平线延伸，延伸……一如我这一路走来的嘈杂。

碌碡爷爷的牛棚，终于被浇制成宽敞的村活动广场，10 厘米厚的混凝土，铁青着脸，严丝合缝地把浸泡在这块泥土中的一切封闭在身下，有牛粪、尿液、草屑，还有蚯蚓、树根、斑蝥和老鼠洞，它们和我一样，只不过是血肉之躯，没有合金的钻头，它们只能选择沉默，或者逃离。幸好，那棵千年古槐还在，且越发枝繁叶茂。

在我看来，那时的乡下早晨才算得上是真正意义上的清晨。

霜降时节，天还没亮，在黑灯影儿里，我光着屁股，揉着眼睛，稀里糊涂地被碌碡爷爷套上衣服，然后他背上粪筐，带我去清晨的田野里拾粪。

吱呀一声，他推开牛圈的木门，我便揉着惺忪的睡眼，跟他一起扑进黎明巨大的黑黝黝的怀抱里。我们深一脚浅一脚地向田野走去，深蓝的天幕上，明亮的太白星拖着长胡子，带着他的众多小星星，看护着沉睡的大地。四下里静极了，整个世界里，只有我和碌碡爷爷的鞋底和地面摩擦发出的，欻拉欻拉的声响。白日里一些听不到的声音，在这个时候，从地底下很深的地方钻出来，像许多根蚯蚓一样，窸窸窣窣地在我耳边蠕动。

我看见，一层洁白的薄薄的雾气，如母亲刚把锅盖掀开一样，飘荡在静寂的田野上。刚刚露出一指多高的麦苗，就隐身在那雾气中，没有牲口的嘶鸣，没有干活的人的吆喝，只有一片清澈的寂静。那寂静，如同村西引黄渠里的清水，凉凉的；又如门前老枣树枝头的红枣，甜甜的。

我仿若被那寂静融化一样，亦或是，那份寂静，融进了我的身体里，最终，化作我生命的底色。

“我尿尿。”“真是懒驴上磨，你这尿来得也现成，去晚了，可就捡不着了。”碌碡爷爷生硬地一下子拽下我的裤子，“去，尿到地里去，别浪费了。”

我站在茫茫的晨雾中，呼吸着大地万物过滤了一夜的清爽，朝顽强地从泥土缝隙间钻出来的麦苗，袒露出我男孩特有的“权力”。

尿流从我身体里喷涌而出，一抬眼，世界仿佛亮了一大骨节。

五

排除身体里的废渣，是造物主给每一个生灵存活下去必备的功能。废渣，从有形到无形，需要一个一个的日子累积和过滤。儿时的哭泣，少年的日记，到青年的酒，还有，现如今的孤独。

那天，妻子学小区临街蔬菜超市的女老板说，赵老师那么大个人，还是老师，咋能当街尿尿呢？

听完这话，我昏昏沉沉的大脑像是被泼了一盆冷水，昨晚喝下去的酒，带给我的欢愉，如同阳光下融化的白雪，留给我一地的泥泞和不堪，当然，还有部分残余的力量，在我身体里呐喊冲击。

除了化身空气，酒是建立在远方和脚下之间，一座很踏实且使用的桥梁。传说，酒是水神和火神的孩子，在我生命的一段时间中，酒，是我突破压在我心头的那团乌云的利器。直到六年前的元旦那天，我被这利器差一点伤到。

那是2013年的元旦，前几日，一场久违的雪，拥抱了我的小城，从同学乔迁之喜的筵席离开后，我在黄河八路旁绿化带的一块冰面上，断片儿了。

等我略微清醒一点，已是第二日的上午，我发现自己光着下半截身子，躺在家里的床上，我如刚刚受过严刑拷问的犯人，头痛欲裂，喉咙焦渴。妻子用法官的口气向我通告了我的一些情况，然后，我才知道我又喝醉了，在零下十五摄氏度的冰面上，睡了三小时，是丽景新苑的一位好心人报警，彭李派出所接警后，值班民警把我送到家门口。最后，妻子用鄙夷的眼神看看我，说，连裤子都尿湿了，你说你，让我说你啥好。

我努力地转动着我的思维，心想，哪个人没尿过裤子呢？只不过时间、地点不同罢了。

中午，母亲从我熟悉的那个乡村，冒着寒风，骑着自行车，走了30里路，来看一看她的儿子——我，尽管我已经打过电话，说没事，可老人家还是不放心。母亲说，冻死是绝对不会的，怕只怕冻伤了露着的手脚，还有脸。妻子气哼哼地说，喝酒连点儿数儿也没有，还要脸干啥？还不如冻死呢。母亲没有再说话，只是看着我，我看见，老人眼里闪着晶莹的光。

六

我的酗酒，母亲的担忧，妻子的愤懑。这，是我要追寻的远方吗？

这个问题，在我深夜无眠的时候，越发清晰起来。我站在临街的窗前，远远近近高高矮矮的楼房，已经灯火寥落，巨大的虚空中有一股沉重的力量，铁青着脸，朝我压过来，而我，却无路可退。我身后，有孩子的学费，有银行的贷款，还有朋友红白大事的礼金……在它们后面，还有妻子的唠叨和埋怨。这，是我从乡村来之前所不曾料到的。

“你的抑郁症很严重，双重性格明显，建议服药治疗。”

我已记不清那位王姓女心理医生的面貌了，只记得我进门之前，一团难以名状的乌云，鼓鼓囊囊地填充在我的身体里。出门的时候，医生的话，倒是一针刺破了我，乌云散去，给我暂且的一身轻松。我感觉自己是看守所里的嫌疑人，在法院法槌重重落下时，把我一身厚厚的灰尘震落在地。

原来如此。

我没有服药，我没有那么多闲钱来买药，我也没有去做心理疏导，在我看来，因为一小时120元的治疗费，是相当不值当的。我在小区门口超市一狠心买了两包方便面，回家煎了两个荷包蛋，做了一大碗炝锅面，吸吸溜溜吃出一身汗来，竟在这喧嚣的都市角落，安然入梦。

我吃得很香，睡得很沉。这一觉，我好像睡了很长很长时间。

七

最近几年，一旦有闲暇，我越来越迷恋于一件事——开车到寓所附近的黄河大堤上去。

大堤顶部是七八米宽的柏油路，挺拔的白杨树昂然分列两旁，同堤坡上一巴掌厚的野草一起梳理着自天际浩荡而来的长风。

我选择一处僻静的地方，停下车后，或者摇下车窗，或者坐在树下，让风肆意地冲刷过我的身体，荡涤沉积在我每一个毛孔里的尘垢，让我自己一身轻松地融化在风里。

在大堤上，我能在远处大小不一的一堆“麻将牌”里看到我的寓所。那是一座17层高的楼宇，11号楼二单元802，如同一个焊点，牢牢地固定在我生命的某个关节处，我在那里吃饭、睡觉、读书，还有发呆。我在大堤上远远地看着，那个被我称为家的地方变成一个麻点。我眯着眼，在横平竖直排列整齐的麻点中，能找到那扇窗口。我看见夜深人静时候，另一个我伫立窗前，或者凝望一弯明月在深邃的天幕上缓缓滑过，或者看寂寥的马路上偶尔迅疾驶过的汽车，看车灯从茫茫的夜幕中来，又消失在夜幕中，然后留下孤独的路灯，如同那车从来没有经过一样。或者，什么都不想，什么都不做，只是窗口的我和大堤上的我，长时间地对视。

在大堤上，我只要轻轻转头，即可看到广袤的大平原在我眼前一直铺开去，能看到在那一堆“麻将牌”之外，远远近近的村庄，静静地用泥土的姿态，俯卧在那里。尽管我知道，村庄里既有鸡鸣，也有狗吠，还有几千年也擦不干的泪水。不过，拉开一定的距离，便“暖暖远人村，依依墟里烟”，呈现给天地一副安详的面孔。当然，还有一条条或宽或窄的路，在高高矮矮的庄稼地之间纵横交错着，在上面走着一些人和车辆，还有牲畜。我的目光，往往又盯在其中某个上面，看他在田野里由远及近地变大，又渐渐在我眼中变成一个点，融进平原中去。

在大堤上，还能看到黄河。可能是太熟悉的缘故吧，最初相见的那种感慨和豪迈，早就被一个个日子磨平，现如今，只剩下平静。你愤怒的时候，它在你面前缓缓东去，你高兴的时候，它也是缓缓东去，即便悲伤的你恨不能把整个身体都变成泪水，它依旧缓缓东去。我猜想，它从遥远的高原一路辗转，来到齐鲁大地上，它肯定累了，也倦了。它见过太多的悲欢离合、喜怒哀乐，已然宠辱不惊处之泰然了。

四下里静极了，素日那些纷乱如麻的纠葛，此时已和我隔离开，我又变身成一团空气，在天空中飘飞，我能顺着河面一直飞到高原，去看一看最初的那一线淙淙的细流；我能沿着平原上的路，走到路的尽头，走向远方。我看见偌大的虚空中，有一个空气做成的透明的我，我能看见我的心肝脾肺肾，我能看见我的每一条血管，还有我走过的每一个脚印。我坐在大堤上，一点点把手里的狗尾草撕碎在风里，慢慢厘清这个过程。

远方，亦或是原本就在我脚下，只是需要时光，慢慢把它清洗出来吧！

本文2020年3月发表于《延河》（下半月）

第三辑

秦时明月

依依墟里烟

一

靠山吃山，靠水吃水，在华北大平原上熬日子过生活、打土里刨食吃的人，吃喝拉撒睡，都带着土地的味道，难怪被称作土老百姓。土里生，土里长，打娘胎里一出来，伴着一声嘹亮的啼哭，扑通一屁股就坐进土口袋。土是用面筛细细筛过，再用铁勺烧热的，口袋里铺一层，把你往里一填，袋口子一系，任你手抓脚蹬，任你拉屎屙尿。几十年风雨把粉嘟嘟顶花带刺的婴孩，打磨成齿落背驼的老人，临了，也是一抔黄土，埋了了事。生一把土，死一把土，活着一辈子，睡土炕，住土屋。一茬一茬的人，一茬一茬的庄稼，翻过来掉过去，在这块土地上折腾，一辈辈的生灵，上演着一幕幕悲欢离合，一出出爱恨情仇。

自古以来，农村土老百姓都是在最底层的苦水里

熬日子讨生活，吃穿住用，样样件件，无一不是最廉价的。就拿这居住的土屋来说，从头到脚，都是就地取材，除了费一番辛苦，流几身汗水，花不了几个钱。要知道啊，农人的每一分钱都是串在肋条骨上，一点点掰着花的。一座座土屋，它们毗邻相连，又各自独立，远远看过去，像一群在南极那极度恶劣的环境下，聚集在一起取暖的企鹅。可不就是咋的？看吧，土屋顶上半尺厚的土，那是从平原上用牛车拉回家的；屋梁、屋檩、苇席，是大平原土里长的；垒砌墙体的土坯，是平原的土拓制的；防潮用的碱脚，是一虎口厚七八十厘米长的芦苇。只有大青砖做的基础，稍费一点钱，那也是土窑里烧制的。因此，每一座土屋都那样敦厚，那样让人感到温暖、踏实，它们天生就带着泥土的气息。如果换一个角度去想，农人岂不和田野里的庄稼一样吗？把根深深地扎进泥土里。

土屋，原本就是平原上的泥土，只不过改变了一个从趴卧到站立的姿势罢了。

造物主总要让他的子民活下去，或者说，他的子民总要想办法活下去。让你的思维展开丰富的想象翅膀，到历史的回廊里去徜徉吧。你能看到，亿万年的光阴里，大平原要经受多少风、多少雨、多少雷、多少电。还有那一条大河，中华民族的母亲河，昼夜不息地携带着黄土高原以及沿途搜集到的土壤、沙粒，如春蚕吐丝一般，再一点点一滴滴织造出一块平整的土地来，给所有的生灵在这里打造了一个舞台。

我想，肯定有那么一天，先祖挑着副担子，一头装着简陋的行李，一头挑着幼小的孩子，身边是他的妻子。他们走到这个地方停了下来，或许是累了，或许是被这平原的景色吸引了。反正他们打算在这里住下来。我想，他们第一夜会露宿吧，这里没有山洞，也可能他们会砍树木搭起一个窝棚，在窝棚口点起一堆篝火，驱走夜的寒冷和带有尖牙利爪的野兽。是他第一个发明了用泥土制坯吗？又是谁第一个用坯烧砖呢？大概只有这无语的大平原和独自歌唱的大河知道吧。一座座土屋竖起来，一缕缕炊烟冒出来，伴着婴儿一声嘹亮的啼哭，一辈辈的生灵，也就这样活了下来。从洪荒的年月算过来，沉寂了那么久的大平原，终于热闹了起来。

土地有土地的性格，生活在大平原上的人，言谈举止、为人处世都打着大平原的烙印，烙印上标着：勤劳、敦厚、谦和。土地是实在的，厚厚实实地就在那儿，不言不语。种子埋进去，是要用汗水浇灌的。

勤劳是这片土地上人们的最普遍的特质。任何世道，任何时代，土地都是一副宽厚的样子，生活在上面的人们，也用一种趴伏的姿态，逆来顺受、任劳任怨地承受来自四面八方的风雨。这片土地，没有名牌的西装和锃光瓦亮的皮鞋，更不要说礼服和吊带之类的衣服，它要的，只是能够保暖的棉裤棉袄、棉帽棉鞋；它要的，只是能够遮丑的汗衫短裤而已，光着脚丫也无所谓，它们只要有活儿干有饭吃就行了。就这样朴素，朴素得可爱，朴素得可亲。你拿他一点儿辙都没有。

土屋，厚厚实实、暖暖和和地等在那里，等着它的主人在暮色中、在庄稼地里、在一身汗水浸泡下回来。它从来都没有想到过，有一天它会成为一处景点。当外来人称赞它的古朴，赞誉它冬暖夏凉接地气的时候，它依旧像往常一样素面朝天。大概在它看来，屋子原本就应该是这个样子，当然，它也可能听到另一种声音，“它自己都不知道自己有多么可爱”。哈，不知道，不正是因了这个不知道，才使得它更可爱了吗？

大平原上土屋组成的村庄，形成了一套自我供养的系统。这套系统浓墨重彩地渲染成一种文明——黄土文明。它所代表的是一种坚守。它不同于与之相对的文明——海洋文明。海洋和它的姊妹江河一样流转灵动，即便是有湖泊，那也是稍微做一个停留驻足，而后，它们还要去更远的地方。水就是这个样子，一路走，能拿的便拿，能丢的便丢，沿途一路寻找一路抛弃，一边依附渗透，另一边却是逃离背叛。想必被海洋文化浸淫的灵魂，是无法理解“忠贞”二字的。

于是，这土屋也就天然地携带了一种韵致，自给自足，安静温和。她用既暖又柔的目光看着你，敦厚，可依，可恋。

二

土屋从大平原上来，从深厚的土地里来。如佛家所说：一花一世界，一叶一菩提。大平原上的每一寸土地里都有着数以万计的生命，每一寸土壤也都是一个小宇宙。这里不仅有冬眠的青蛙，有蠕动的蚯蚓，也有草木的种子和根系，还有肉眼看不见的微生物。它们看似安静，其实又喧闹地存在着，它们和人一样，在这里繁衍生息，用自己的方式改变着。可假若你第一次见到土屋，见到平原，它们又是那样的安静祥和。诗佛王摩诘在《渭川田家》中写道：野老念牧童，倚杖候荆扉。这是多么温情的一幅画卷啊，动和静的辩证关系，在土屋身上得到了充分的展示。虽然它们的主人并不懂的什么哲学。

我总是固执地认为，要想画一幅故乡的图画，土屋是不可或缺的。你看，土屋用自身的形态，体现着土地的另一种性格，同时，又默坐沉思着一个关于独处和寂寞的问题。从落成的那一刻起，土屋便静默下来，它的期盼，它的眺望，乃至它的梦想，也都停住了脚步。一年，十年，甚至百年，直到它轰然坍塌，直到它被岁月的风雨风干，直到它被冰冷坚硬的铁器归化为泥土。它无法如江河般流转，它也没有檐下紫燕灵巧的双翅。土屋有的，是守望。土屋对于被汗水浸泡了一天的农人来说，是舒适的休憩；土屋对于远归的游子来说，是热乎乎的妈妈菜。土屋是一只守门的老狗，闲暇时，和风儿做游戏，追着自己的影子转圈，而耳朵却远远地就听得见家人回家的脚步。孤独和寂寞，欣喜和欢悦，两种感受的对冲，让我脑间浮现出母亲哼唱着不知名的曲子，摇着纺车，在昏黄的油灯下，等父亲回家的情形。内在的焦灼和外在的沉静在那一刻形成了完美的统一。不是吗？土屋身上不正是体现着一种浓浓的母性气息吗？

嬉闹在土屋母亲膝前的孩子，可不止只是个人。

屋顶的草，是泥土的原住民，它们在土屋建立之前，就生长在平原上。它们绵密的根系在雪被下酣眠，嫩芽在春风里醒来，茎叶在牛羊的牙齿啃噬下完成生命的升华，穿过一段悠长的胃肠，回归到平原。就是那么一个很偶然的机会，一柄铁锨在广袤的平原上铲起一块泥土，泥土里携带着草的根系和草籽，你能想象到它们那睁大的惊愕的双眼。便是这一个偶然，带离了它们固守了千年的故乡。假若草儿的子孙问起这样的问题：我从哪里来的？它们的先人又会作何回答呢？记得儿时，母亲面对我同样的问题，哈哈大笑之后，摸着我的木梳背儿头回答说：从土里挖出来的。

大平原，原本就是大家的，谁也没有权利私自占有，当然，谁也没有私占的本事。随着土屋的落成，一些住户便陆陆续续地携家带口背包挑担地住进来。檐下的墙洞里，住了麻雀；屋里的房梁上，燕子安了家。老鼠、蛇、蜈蚣、蚂蚁、蜘蛛、蝙蝠、蟾蜍、蜥蜴、蚊子、苍蝇，等等，还有很多不知名的生命，都堂而皇之地来此落户。用不了多久，一个个小的家庭组成相对独立的生物体系便建立起来，这土屋里，也就有自己独特的小气候。被生命丰富起来的土屋，从远处看去，依旧是沉默的，只有真正地走近它，才能感觉到它的温暖、惬意、舒适。

除了不请自来的住户，还有人们主动请进门的。柴门前趴卧的黄狗，窗台上打鼾的花猫，棚里的牛，圈里的猪，还有鸡鸭鹅。黄狗看门，花猫捉鼠，牛拉车耕地，猪养大了卖个囫囵钱，鸡鸭鹅下蛋。个个都有用处。哦，还忘了栅栏边墙根下小院里那些不说话的黄瓜、茄子、扁豆、萝卜、白菜、丝瓜，它们一年四季用自己的枝叶在老土屋身边涂抹着青翠的颜色，要不然，只是土黄色，还真的是单调得很。

土屋是静默的，可住户们却喧闹不止。不是黄狗驱逐了偷食的花猫，便是花猫惊扰了下蛋的白鹅，这还不说那些昆虫和植物们之间，那些说不清道不明的恩怨情仇呢。唯有夜幕降临的时候，在蟋蟀的琴声里，这才都消停下来。满天的星光下，土屋依然静默。这时，土屋仿佛进入一种入定状态，一切心思欲念纷扰腾起的烟尘都已消散远去，澄澈的夜空里，土屋忘记自己身在何方，它进入了冥想状态。冥想需要闲暇、安静、独处，它比沉思默想更高远，比臆想更飞扬，比白日梦更深邃，既有具体可感的形象，又有形而上的思辨，思绪超越眼前具体的环境，思维射线遥感着天地万物，以至神经末梢终与宇宙星辰相交，与造物主相会，感受到了这个世界的原初动力。从泥土变成土屋，是一次物理意义上的解放，而进入冥想，才使土屋获得了真正的自由。可以说，土屋每时每刻都在冥想。可以说，土屋也是处在最适宜冥想的位置。冥想的结果，是在无知无觉中实现了近乎灵魂出窍的灿烂，在形神合一中释放出了精神的、迷幻的礼花。

农民作为土屋的主人，没有太多高深的哲思，然而他们有简单实用的经验，乃至近乎迷信。比如说，对于那些不请自来的住户，最喜欢的，是燕子。老家的童谣这样唱道：一檩穷，二檩富，三檩开当铺。这说的就是燕子把窝建在屋内第几根房檩上。因为惺惺相惜的缘故，在辛勤的劳作中，在恪守信诺中，燕子和农民建立起特殊的友情。从衔泥筑巢，到雨中捕食，还有从不窃取农人用汗水换回的粮食。燕子本能的行为，在农民眼里成为优秀的品质。农人会嘲笑猪，会嘲笑狗，会嘲笑麻雀，可从不会对燕子说三道四。因为燕子不进穷家。这句话在平原上，成为那些在苦水里熬日子的农人的希望和祝福。

当燕子把第一颗泥团安放在檩木上，当雏燕破壳发出第一声唧啾，当春风驱走严寒，南归的燕子再一次在土屋里喧闹起来，大平原上，总会有一份感动和欢喜在萌发。

三

土屋在大平原上站立起来的那一刻，也便向天地间展示出一副别样的姿态。它们大小不一，所用的材质也各不相同。家境殷实的，青砖的基础，青瓦的房顶，前有廊，后有厦。而我却一直偏爱用半尺厚土做房顶的、最为简陋的土屋。这喜好大概和我出生在那里面有必然的关系，因我呼吸的第一口空气里，就饱饱地浸满了它的气息，我早已把它的气息指定为默认的生命设置。古诗中讲：胡马依北风，越鸟巢南枝。也是这个道理，谁不眷恋自己的故土呢？那里有最纯真的时光和最洁净的快乐。在我的美学概念中，土屋就是美的标本。

土屋用精练的、朴素的线条勾勒出一幅写实的三维抽象画来。它的形状样式超越了语言，它更像是一种沉淀了某种精神概念的图腾。它究竟象征了什么呢？是温暖，还是安全？是辛劳，还是纯朴？用什么样的艺术手法才能清晰透彻地表达出来呢？思来想去，我认为，最好还是把土屋搭配上相关的物事，和它的住户放进季节里去。季节的轮回对世间所有事物是一视同仁的，可因为土屋住户的多样和小院的丰富，相比之下，四维的框架中，土屋较混凝土浇筑的生硬都市，更弥散出一份温情的韵味来。

冬雪飘坠，是老土屋一道至美的华服，雪被包裹下的老土屋，暖暖的。若说夏雨是调皮爱笑的小姑娘，那冬雪便是披上婚纱的新娘。那样静穆，那样神圣。清晨，没有睁眼，被一种极隐秘细微的声音唤醒。睁了眼，一道明晃晃的白光从窗口照进来。四下里那么静，没有麻雀叽叽喳喳的吵闹，也没有老北风坐在树梢上的哼唱的口哨。推开门，呀，下雪了，天地皆白。白雪覆盖下的老土屋成了一件毛绒绒的玩具，可爱又温馨。我脚上蹬上蒲窝（用蒲苇编制的一种保暖草鞋），鼻下吸溜着清鼻涕，和小伙伴在田野，在大河的冰面上，疯玩儿。只可惜，离开故乡后，再也没有下过那样好的雪。

若是春日，梁间的雏燕和檐下的雏鸡，唧唧啾啾地吵着，春风的手拂过大平原上的每一寸土地，每一寸土地也回报给春风勃勃的生机。而我最愿给土屋搭配上春风里萌发的嫩草和小花。一场春雨后，最先在土屋顶上冒出头的，是白茅。白茅的头尖尖的，拔出来，剥开皮，里面有白色细嫩的花蕊，可食用，入口有甜味。老家称之为谷笛。“谷笛谷笛，出来扒皮，老张老张，出来放枪，呲了锅底，漏了饭汤”。这是首在平原上口口相传的儿歌。还有一种不知道名字的小黄花，也早早地开了。那是一种极瘦弱的小花，怯生生地贴着地面，战战兢兢地在阳光下开着自己黄色的花朵，不几日就败了。有朋友告知我说那小花的学名是金盏菊，可每每看到它，我心里总有一种悲凉的滋味，如此大方的名字，对于它又有什么用呢？

最喜欢雨的多情。夏雨骤至，灰蒙蒙的天空裂开一道白光，隆隆的雷声便从那缝隙中直朝着大地砸下来。雨水劈头盖脸地倾泻下来，从屋顶，从胡同，从小路，集合成一道浩荡的队伍，奔向它们的母亲——黄河。而我却只能无可奈何地待在屋里，听着雨滴敲打着屋顶的瓦片，滴滴答答作响。我和姐姐长时间地蹲在门口，伸出手，让屋檐上滴落的雨水轻砸在我们的手掌里。在白茫茫的雨幕中，放飞纠结在我小脑袋里的问号。雨从哪里来？河水流向哪里去？村口的大路尽头是什么？而父亲担心的是屋顶哪里洇渗出水渍。

我要把秋放在后面来说，不管你有多少理由来规劝，我还是要这样做，无论是欣喜，还是怨恨。天底下，只有农人能体会秋的滋味，只有把汗水和希望埋进泥土的农人，才能感知秋的深情。在某种程度上，秋不仅仅是晴空金风碧水硕果，秋更是一种态度，是大平原对她的子民做的一个评判，哪一些需要褒扬，哪一些应受到贬斥。秋是一场喜与悲的归化，收获与播种，对春种的一个交代，对来年的一份希冀，都在这里汇合。在飒爽的秋风里，浩浩荡荡，如一路从高山奔流而来的江河，扑入大海的怀抱。秋，是农人一路辛苦奔波的驿站。

去看一看秋日的土屋吧。温煦的阳光下，屋顶上的白茅被金灿灿的玉米棒子压在身下，墙壁、门框、窗台，挂着红彤彤的辣椒，摆了黄澄澄的倭瓜。清理后的庭院，嫩生生的白菜秧子眨巴着稚气的眼睛，旁边那架老丝瓜，丁零当啷地坠着几个黑黢黢的大丝瓜种。

秋的土屋，简单且洗练，所有的细节都是那样朴拙，只有一个大致的轮廓，在明媚的秋阳下铺开，却造就了那么多那么浓的情愫——眷恋。它从没有刻意地去装饰，也从来没有显露出一丝造作，就像父亲用手挖了泥土查看墒情，就像母亲戴了花镜缝补衣衫。从来不知道中国山水画的大写意，却留给我大片大片的留白，去放纵奔涌热滚滚的情感。土屋在有我之境和无我之境间，给大平原上的人们，一个融进生命里不可割舍的亲人——故乡。

其实，土屋的美是不能用文字或者画笔来描述和展示的，就像佛家所讲的“不可说”，一张嘴，一动笔，土屋的美和韵味便受了伤损。在自然跟前，艺术的表现总是受限，画笔不能代替声音，文字不能附加色彩，用静止的手法，是不能表现在时光里流动的物事的，尤其困难的，是亿万形态各异的土屋在亿万人眼里、心中所产生的各式各样的体味和情感。

不过，关于土屋，关于故乡，尤其是当暮色中，村庄上空升腾起那一缕旗帜般的炊烟之时。

所有的文字、颜料、音符，所要表现的，无非也就是三个字而已。

“我想你。”

四

以土屋为圆点，以曲曲折折的胡同和乡路为半径，可画出很多同心圆，停留在圆周上，有村庄，有田野，有远方。父老乡亲在这圆点上安歇、在连线上奔波、在圆周上劳作。土屋在这里表达的不仅有空间上的转换，还有心理的起伏变化和情绪的色彩浓淡。

印象中，画出土屋这个圆点的，是黎明前璀璨星空下的那一声鸡鸣。在此之前，田野的沉寂，夜的闭合，是土屋花开的前奏。夜幕还很浓，庭院犄角旮旯里的小虫在窸窸窣窣地低语，当你让思想停下来，出神地去细细咀嚼这一幅画面的时候，恍惚之间，你会感觉到土屋的呼吸，并且天地间只有这细微的响动。那一刻，整个世界宛如一枝含苞待放的花朵。这时候，你心里会有一份希冀，一份莫名的紧张，一份战战兢兢的等待。

在鸡鸣打开黑夜之前，陪伴乡路的，有星空、田野、草木、虫鸣和庄稼。大平原上的星空是寥远广深的。夏夜里蚊虫暴虐、热浪逼人，父亲便竖起梯子，带我上屋顶乘凉，庭院里燃起略潮湿一些的柴草，生烟驱蚊。夜风如水，夜幕四合，星光闪烁。第一次知道牛郎织女，第一次找到北斗星便是在这土屋顶上。土屋顶上，忽然高了一大截的我，看到了更广阔的平原，在夜色中找寻通往田野远方的乡路。

忽然，一声嘹亮的鸡鸣响起，天地间仿佛陡然一震。如新生儿，在人世间发出的第一声啼哭，如千里冰河融解之初，厚厚的冰面黄钟大吕般铿铿锵锵地打开第一丝缝隙。紧随着那一声鸡鸣，柴门咿呀一声开了，熹微的晨光中，窄窄的胡同乡路向四面八方延伸开去。大平原在清凉的薄雾中拉开面纱，乡路边的草尖上挂着晶莹的露珠，早起的乡亲，在路上印上新的一天的第一枚脚印。扫院子的，出门担水的，上路捡粪的，下地看庄稼的，陆陆续续开始忙起一天的事情来。

农人，若说是一个物种的话，他们是在土里刨食吃的，土地、庄稼，以及与之有关的物事，是他们维持生命延续的必需品。乡路，便是连接在农人和土地庄稼的一条纽带，这纽带的底色，是辛劳的汗水浸染而成的。

20 世纪 90 年代，父母承包了老家村北面的一个废弃的砖窑厂。二十几亩大小的地块上，碎砖烂瓦到处都是，烧砖用土挖的坑一两米深，长满一人多高的芦苇。就是这样一块麻子脸的废墟，父母硬是用两把铁锹、一辆小推车，花费了六七年的时间，整成了花容月貌的稻田。每到周末，我也会跟着父母去地里干活。吃了早饭，带上工具和水壶，坐上牛车，一摇一晃地行走的乡路上，大平原缓缓地绕着自己转动。我和父亲挖土整地，母亲修理棉田，把不长棉桃的滑条子从棉花秸秆上清理下来。如刚出马厩的小马驹面对广阔的草原，踏进田野的我，心情是舒爽的。可稚嫩的双手和坚硬的碎砖几个回合较量下来，我的手就磨出一个血泡来，刚才乡路上的舒爽的肥皂泡，被劳累轻轻一碰就碎了。而父亲却没事儿人一样，不紧不慢地干着，因为他的手上有厚厚的老茧。太阳升起来，也热起来，我去地头拿水壶喝水，我看见棉田里的母亲跪在地上，用膝盖向前一挪一挪地在干活。母亲说："蹲时间长了累，跪着舒服点。"

傍晚回家的时候，牛的脚步比刚来时快了许多，拉着牛车，牛四个蹄子敲击着路面，发出哒哒哒的声响。牛车上除了农具，还有一大包袱青草，那是牛的口粮。我们斜倚在青草上，都不说话，辛苦的农活已经把父母的身体榨干了，把那早上攒了一夜的精气神，通过汗水一点点冲刷干净。远远地，看见了家门，看见了土屋，看见土屋顶上升起的炊烟，听见柴门里狗的吠叫，整个人仿佛一下子软了下来，苦兮兮的心，忽然就暖了。这种感受，大平原上的每个农人，都在一早一晚之间交替感受着。

土屋、乡路、田野，三者在农人的生命中构建起一个空间的概念。若说土屋是错落排列的花朵，那乡路便是粗细不一的枝干，深深地植根在厚实的田野。从一座土屋到另一座土屋，从土屋到田野，乡路在花朵之间、在花朵和平原之间，传递着营养、讯息。如果你俯下身子去看、去嗅、去触摸，每一个细微的角落中，都留有乡亲们浓得化不开的感情。

乡路的样子类似布匹，说得奢侈一些，像长长的绢帛，留给农人用脚、用车轮的印痕，书写一辈辈的记忆。日头一天天地升落，庄稼一茬茬地荣枯，如果闭了眼，把岁月的记忆调成延时摄影模式，让我们看到乡路的延伸、拓展、衰败、阻塞。那个从无到有、从有到无的过程，会让你听到一些简单的声响。那声响，极像夕阳下土屋门前，母亲喊孩子回家的那一声悠长的呼唤。那是一声尾音很长的音符，顺着乡路急匆匆地漫洇到大平原的角角落落。一个个拖着清鼻涕的半大小子手挽着手，顺着呼唤，从田野的深处归来，回到土屋。许多日子过去了，他们走得远了，会听不到这一声呼唤。又过去了许多日子，他们鼻子下的清鼻涕换成花白胡须的时候，他们又会回到这里，而那呼唤他们的人，早已和大平原融为一体，可是那一声悠长的呼唤，还萦绕在这片土地上的一草一木上，镌刻在这绵长的乡路上。

土屋作为圆点，从静默到变化，从中心向边缘扩散，土屋用时间演示着流逝。从绝对意义上来说，土屋只不过是大平原上的一堆土而已，和生活在其间的人和庄稼一样，只不过是泥土用不同的形式进行外在的表现。而用相对的眼光来看，土屋的静和乡路的动，再加田野的静，三者之间在时间和空间上互相交错追逐，从另一个侧面观察，时间和空间又通过土屋糅合在一起，和大平原，和大自然，和宇宙，变成了一码事。

从土屋传来的呼唤，还是那一声呼唤吗？应该是变了，又好像，从来没有变过。

五

都市，这用钢筋混凝土打造的怪兽，挥舞着塔吊长长的铁臂，朝土屋碾轧过来。

一切都变了样子。在土地里摸爬滚打的“泥腿子”，择良辰迎娶新娘子的时候，从头到脚都要捯饬一通。施工的挖掘机挥舞着巨爪，隆隆地怪叫着。在村口的菜园，种了花枝招展的油菜花；一搂粗细几丈高的白杨树被连根拔起，换成胳膊大小一人来高的龙爪树。机械的吼叫，淹没了老人心疼地叹息：这不是踢蹬穷吗？而他们的儿女却回答说：都啥时候了？你还这么老脑筋。挖掘机铁质的硕大链轨在土地上碾过，土地随着发出一阵阵颤动，在这颤动中，土屋上风化的碱土，簌簌地抖落。

土屋老了，土屋里的人，也老了。

40 年的光景，村庄渐渐分成两个部分，老村和新村。而走进 21 世纪以来，砖瓦到顶的新村也在二层小楼跟前显露出老去的迹象，最近，又听说准备启动合村并居项目，建高层住宅小区。土屋就这样一截截地矮了下去。从高处望下去，土屋很像父母在平原上劳作时弯下的腰身。屋顶的山脊是耸起的脊柱，纵列的瓦缝是嶙峋的肋骨，那翘起的飞檐，不正是突出的肩胛骨吗？唯一的区别，飞檐流下的是雨水，而肩胛骨流下的，是汗水。

每次回老家时，走过逼仄的胡同，我总会不由自主地停下脚步，这里瞅瞅，那里看看。隔着坍塌的土墙，望着那老态龙钟的土屋，我眼里不知不觉就酸涩起来，泪水伴着记忆溢满眼眶。没人住的老屋，风吹霜打雨浸雪压，也就没了生气。屋顶塌了一角，露出黑乎乎的房梁檩条，破损脱落的墙皮，跟着坍圮，把壁虎、蜘蛛的家也打破，它们唯一的选择，是逃离。

土屋门框上残留着发白的对联，字迹模糊，游客们里有几个人能知道，那字里行间饱含着多少美好的祈愿啊！一院子杂草，半人多高，蓬蓬勃勃，恣意蔓延。现在它们是这里的主人。我用手扶住土墙，探一探身子，我想更近地去嗅到那曾经温馨的气息，然而，扑鼻而来的却是一股霉变的味道。不知名的藤蔓发了疯地在庭院里奔走，因为没有人清理，去年干枯的茎干和今年新绿的交织在一起，做了一张厚密的网，仿佛在努力地兜住远去的记忆。

在胡同口，会遇到坐在大青石碌碡上的老人。那是我的长辈，他看着我光屁股长大。老人坐在那儿，一动不动，就连眼珠也极少转动，只有眼睑偶尔地抖动，提醒留意他的人，他还活着。我走过去，蹲下身来，握住他的手。他直愣愣地辨认着我，说："回来了吗？"声音苍老且沙哑。我说："回来了。"我喉咙里忽然就被堵了一块硬硬的东西，吐不出咽不下。老人瘦得好像只剩下一副骨头架子，青布的中山装，已经洗得有些发白，身边斜倚在墙边的拐杖抓手，磨得好像刚刚打了蜡，风从乡路上吹过来，吹动着他花白的胡须和空空的袖管。老人一个人无声地坐在这里，身后不远处，是他坚守的土屋。老人的孩子，早在市区高楼里安了家，来接过他好多次，可他待不上几天就闹着回来。老人已经离不开土屋，离不开这土地了，他已经变成了一棵庄稼，离了土地，离开平原，用不了多久，他就会干枯死去。而现在，他身体里的那一点水分也在干涸。他那挥动铁锹铁镐虎虎生风的身影被日子晒干了，现在田野里奔走的，是大型的农用机械。

从泥土里来，在泥土里滚成一块土坷垃，又化为泥土。这土屋就是在他这代人的手上兴旺起来的，一座一座宅院连成片。而今，他被岁月揉成一块皱、瘦、漏、透的太湖石，变成土屋的一座纪念碑！

日光在土屋顶的茅草上缓缓移动着，风吹拂着瓦楞间的草和藤蔓，几十年、上千年就这样过去了，时光像水流一样，在这里忽然拐了一个弯，又向前奔流而去。人们打造乡村旅游，应该是要修筑一条堤坝，截留住那一段老去的岁月吧？就像博物馆玻璃罩里面的古董、化石一样，让土屋用自己的身体做标本，向后人诉说在大平原上曾经发生过的一个故事的片段。

土屋既是岁月里的，又是大平原的，它在自然之中，浓浓地填充进底层人的味道，让悲苦的生命和坚韧锻造在一起，把残酷的命运安置于纯美的天地之间。

谁又能说这不是造物主的特意安排呢？土屋在这大平原站立起的那一刻起，也就有了家的影像，父老乡亲在夕阳下有了柴门前的呼唤，归途上的子孙，眼见土屋上升起的炊烟，心里也就有了温暖，也就有了平安。无论伤有多深，无论泪有多苦，土屋在，就有根；故乡在，就有生命的滋养。

正是秋天的午后，谁家的枣儿红了，高高地悬在枝头，从土墙上探出半个身子来。我踮一下脚，伸手摘下两颗。托在掌心，红润透亮，吃一颗，香脆甘甜。我抬头，恍惚间，看见儿时的我，骑坐在高高的树杈上，把背心掖在裤腰里做成大口袋，满满装了红彤彤的枣子，豁着牙憨憨地傻笑着。谁料想，好像就那么一眨眼的工夫，自己也老了。

明媚的秋阳拥裹着老屋，拥裹着平原，熏熏的似乎要睡去。有风吹过，清凉的风里，远处的田野上，麦田探出嫩嫩的幼苗，一切又好像正在醒来。

忽想起陶渊明的诗句：暧暧远人村，依依墟里烟。顿觉一丝幽深的甜蜜，从我生命的最底层，升腾起来。

本文2020年8月发表于《青岛文学》

昂霄耸壑

形容森林的词语很多，诸如郁郁葱葱、草木葱茏、古木参天、根深叶茂等。而我则更喜欢用“昂霄耸壑”。你看，在那峰峦叠嶂的崇山峻岭之间，浩如烟海的大森林之中，高大挺拔的树木，昂首于九天云霄之上，耸立于高山巨壑之畔，如灯塔之于惊涛骇浪，似盖世英雄之于千军万马，骇世独立，岿然不动，何其壮哉？！就算是在广袤的大平原上，苍茫的天幕下，有那么一棵，亦或是一排，高高的白杨树，如旗帜般在风中翻动着巴掌大的叶片，猎猎作响，难道你心中就没有一丝震撼吗？

我想，人的力量恰好可以折断树枝，这肯定是造物主特意安排的。在那个洪荒年月的某一刻，当秋天的最后一颗果实在高高的枝头向我们的祖先暗送秋波之时，他老人家脑间就那样灵光一闪，发现随手折断的树枝，能帮助自己加长了臂膀打落枝头的果实。或许那就是我，也可能是你，一个我们不曾认识的自己。不仅如此，树木还可以帮助自己坚实了拳头抵挡猛兽的袭击，可以抵拄在厚厚的大地上，支撑起疲惫的身躯。还不仅如此，那从投向猛兽的第一根标枪，那溪流中截获鱼儿的枝杈……一定还有很多很多人和树木之间相依相偎的故事，只是淹没在历史的尘埃中罢了。

作为生命的存在，有一项极其重要任务，那便是活下去，不仅仅是自己的生命个体，还有自己的物种。人也是如此。树木帮助了人，森林庇佑了人。无论是下地耕种的犁铧，还是遮风避雨的屋厦，哪一点能少得了树木呢？且不要说农耕时代的乡村，就算是如今自然科技腾飞的都市，出门是亮丽的景观树，进门是实木家具。有数据显示，2016 年，木材使用量为 60941 万立方米，其中，工业占比为 98.69%。原来，我们快速飞奔的工业巨人，脚板下，是一根根木头垫起的跑道。这也难怪在阴阳五行说中，木，便占了五把交椅中的一把。

金木水火土，水生木，木生火，金克木，木克土。就在这相生相克之间，大家有没有发现，相生的最终是相克，水生木木生火，而水克火；相克的，最终是相生，金克木木克土，而土生金。这应该就是东方古老文明中对生态平衡原理的最早启蒙。万事万物，互相依存，而又互相制约。

木生火。最初的火焰是谁带到人间的呢？是闪电？还是祝融？在深远的历史长廊中，答案已经并不重要，而可以确定的是，火焰必然是依存在草木之上的。也正是因为有了火，人类文明往前大大地前进了一步。一堆堆篝火，烧熟了食物，增强了人类的体质。火焰驱散暗夜，带来光明。直到今天，一群人在星光下点起篝火，载歌载舞，那场景气氛，仍是幸福的享受。树木，森林，如慈祥的长者，无微不至地呵护着稚嫩的我们。

洪荒的年月中，在森林，树木是王者。而伴随着人类文明的进步，森林却一步步在衰退。农耕文明的年代，到了乡下，林木这尊贵的地位被庄稼挤占，好在，比身下的草要高那么一大截。大片大片的田地，是庄稼的专属，有不知趣的草悄悄地渗透进去，探头探脑地想挣一口水肥，不料想，明晃晃的锄头镰刀，带着寒光恶狠狠地杀将过来，斩草除根。这还不算，草的尸身还要经过铡刀切割，变作牲畜大快朵颐的美餐。树木则要理直气壮得多。虽不能堂而皇之地占据大田，可田埂、沟坡、路边，一排排一行行，迎风而立。可在很多地方，锯子闪着寒光的牙齿，把一棵棵百年古木咬断。殊不知，人和树木，是唇齿相依的关系。

如果说，生命是从海洋爬上陆地的，那么，人类则是从树上走下来的。在漫长的进化过程中，人类在树木和森林的护佑下，一路走到今天，森林是居功至伟的。森林是物种的宝库，宝库里丰富的资源，为人类的存活提供了有力的保证。即使是在现代社会，树木的身影也是无处不在的。而人类在和森林的相处过程中，人类的智慧和森林的功用也交相辉映相得益彰。

1405 年，意欲迁都北京的明朝永乐皇帝朱棣，派遣人员到全国各地崇山峻岭间的森林中搜寻木材建造宫殿。所以，那隐居山林的巨木重出江湖，让我们今天在高大巍峨的故宫里见到帝王的威仪。建于辽清宁二年（1056 年）的应县木塔，是我国现存最高最古老的一座木结构塔式建筑，它与意大利比萨斜塔和法国埃菲尔铁塔并称为“世界三大奇塔”，又名佛宫寺释迦塔。木塔高达 67.3 米，它完全依靠斗拱柱梁镶嵌穿插吻合，以五十多种斗拱衬托接连而成，这种巧用木制构件的方法，使得耗材红松木料 3000 立方米，2600 多吨重的木塔，无钉无铆。当今天的人们惊叹于故宫和木塔的高超技艺之时，有没有对树木表达一下由衷的感谢呢？

人类文明的传承，很大程度上依赖文字，而记录文字的载体由过去的竹简木牍到纸张，始终没有离开木材，没有走出森林。从古代的雕版印刷，到今天杨柳青的年画，木材用自己宽厚的身躯，承载着人类文明的一枚枚脚印。直到今天，在我国南方一些地方，还保留着用树皮打浆造纸的习惯。

当人类用文明的眼光去看森林树木的时候，树木也寄寓了人类的情感。树木在和人相处的过程中，教会了人很多东西。春风里花开似锦，秋雨中落木萧萧，这是季节的轮回，便在这一枯一荣之间，让人在面对生老病死悲欢离合之时，有了可以依托的情思。“树犹如此，人何以堪”，十围的柳树，令桓温将军发出了千百年来人对时空转换的慨叹。更何况，还有那“昔我往矣”的“杨柳依依”。遥想当年离别，是一步三回头的远征，归来之时，大雪纷纷。对于树的记载，另还有一篇文章，便是归有光的《项脊轩志》中的那棵已亭亭如盖的枇杷树。而松树和柏树，则更多地被栽植于宗庙中，松柏那极强的生命力和高大的身姿，寄托了后生晚辈的追思，也深藏了前辈对后人的祝福和祈愿，希望自己的生命能被后来人用另一种形式，一种生机勃勃枝繁叶茂的样子一路走下去。

“胡马依北风，越鸟巢南枝”，生活在东方大陆的这群人，骨子里就牢固地执着于一段情结——家国情怀。叶落归根？叶落归根！不管身处千里万里之遥，心之所系，还是故土，而往往村口的一棵老树，以及与之相关的那些人和事，成为一个人心底最温馨的回忆。

我第一次感知树木的高大，便是村口的那棵老槐树，树下有一盘石磨。那是一棵干瘦干瘦的树，树身子有一搂多粗，下半身的树皮都脱落了。身子虽然是中空的，可枝头上仍然倔强地顶着几乎能数得清的几片青翠的叶子，就像一个风烛残年的老人一样，用尽最后一丝气力，也要守护着家门。每次回家看到它，总会触动我心底的一块柔软的角落，它身上的每一条纹理都有一段温软的记忆。大概从这个村庄一开始，这棵树就站在这里了吧。那一盘石磨只剩下一个磨盘了，上面的碾子不见了踪影。我依稀记得第一次认识石磨是很小的时候，母亲曾带我到过这里来碾过面，母亲推动着笨重的碾子，粮食粒在被碾子碾过的时候，发出咯吱咯吱的响声。后来村里接来了电，有了电磨，石磨也就退休享清福了。然而在我心里，这个巨大的磨盘是有着神奇的功用的。小时候，家里穷，买不起药，每次受凉肚子疼的时候，母亲就告诉我说到午后的磨盘上趴着，你还别说，十次有九次见效，后来，只要肚子不舒服，我自己就去磨盘上趴着。经过太阳照射的磨盘热乎乎的，甚至有些烫，它把贮存的热量毫不吝惜地从缝隙里挤出来，传递到我的肌肤里面。就像这土地，无私地把粮食奉献出来，养育着一辈辈的人一样。原来，人活一世，是以一棵树为圆心的。

“百啭千声随意移，山花红紫树高低。始知锁向金笼听，不及林间自在啼。”这是欧阳修的诗句，经历过宦海沉浮的他，对闲适的山林有了由衷的向往。大约那从林间走出的先祖，没有想到，他的后人，有一天会有这样的想法。而先祖更没有想到的是，不同的树木，则被他的后人赋予了那么丰富的含义，诸如梅的坚韧、竹的清高。或许原本这些含义就被造物主埋置在里面，只是等着人们去发现罢了。这情感深深地洇渗在每个人身体最深邃的基因里。每念及此，都让我感动，让我惊叹。你看吧，从钻燧取火到森林氧吧，人和树木的关系是不是这么个理儿。假若这个世界上，没有林木，那简直不可想象。

而人类社会来到近代，拐过工业革命的街口，经济的迅猛发展背后，是森林的大量乱砍滥伐。以我国为例，有史料证明，我国的森林覆盖率曾低至 8.6%。盲目地肆意破坏之后，生态失衡，人们生活的自然环境随之恶化。在各种自然灾害频发之后，人们开始惊醒。植树造林，保护自然，蔚然成风。尤其是“绿水青山就是金山银山”理念提出之后，一片片青翠的森林，如一湾清水，滋润着祖国的山川大地。据报道，2020 年底，全国森林覆盖率将达到 23.04%。

爱护森林，就是爱我们自己。

本文 2019 年 1 月 7 日发表于《青岛日报》

爱求柔桑

步入古桑园，仿若在我面前打开一本古老的诗卷。

明媚的阳光下，绿意滂沱，柔风漫卷。点缀在枝叶间跳动闪烁的桑葚，是一个个诗歌的字符。一片片苍翠的桑叶上，泼泼洒洒，都写满一件件过往的旧事，汇成一条浓得化都化不开的历史的河流。无论是卿卿我我的深情，还是悲天悯人的悲歌哀叹，都被岁月刻进古桑那一道道深深的树纹里，向我讲述着斗转星移，演绎着沧海桑田。

你听——

“女执懿筐，遵彼微行”。这是《诗经》中的词句。看，沿着桑林的幽静的小路，婀婀娜娜走来了采桑的少女。千年前的阳光，一样的明媚，四月的风，一样的柔软且多汁，黄鸟躲在树荫中低沉的叫声，纠结了她的蛾眉。背了深深的桑叶筐，心里萦绕着自己的小心思。“隰桑有阿，其叶有沃。既见君子，云何不乐！”那轻采了桑叶的玉指，可曾在这古桑枝干上，留下天荒地老的誓言？这默然独立的古桑，可否记清有多少痴男怨女，向它诉说千回百转的柔肠？

两情相悦的爱情，是一曲华美的交响乐，容不得半个不和谐的音符。“从南来”的使君，向“善蚕桑”的罗敷发出“宁可共载不”的邀请，得到一个“癞蛤蟆想吃天鹅肉”的机智回击。灰头土脸的使君是否知道，桑木木质坚硬，古往今来，是制作弓的最佳木材。木质的性格在这采桑女的身上，表露得竟是这样的犀利。每一片叶都有个性的尊严，每一根枝条都有坚强的骨骼。就连五行学说也把桑木和松木合起来，在六十甲子纳音中列为桑松木命。

命运，无论盖世英豪还是无名小卒，都难逃脱其掌控，然，与之抗争的战斗也从未停止。静静的德惠河从东侧流过，西岸石碑上刻记着“徐福打尖处”。据传，徐福携童男童女为秦始皇求长生不老仙药，路经此地，有人皮肤起湿疹奇痒难忍，便命人取桑叶捣碎敷于患处，遂愈。贫苦的百姓，头上笼罩着饥寒的乌云，眼中寻找的不会是仙药，而是温饱的星光。“满身罗绮者，不是养蚕人”，“乡村四月闲人少，才了蚕桑又插田”。泪水和汗水是命贱如蚁的人那一撇一捺的坚守。

“今年幸甚蚕桑熟，留得黄丝织夏衣”。五龄蚕之于桑叶，如饿狼面对羔羊，听着那细雨般沙沙作响的噬咬声音，你对“蚕食”会联想到凶猛。茅盾先生在《春蚕》中有详尽深刻的描述，其中的辛苦，不亲历，恐怕是不能完全感知的。

小时候，我的夏衣是棉线织成的。冬夜油灯下，母亲摇动纺车，棉絮在尖尖的木质锭杆上结成纺锤形，来年春日的打麦场上刷机上浆。在以后的日子里母亲便被钉在织机上，木梭在母亲手中飞动，一家人的衣物便一寸寸织成。“麦子上了场，棉花没了娘”。遥想此时的故乡，棉田的苗株大约一虎口高矮了吧。白发苍苍的母亲忙完麦收后，是否又佝偻着腰身，去照看她口中的“娘花”了呢？苦日子教会她忍耐和坚韧，老人经常说：人欺不算欺，天欺才过不得。和平的日子对于普通的百姓便是天大的福分。

吴越的都城杭州有一座祭奉吴王钱镠的庙，庙中石碑上刻有“世方喋血以事干戈，我且闭关而修蚕织”的碑文。在如今的无棣千年古桑园中亦有一卧石上刻有“御桑园”。前者是唐末安史之乱后的休养生息，后者是燕王朱棣兵败的传说。在波诡云谲的世事纷争中，桑树和蚕织演化成一种中华民族特有的文化，顽强地留存下来。

2009年9月30日，在阿联酋首都阿布扎比召开的联合国教科文组织保护非物质文化遗产政府间委员会会议决定，“中国蚕桑丝织技艺”入选《人类非物质文化遗产代表作名录》。从梅堰遗址发现新石器时期的蚕纹装饰到今天，从大漠驼铃的“丝绸之路”到今天的“一带一路”。千年的风雨荡涤，桑树体内那坚韧挺拔的性格已经融入民族的血脉中。

御桑园北侧那棵半人高的重生古桑前，我久久驻足。两人合抱的树身已经没有树皮的包裹，裸露着灰黄色的骨骼，几个粗大的枝杈被锯子切割出整齐的切口，一圈圈年轮刻录着这一方土地的悲欢离合。然而在西侧，几枝拇指粗的青翠细长枝条迎风摇曳。是什么力量唤醒这顽强的生命呢？是一眼回眸？是一段牵挂？亦或是因一份未了的情缘？还是依托土地下那细密绵长的根系，圆自己一个伟大复兴的梦想？

我非贪生而恶死，不能捐身兮心有以。生仍冀得兮归桑梓，死当埋骨兮长已矣（《胡笳十八拍》）。

如果有来世，我愿做一片桑叶，在蚕腹中化作一缕柔丝，缱绻在这诗情中，在这古桑园中老去。

本文2017年3月发表于《山东教育》第3期

照亮千年的那一方月光

夜色如磐，案灯如豆。

他，范仲淹，身在邓州的花洲书院，面对好友的信札和空白的纸卷，心潮翻涌。

好友滕子京来信，邀请他写一篇关于重修岳阳楼的文字。然而范仲淹心里所想的，却是庆历新政，那被摇摆不定的宋仁宗一盆冷水浇灭的宏图。那一纸冰冷的贬谪诏书，带走的不仅有范仲淹，还有富弼、韩琦、欧阳修。

范仲淹面对“纲纪制度，日削月侵，官壅于下，民困于外，敌人骄盛，盗寇横炽”，他心急如焚。据史料记载，宋朝有一恩荫制度，即中高级官员的后代子弟可以免试为官，再加之科举考试，造成了官员冗杂。所谓冗，一是人数众多，二是能力低下。官僚制度的腐朽造成社会的动荡。庆历三年（1043 年），山东王伦起义。同年，陕西张海、郭邈山起义。另外，西北的西夏，东北的辽国，都对宋朝虎视眈眈。宋王朝建立80年，已经危如累卵，到了摇摇欲坠的境地。庆历三年，受皇帝委托，范仲淹起草《答手诏条陈十事》。从十个方面进行锐意改革：一、明黜陟，二、抑侥幸，三、精贡举，四、择官长，五、均公田，六、厚农桑，七、修武备，八、减徭役，九、覃恩信，十、重命令。首要的改革便对准了官僚机制。

范仲淹移步窗前，窗外，群山如兽，从茫茫夜色中突袭而来的夜风，如进犯的西夏铁骑般凌厉。他用手用力揉开紧锁的眉头，他怎么也没有料到，这样富国强民的改革措施，却遭到一些既得利益者，各级官吏的反对，其中代表竟是夏竦。一位饱读圣贤诗书的朝廷重臣，怎会用如此卑劣的诡计？

庆历四年（1044），夏竦被罢黜枢密使职务，宋著名理学家石介拍手称快，写信给改革派官员富弼，鼓励他们“行伊周之事”。“伊周”，伊指的是殷商大臣伊尹，周指的是西周大臣周公旦，两人是千古传诵的贤臣。而夏竦因个人私怨，竟然暗地里命女奴模仿石介笔迹，把“伊周”改为“伊霍”。伊霍指的是伊尹和霍光。伊尹曾因太甲荒淫而把他关入宫中，自己处理政事。霍光曾把即位27天的刘贺废掉，迎立汉宣帝刘洵。两人都曾有废立天子的行为。为将罪名坐实，夏竦还命女奴伪造石介起草的废立诏书，然后四处散布谣言。又加之众多添油加醋者，遥相呼应推波助澜，最终，宋仁宗动摇了，新政废止，范仲淹等人被贬谪。踌躇满志的范仲淹没有想到，宵小之徒在个人私利和国家大义面前，他们的底线竟是如此脆弱。

是放弃，还是坚守呢？范仲淹沉浮在彷徨的旋涡中。此刻，明月挣脱乌云的遮蔽，一方明亮的月光硬生生地透窗而入，昏暗的天地顿时晴朗了许多，他自己一路走来的轨迹也变得清晰起来。

他，范仲淹，幼时孤苦，少年苦读，曾划粥而食。入仕为官后，秉承初心，一心为国为民。不管是整治防潮堤坝，还是戍守边陲，都功绩卓著。他面对被海潮冲过失修的海堤，海潮淹没良田，毁坏盐灶，大量民众流离失所的景象，上书直陈。历时四年，终于修成一条底宽三丈、面一丈、高一丈五尺、长 143 里零 136 丈的捍海大堤，也就是后人所称颂的“范公堤”。新堤建成不久即有 1600 多户农民和盐民恢复生产，三千多户逃亡的人重返家园。

“塞下秋来风景异，衡阳雁去无留意。四面边声连角起，千嶂里，长烟落日孤城闭”，这是范仲淹《渔家傲》中的上阕。宋朝的重文轻武带来的直接后果便是边事频频。从辽到西夏，从金到蒙古的铁骑，宋王朝一直都苟活在边民的血泪中。康定元年（1040年），他奉命出任陕西经略安抚招讨副使，采用“屯田久守”的战略，战乱方息。

进还是退？进，是重重险阻；退，是亿万黎民渴求平安温饱的眼神。就在范仲淹思虑的时候，朗月突破乌云的阻隔，撒一片清辉在花洲书院，也照亮了范仲淹的心田。他想：相对于天下苍生，个人的官位俸禄，又是何等的微不足道呢？于是，范仲淹回身在清白的纸上，大笔写下传颂千古的名句：先天下之忧而忧，后天下之乐而乐！

那一天，是1046年9月15日。千年之后，那一方月光，依然明晃晃地照亮在民众心上。

本文2016年9月30日发表于《青岛日报》

一定要争气

在故乡，干农活儿的时候，有的人抽烟、有的嘴里哼唱、有的则嘟嘟囔囔地自言自语，而父亲，则默默不语。父亲闷着头干活儿，像一头拉着犁铧的牛。

站立在广袤的大平原上，父亲偶尔抬起头，迎着从天际浩荡而来的风，用手背揩一揩额头的汗水，抬头看看高高的天幕，然后，朝满是老茧的手心呸呸啐两口唾沫，两手握紧铁锹的木柄，又俯下身子，发了狠似的干起活儿来。

我们家邻居五爷爷总是对父亲称赞不已。他豁着牙抖着胡子对我说："你爹干活儿真是一把好手，脑袋活泛，能受累。"听五爷爷表扬自己，爹也没有抬头，他两只眼睛盯着脚下的土地，带着寒光的锹头往地面上一点，右脚往下用力一蹬，锹头就深深插进地里，前把一抬，后把一压，伴着喉咙里低沉的一声吼叫，一大块泥土，像家里那只趴窝的黑芦花老母鸡，扑棱一下便翻了个身子，那赤褐色的新鲜断面，仿佛还带着清新的气息，在阳光下慢慢变成土黄色。傍晚回家时，在地头回望被父亲翻过的土地，如同波光粼粼的水面，在夕阳下，闪着金色的光。

“眼是孬蛋，手是好汉！”父亲经常这样说。

父亲也用自己的行动验证了这句话。

若是母亲说起我家的穷，我感觉总有些夸张。“哈，那时，你家穷得，啥也没有啊！”母亲嘴一撇，把手往大腿上一拍，如是说。我想，怎么可能什么也没有呢？五爷爷说：“可不啥也没有，你爷爷奶奶1960年‘闹生活’的时候，饿死了，你大姑出嫁后，家里就剩下你爹和你小姑，一个16，一个15，俩孩子过日子，可不啥也没有。”母亲说：“俺嫁过来那年22，第二年，有了你姐姐，你姐姐出生的时候，连块裹孩子的布都没有，你说，这得多穷吧。”母亲说完，把两手一摊，然后哈哈地笑了起来。可我听后，喉咙里却涌起一阵阵难以下咽的苦涩。

五爷爷和父亲对那段日子，没有抱怨。五爷爷说：“不管怎么说，比解放前好多了，解放前，说不定啥时候，就‘跑鬼子’，尤其三更半夜，听见轰隆隆的声音，就知道日本的马队来了，于是一家老小就跟头把式地赶紧从炕上爬起来，躲到地窖里。”父亲则说：“‘闹生活’是因为咱们国家刚刚和美国打了仗，又还苏联的外债，咱们还他的苹果，都用铁圈套，套住的留下，套不住的不要，套不住漏下去的，都扔黑龙江里喂鱼了。”我问：“咋不带回来呢？”五爷爷说：“咱们中国人有志气，他不要，咱也不要，穷不起了吗？捡人家掉在地上的。我记得那时，我在两位老人眼里看到有晶莹的光在闪动。

分田地之后，父亲为了摆脱贫困，让家里的日子过得更好，往前迈出的第一步是种浅水藕。老家村南，有一条自东向西的引黄渠，平日水流清缓，春天小麦灌浆和秋天播种的时候，定会浊流滚滚。父亲把我们家引黄渠边的那块地种上浅水藕。种藕不能缺水，隔三岔五的，父亲母亲就去给藕池上水。父亲用的上水工具是自制的，叫“量斗子”，用一只水桶两根绳子做成，简单而又实用。一人一边，两手牵着两根绳子，来回悠荡，很像一只大弹弓的样子。有时碰上周末或假期，我也去上水，慢慢地，我使用“量斗子”的技术也从生疏到熟练。父亲用铁锨在沟边挖好水坑，我和父亲前后脚在沟坡上站好，眼见着水桶，在我和父亲四只手所牵的绳子控制下，口朝下在水坑中把黄河水舀起来，划过一道弧线，哗一声，倒进藕地里。如此反复，随着身子一俯一仰，一声一声哗哗的倒水声响在天地间荡漾开。那翻越千山万壑流经九曲十八弯的河水，在此时此地，灌注进一份热切的致富希望，滋润了这一片深厚的土地。

秋风一紧，高大的白杨树上巴掌大的黄叶一夜过后，落一大片，藕地里墨绿色宽大的藕叶也枯黄了。进了腊月，正是“菡萏香销翠叶残”的时候，只是这浪漫的诗意和冷冰冰的泥土隔了十万八千里。等父亲干完乡镇里安排的挖沟调河的工程回来，我们扛着铁锨、钢镐、铁钩，推着独轮车，车上装着柳条筐，去挖藕。在苍黄的天底下，尽管隔着一虎口厚的冻土层，我也能听到“藕宝宝”躲在下面吃吃地偷笑。

这挖藕的活儿，需要力气，可也不能全靠蛮力。父亲先是在地头用钢镐磕开一个豁口，然后才像凿冰块一样，一大片一大片地把冻土撬开来。别看那个豁口不大，可磕开是一件非常辛苦的事。我第一次抡钢镐，一镐下去，地面上只留下一个镐尖的小坑，可手上却冒起三个血泡来。

父亲在地头上站好，先是不紧不慢地用铁锨把地表上一层碎土和藕的残枝败叶清除干净，清理出大约一平方米大小的空地来。然后，父亲朝两手啐一口唾沫，抓起钢镐，高高地举起，狠狠地朝冻土砸下去。随着脚下的震颤，钢镐那尖尖的镐头带着寒光，重重地插进土层里，一小块冻土被撬了下来。一下，两下……十分钟过去了，半小时过去了，冻土层开始一点点地变薄。那时我想，藏在冻土下的“藕宝宝”定然感受到一个农民汉子，挣脱束缚，甩开膀子往前拼杀的气势，四下里，静极了，天地间，只有钢铁和泥土沉重的撞击声，沿着大平原一轮轮地朝四面八方散开。终于，随着父亲嘿然一声，大地裂开一道缝隙，像是一层鸡蛋壳一样揭开，去除冻土层，用铁锨小心翼翼地把泥土掏出，“藕宝宝”笑容可掬地躺在那里，再用铁钩轻轻地像抱新生儿一样，捧进柳条筐里，晚上回家用水洗净，第二天早上，就能用自行车驮着，去赶集换钱了。

太阳升高了，父亲把棉衣脱下来，阳光下，一团白花花的雾气萦绕着父亲的身躯，高大且伟岸。那一年过年的时候，父亲从市里用柳条筐驮回一台熊猫牌的 14 寸黑白电视机，砍了一棵细细的白杨树做天线杆子，全村人挤在俺们家院子里看电视剧《霍元甲》。第二年，几乎全村家家户户都种了浅水藕，再过年的时候，电视天线杆子把小小的村庄装饰成了刺猬。

随着我年岁的增长，越来越感叹我的生命旅程中，幸运地遇到了我的父亲。正是因为有了父亲的坚持，我才得以由一个土里刨食的农家子弟，成为国家公职人员。或许现在会有人对此很不屑，可对于那时还存在巨大城乡差别的年月，供一个学生，是需要很大的勇气的。我入学的学费是860元，卖了一头牛，交了学费后，剩下的钱，又买了一头小牛。第二年，妹妹考上了卫生学校，学费1650元。这回父亲卖掉那头养了一年的小牛不够，又借了1000块钱。要知道，那时父亲承包的土地已经有30亩之多了。这其中有近20亩是村里一个废弃的砖窑厂，父亲凭着一把铁锹和一辆独轮车，硬生生地把一片废墟整成了良田。那个砖窑厂呈南北走向，南边是坍塌的砖窑，北面是烧砖取土留下的麻点一样的土坑。父亲打南边把碎砖烂瓦推到北边的坑中，再推着土回来，前前后后经历了七八年的时间。我不知道父亲流了多少汗水，我也不知道父亲磨破了多少双鞋子，我只看见在这来回之间，每一个脚印都踏踏实实地饱蘸着汗水，在这片土地上写下两个大字——奋斗。

有付出就有收获。父亲说：人勤地不懒。父亲对土地的喜爱，到了痴迷的地步。可当承包地到期后，按合同规定，我们家可以优先续签合同。村干部和父亲商量能不能平均分给村里的村民，父亲在地头上蹲了一天后，第二天，他告诉村干部说：“可以。”父亲对我说：“集体的地，总让咱们种，不好。”不光是这，虽然父亲对自己非常节俭，可对庄乡爷们儿，却慷慨的很，不管谁家有个五步三急忙不过来的事情，不论是力气，还是钱物，父亲总是第一个出手帮忙。前几年，社区组织评选最美家庭，我们家高票当选。那张奖状就挂在堂屋一进门的墙上。

父亲今年已经年逾古稀了，看着父亲满头的银发，我常想，想父亲走过的路，这路和祖国是密不可分的。新中国的成立，农民翻身做了土地的主人，改革开放的大门敞开，使得农民甩开了致富的臂膀。从吃糠咽菜到进门有肉、出门有车，伟大的祖国从农耕时代跨越到信息时代。难怪父亲常说：“现在这日子，就算到了天堂了。”说完这话，父亲总不由自主地叹一口气，说：“可惜了你五爷爷，日子刚见抬头，就走了，一天福也没享上。”

如今，父亲在附近的公园打扫卫生。我劝他在家休息，父亲说：“人活着，就一定要争气，习主席说，幸福是奋斗出来的，人不干活咋行，你看，只有圈里的猪，才吃饱了睡、睡饱了吃的，等着挨刀呢。”

一天，父亲问我说：“听说有个什么‘家里饿’导航，咱花钱人家也不跟咱一起玩，是吗？”我说：“是啊，叫‘伽利略’导航系统，现在咱中国有了自己的‘北斗’系统，比他们的还好还先进呢。”父亲听了，很激动地说：“对，就应该这样，咱中国人，就是有志气。”这时候，明媚的阳光下，我又看到晶莹的光在老人眼中闪动。

本文2019年12月6日发表于《山东商报》

山海关的历史传说

一

这是一座多么安静祥和的边城啊！你很难把它和数百次刀光剑影血肉横飞的战场联系到一起。

初夏明媚的阳光，泼泼辣辣地在天地间铺开。来往的游客和闲适的本地人，一动一静，越发酷似那海边翻滚的碧波和松软的沙滩之间，相安无事地相处。没有电声喇叭循环烦躁的叫卖，也没有追在屁股后面的兜售纠缠。来，即便来；去，即便去，各自守着自己的边界，不悲，不喜。胡同口，光溜溜的大青石磨盘上，坐着发白、面皱、背驼、嘴瘪的老人，手里摇一柄蒲扇，脚边卧着一只“目似瞑意暇甚”的柴狗，安然地享用这一片闲静。倒是那厚重的城墙和高耸的箭楼，极不和谐地横亘在祥和的居民群落中。倘若换做一段篱落，再有茅屋三四间，一院叽叽喳喳毛茸茸的小鸡仔，似乎更相宜吧？若千年前王摩诘，夜登城外的燕山，见“寒山远火，明灭林外。深巷寒犬，吠声如豹。村墟夜舂，复与疏钟相间”，可否也会发出春日的相约呢？

驻足在山海关的城墙上。南望，是烟波浩渺的渤海，回首，是峰峦叠嶂的燕山。心思玄妙的造物主，用生花妙笔，在这里，把山和海巧妙地勾连在一起。难怪这高大厚重的关城被称为山海关！

山海关所在的辽西走廊，却是热闹得很。而今，就在这窄窄的辽西走廊，铁路、高速，国道、省道，十数条道路，挨挨挤挤地被山和海拥握在这南北仅十公里的地界。难怪前人称山海关为“锁钥”。关于辽西走廊的最早文字，是《旧五代史少帝重贵记》，“癸卯，帝与皇太后李氏俱北行，过蓟州、平州至榆关沙塞之地，又行七八日至锦州，又行数十程，渡辽水至黄龙府，即契丹所命安置之地”，文中所提及的“榆关”便是山海关。那是947年，亡国的少帝和母亲，作为辽国的俘虏，行程定然很是艰涩。他们定然不会想到，697年后的1644年，也是一对母子，孝庄太后和顺治帝，忐忑地从这条路上入关进京。又过了287年，末代皇帝溥仪离京时，没有走他先祖入关的这条旧路。

他是1931年“九一八事变”后，在日本驻屯军司令土肥原贤二的帮助下，也是忐忑地从天津潜逃至旅顺又到奉天，回到他的故乡盛京。1932年3月1日，溥仪满心欢喜地在日本的扶持下，在东北地区成立伪满洲国。1945年8月17日，准备逃亡的溥仪在沈阳被苏联军队俘获。

疾驰奔突的铁蹄和车轮碾压之时，这边城绝不会如此安静。就在这关城修筑前后，就在这大门的开合之间，一个王朝的兴亡和一个生命的荣枯又有多少关联呢？对于命贱如草的普通百姓，他们所求的，只不过是安静地活下去。而生命在亿万年进化过程中被植入的自私、贪婪、野蛮的基因又会在某个特定的时间节点萌生出一个个毒瘤。所带来的残害，由个体到部族，从蔓延到惩治，如潮水与堤岸之间的缠斗，从无休止。

二

山海关的修筑，是在1381年。明洪武十四年，中山王徐达奉命修筑永平、界岭等关隘，在此修建了山海关。后来抗倭名将戚继光又进行了多次修缮，才有了今天我们眼前雄伟壮美的“天下第一关”。山海关，是一个完整的战争防御体系。以镇东楼为枢纽，辅以靖边楼、临闾楼、牧营楼、威远堂，名曰五虎镇东。镇东楼的城池，是一座小城，周长约 4 千米，内有瓮城。整个城池与长城相连，以城为关，城高 14 米，厚 7 米。城外有护城河。在冷兵器时代，确实“一夫当关，万夫莫开”。

据传，1368 年，朱元璋率领众家兄弟经过多年征战，终于在应天府（今南京）称帝，下旨委派元帅徐达和军事刘伯温到京师（今北京）以北边塞建城设防，两年完成，逾期杀无赦。徐刘二人在此盘桓数日，徐连连称好，刘则一言不发。徐不解，问其故，刘道：此处北有燕山，南临渤海，若筑雄关，必要高大，要城连城城套城楼对楼楼望楼，定会一夫当关万夫莫开。此地土地肥沃，气候宜人，也是安家定居的好去处啊！一来为了大明江山，二来为了你。徐达听闻此言，恍然大悟，即刻画图奏请朝廷，耗时一年零八个月，山海关竣工。而后，刘伯温随即辞官回家，临行时，悄悄告诉徐达道：“不可离开皇帝半步，儿女可送至山海关戍守边塞。”这才有了后来“火烧庆功楼”之时，徐达暗暗把朱元璋衣角压在身下，朱元璋离席扯动衣角惊醒徐达，徐达追随朱元璋身后，含泪问道：“皇上，一个也不留吗？”朱元璋这才网开一面，暂时留了徐达一条性命，随后不久，便赏清蒸公鹅赐死。

故事是演绎的。历史的车轮卷起的烟尘淹没了碾过的车辙，后人回望的时候，总喜欢主观地去揣摩臆断，以期达到某种目的。据宋濂《张中传》记载，朱元璋在南京确实建过一座楼，叫忠勤楼，用来商讨军国大事。“火烧庆功楼”的故事最早出现在清朝评书《英烈传》中。明朝开国功臣中，倒是有几个是赐死的，却没有一个是烧死的。而关于“天下第一关”匾额的传说，我却宁愿相信它是真实的。

书法，是中华民族汉文化独有的一种艺术表现形式。“天下第一关”的匾额高悬在镇东楼上，笔力苍劲浑厚，和这雄关浑然一体，相传为明代大书法家萧显所书。

500 年前，明成化帝朱见深降旨，命镇守山海关的兵部主事在山海关箭楼上悬挂一块题为“天下第一关”的匾额，经过丈量，主事命木工做了一块长一丈八尺、宽五尺的巨匾，可是苦于无人书写。苦思冥想后终于想到一人，此人名叫萧显，两榜进士，曾任福建按察司佥事，书法一绝，年老辞官，回山海关颐养天年。第二日，主事告知萧显书写匾额之事，萧显欣然应允，只提一个要求说：急不得。转眼20日过去，主事不见动静，派人过府探看，回报说萧显在家起早贪黑练武呢，兵器是一根长扁担。又过了20日，不见动静，再去探看，回报说萧显在家没日没夜地诵读李白、苏轼的诗词。次日，满腹狐疑的主事忽然接到快报，说新任蓟辽总督代皇帝视察匾额。主事慌忙抬着匾额墨汁到了萧府，说明情况后。萧显凝神聚气，手提如椽巨笔，仿佛进入一种忘我境界中，时而大笑，时而沉思。忽然，只见他落笔如高山坠石，行笔似游云惊龙。须臾间，“天下第一关”便写好了。再看萧显，气喘吁吁汗透衣背。萧显对主事言道：“原本想用一月练好体力，能舞动巨笔，再用一月修养气魄，能气吞所书神韵。可惜，时间太急了。”

谁知忙中出错，悬挂匾额后，主事在箭楼下宴请萧显时，萧显忽然发现匾额上“下”字少了一点。此时快马来报，总督已经过石河。萧显一看，回府取笔再登楼补写已经为时已晚。他急中生智，命人研磨，取过堂倌手中的抹布团作一团，饱蘸墨汁，用尽平生之力，朝匾额打去。墨布不偏不倚，正好补了下字漏掉的那一点。

现如今，如若仔细留意，山海关“天下第一关”

匾额上“下”字那一点，确实有些异样。然而，雄关有了这生动的传说，在冰冷的砖块中，也便植入了鲜活流动的生气，一辈辈、一代代地传下去。

三

山海关被誉为“万里长城第一关”，绝非浪得虚名。

从围在腰间遮羞的树叶，到夜晚挡住安歇的洞口的石块，人类的文明一步步艰难而又坚定地向前迈进。秦统一六国后，秦始皇把原先各诸侯国抵御北方游牧民族侵袭所修筑的城墙连接起来，便有了万里长城。人类也把保护一家人安全的石块，变成保护一国人安全的砖块。在山海关长城博物馆内，一件件历史文物，无声地奏响黄钟大吕，震撼着每个靠近它的灵魂。

长城，诞生于春秋时期，它是世界上有史以来最长的军事防御建筑工程。从西周诸侯国，到明朝戚继光，前前后后它的总长度全部加起来超过了五万千米。这样庞大的工程，最初的起点却是由一个叫烽火台的小土堆而来。

古时烽火台夯土而筑。夜间点燃以火为号，为烽；日间点燃，以烟示警，为燧。出土的汉代竹简记载，烽，间隔四五十里；燧，间隔一二十里。点燃的烽火可在24小时内把警报穿越1000多千米。为博美人一笑，周幽王烽火戏诸侯，美人倒是笑了，西周也灭亡了。当时中国北部生活着诸多游牧民族，他们逐水草而居，每到枯季，便骑快马入侵北部诸侯国，劫掠财物。诸侯国为保护自己，把烽火台用城墙连接起来，挡住入侵的快马。长城的雏形出现了。秦统一后，秦始皇把原来燕、赵、秦三国对付游牧民族的长城进行连接。据史料记载，修筑长城用兵40万，民工50万，约占秦全国人口的二十分之一。七年后，一条西起陇西临洮，东至辽东，长达五千千米的长城完工了，成为名副其实的万里长城。秦始皇当时调派了20万军队驻守长城，驻军被要求一边戍边一边垦荒耕作，以解决庞大的军需。很多人便在此娶妻生子、安家落户。婴孩的嬉笑哭闹伴着鸡鸣犬吠和炊烟，给这寒光照铁衣的边塞带来几许暖色。

到底有多少人戍守过长城，已经无从考据计算了，可一组长城考察队却在山海关西北方向百里之遥的板厂峪发现一处巨大的明长城砖窑群，共计66个砖窑。据测算，一窑产砖5000块左右，修筑一米长城需一窑砖，外加关城和墩台，约需一窑半砖，明长城东段长1500千米，以此粗略计算下来，需要200多万窑，

120 亿块砖。

挖土，制坯，烧制，运输，修筑。从一抔土，到一块砖，从一滴草木之人的汗水，到一个王朝家国的安危。看似遥远的距离，在这里，又是如此的切近。在山海关罗城城墙上，人们还发现带有文字的长城砖。虽然经过几百年的风雨侵蚀，很多已是模糊不清，然而仍然能依稀辨别出一些文字。“万历十二年滦州造”。万历十二年，也就是 1584 年，滦州，今河北唐山滦县。有文字的砖块所占的比例是极少极小的，其余的只是静静地看着斗转星移的苍穹下，芸芸众生的悲欢离合。

考察队还在长城脚下的岩石上看到这样的刻字——湖广人包继怀文楚槐。如果不出所料，这两个人应是背井离乡从故土湖广来戍守长城的兵士。是什么缘故使得他们在这里刻下自己的名字呢？竟然刻得这样深，能让这亿万戍边将士中两个普通的名字穿透这千百年的风雨侵蚀。

四

进入山海关总兵府，迎面高悬的匾额上有“望京迎恩”四个字。究竟是不是原有的模样呢？无从知道。

早已损毁的旧址被厚厚的玻璃封存起来，能触碰到的，只是按原貌重建的。如果历史也可以重建，不知370年前的1644年3月19日，奉旨率军入卫京师的吴三桂又会作何感想呢？他是否会想到，历史在这一年走进一个拐点，那些看似巧合的偶发的小事，最终改变了他和千万人的命运。那一年，他33岁，他麾下数万关宁铁骑的戍边将士已经14个月没有领到军饷了。

入卫京师这一道旨意，是崇祯皇帝面对来势汹汹的李自成，犹豫再三后下达的。这位主政以来，撤换了50位首辅大臣的皇帝，坐在金銮殿的楠木髹金漆云龙纹的龙椅上，应该已经感知到大厦将倾前，大地的震颤吧。据史料记载，吴三桂奉旨入卫京师是有条件的，条件是军饷白银100万两，而崇祯的国库中只有7万两，万般无奈，崇祯只得亲自点名摊派给朝臣，最后，仅凑齐20万两。而李自成攻破京城后，抢掠所得白银7000万两。吴三桂的父亲吴襄也在抢掠之列。

“……事机已失，天命难回，吾君已矣，尔父须臾！呜呼！识时势者，可以知变计矣。……”

“……乞念亡国孤臣忠义之言，速选精兵，直入山海，三桂自率所部，合兵以抵都门，灭流寇于宫廷，示大义于中国，则我朝之报北朝者，岂惟财帛？将裂土以酬，不敢食言！……”

这是两封与吴三桂有关的书信的节录。前者是吴三桂接到唐通带来的父亲吴襄的书信和李自成赠送的4万两白银。后者是吴三桂写给清摄政王多尔衮的借兵信。在短短一个月的时间内，这天翻地覆的俯仰进退之间，竟婀娜着一位女子的身影，她的名字——陈圆圆。

据传，接到父亲劝降信的吴三桂随使者带兵进京投降，行至丰润，忽有路旁一衣衫褴褛的乞丐拦马，定睛观看，原是一家仆。吴三桂问:“老爷呢？”仆答:“被抓入大牢，严刑拷掠。”吴又问:“圆圆呢？”仆答:“被李自成大将刘宗敏霸占。”吴三桂听罢大怒，斩杀使者，回师夺回山海关。李自成得知吴三桂降而复叛，勃然大怒，带领十万大军，气势汹汹，杀奔山海关。迫于形势，吴三桂只得向死对头多尔衮借兵。喜出望外而又满腹狐疑的多尔衮在看到吴三桂剃发换服后，同意出兵。1644年4月22日，山海关大战，李自成大败，史书记载李军面对侧翼杀出的清军，用了四个字“拉然而朽”。

“拉然而朽”！

李自成撤军途中，把吴三桂之父吴襄斩首，回京后吴家30余口尽皆被杀，匆忙在京登基，又匆忙撤出北京。从进京到离京，前后42天，一年后，李自成在湖北九宫山被当地地主武装用锄头击中头部而死，殁时39岁。而被李自成所逼，吊死景山之上的崇祯帝，殁时33岁。多尔衮进京后外出狩猎堕马而伤，翌年亡殁，又一年，被顺治帝刨坟掘墓挫骨扬灰逐出皇族，终年38岁。吴三桂，这个清王朝的马前卒，割据一方的平西王，1678年病逝，三年后，其家族老小尽皆被杀。

无论是叱咤风云的英雄，还是逝者已逝，这无言静立的山海关，吴三桂应是非常熟悉的，携陈圆圆登临和面对城外的李军，一边是柔情蜜意，一边是命悬一线。大约只有这箭垛的砖石能记清他扶在上面的手的温度和震颤。

五

山海关镇东楼飞檐上有五个形态各异的脊兽，它们的名字分别为走投无路、东张西望、跟盯绊倒，趴地望海和坐地分赃，相传是战国齐闵王的大将在楼顶四角镇守。这五个看似奇怪的名字后面，肯定会依附有一个合理的解释，只是不知道在历史的哪一次颤动中被抖落。就像吴三桂、多尔衮、李自成，乃至崇祯帝朱由检，在 1644 年那个血泪汇聚成的旋涡中沉浮，输赢成败仿佛早有定数，而机会又是那样不止一次地摆放在每个人面前。

历史的步伐各不相同，可又总是那样的相似。“两大之间难为小”，吴三桂选择向清政府借兵。而 260 年后的腐朽昏聩的清政府，原本应该痛下决心自强自立的统治者，面对日俄战争，选择了“局外中立”，把千千万万手无寸铁的百姓置于水火之中。这厚重的长城，这高大的雄关，应记得流离之人无助的号哭。

从 1901 年到 1945 年，日本在中国驻军的 44 年间，名称几经更迭，时至今日，日本右翼分子依旧言之凿凿。

“过去 20 年，清国的无礼实在是忍无可忍，但即便如此，日本还是忍耐了。西乡隆盛（日本江户时代末期武士、军人、政治家）当时就要问罪于清国，但国内势力为了镇压这一动向，发生了悲惨的内乱战争。日本人为了避免与邻国的冲突，竟屠杀同胞的血肉。然而，即使这样，清国的无礼并没有停止。

“即使日本想让朝鲜开放，成为文明国家，但清国却将朝鲜围堵起来作为属国，使之退隐于世界舞台。

清国欲使朝鲜无力自主，以继续依附于自己。这种行为无异于残虐的老鸨施以诡计使可怜的少女堕落下去。

“邻居在面临灭亡的绝境要奋发进步之时，谁都有加以干涉的权利。

“日本与清国的冲突，是代表新文明的几个小国与代表旧文明的大国之间的冲突。……日本的目的在于让清国警醒……”（内村鉴三《日清战争之义》）

1937年“七七事变”爆发，全面侵华战争开始时，日本也是高举着冠冕堂皇的“大东亚共荣”旗帜。而紧随其后的普通日本民众，又有多少人真正知道其背后真实的目的呢？

在日本，有一部关于“甲午战争”的电影，名叫《天皇皇后和日清战争》。片头出现的是一位在田野中耕作的农民，用羡慕的眼睛看着满载士兵的军列远去。不久他也应征入伍，村里为他庆祝，登上军列的他看到送行的人群中的奶奶，挥舞着军旗向亲人告别，他唯一的亲人——奶奶，终于看到孙儿——她唯一的亲人——穿着她临别前为他精心缝制的衣服，在军旗下向她告别。一个农民，为了一个被灌输进他观念中的一个神圣的使命，从农田走向战场，而那战场原本也是一块块农田，农田中也有像他一样的农民，农民也有像他奶奶一样的亲人。侵华士兵松村益二在 1938 年写过一篇《一等兵战死》的文章，其中有这样一段内容："有一个叫大山的上等兵在行军过程中，看到路边的稻田，感慨地说：'看到这熟了的稻子，真想收割啊！'说完，一颗流弹穿过他的脑袋，他像一捆被割倒的稻子一样摔倒在地。"

所谓的文明，难道就是给邪恶披上华丽的外衣吗？

第二次世界大战，中国军民伤亡人数 3500 万，财产损失 620 亿美元；日本伤亡人数 216 万，财产损失 1000 亿美元。

高居镇东楼上的脊兽应该见过一队队那穿上军装的日本农民，只是记不清他们有多少能够回到自己曾经耕种过的、隔海相望的稻田中。

六

东南季风浩浩荡荡地从海面上吹过来。这吹拂过日本稻田的风，越过茫茫的大海，又吹拂着中国山海关下的稻田，吹拂着长城入海的老龙头，吹拂着镇东楼上的这两门重达千斤的铁炮，也吹拂着角山上的孟姜女。无情的铁炮锈迹斑斑，深情的贞女蹙额远眺。冷与暖，杀器和生命，在此处诠释着咫尺天涯。

供奉孟姜女的贞女祠，这座已经有1500年历史的庙宇的大门上有这样一副楹联，上联写：海水朝朝朝朝朝朝朝落，下联对：浮云长长长长长长长消。据说这副楹联有20多种读法。潮起潮落，云卷云舒，一辈辈善良的人把自己善良的秉性缝补在一个杞梁女的衣袂，在历史的回廊中翩然而舞。孟姜女千里寻夫送寒衣的传说，一路丰满走来。在孟姜女这样一个弱女子身上，承载着多少平民百姓思念的泪水，这些人是被历朝历代皇帝朝廷强迫徭役兵役的。这泪水以至于汇成滚滚的洪流，摧垮这厚重坚实的城墙800里。她原应该在千里之外的一个村落，在自家的小院里，夕阳下在灶下点燃炊烟，等丈夫回家，在柴扉前翘首，盼儿女归来。

长城是用来保护国家子民的，而每次长城被击破，却大多是因为内部的腐朽。从战国到明朝，都没有间断对长城的修筑，其间只有唐朝、清朝没有参与。1691年，驻守古北口的总兵向朝廷建议，为防止在雅克萨大败签订《尼布楚条约》的沙俄卷土重来，拨款修筑长城。时年37岁的康熙帝认为，扫平边患意在守国，但守国之道不在修长城，而在于修得民心。应该说康熙皇帝确实是一个富于远见卓识的政治家和战略家，只是他没有预见到自己的后辈在百年之后，把大清王朝败落于内部的腐朽。个人的雄才伟略没有敌过亿万年进化所遗留下来的人性的弱点。

贞女祠院内粗大的树身上，系满了红艳艳的祈福带。在历史潮流的回环往复中，希望顽强地存活下来。这艳艳的红，和城墙厚重的青比对着，和铁炮暗褐色的锈迹比对着。不知秦皇求仙处始皇那高大的塑像在滚滚的海潮声中，可否能听到一个命贱如草的一个弱女子的心声。

“秦人不暇自哀，而后人哀之。后人哀之而不鉴之，亦使后人而复哀后人也。”我心里默念这语句的时候，“拉然而朽”四个字又蹿蹦出来，撞得心口隐隐作痛。

沿着马道缓缓而下，高大的箭楼向我挥手惜别，每每回首，箭窗上傻呆呆的鹰眼都直愣愣地看着我，似乎等着我一个回答，等着所有人的一个回答。

本文 2019 年 2 月发表于《中国国家历史》第 16 期

把酒问青天

中国的文人，在历史中走的是一条逼仄崎岖的小路。幸好有酒。如若没有酒的陪伴，一路跋涉而来的他们，不知道要经受几多艰涩；那文学的夜空里，又将缺失几多璀璨的星辰。那在暗夜中摸索前行的苍生，又少了多少指引和慰藉？

“众人皆醉我独醒”的屈子，抱石投江而去，始皇一把火一深坑，彰显了多少帝王威严；再到一曲《广陵散》成绝唱的嵇康，那余音一直绵延到株连十族的方孝孺。文人的头上，一直悬着一把“达摩克利斯之剑”。然而，在文化和刀剑、文明和权杖的争斗中，酒是双方必不可少的。可对酒的体味和酒给他们带来的后果，却大不相同，刀剑是野蛮，权杖是荒淫，而文人，却是浪漫和缠绵。我以为，也恰恰是这一份浪漫和缠绵，才使得人类在艰辛的发展旅程中，得以稍事休整。用随风飞舞的瓠瓜叶子煮上一锅汤，斟一杯淡酒招待客人；再到太白把五花马、千金裘换来的美酒。酒几乎成了文人不可或缺的营养。若要细细排起来，我以为文人对于酒的品位，苏轼当数魁首，李白屈居其后。

李白的酒是豪爽的，洒在那个大唐盛世的诗句中，给后世人浇筑出一座奇伟的高峰。隋唐最大的功劳，莫过于消灭了士族制度，让早晨还是扛锄头的平头百姓可以扛着笔杆子在傍晚到皇帝家做客。这是消灭奴隶制度残余最后的战斗，科举制打破了魏晋以来门阀的阻隔，扩大了文化的群众基础，把中华文明在唐朝推向了一个新的高度。只不过，才华横溢豪气干云的李白却是孤独的，他能做到的，只是把才华寄寓山水，把愁思融入酒中。那飞流直下三千尺的白发，那对影成三人的明月，无不伴随着一声悠长的叹息。他不会想到，三百年后，就在他感叹难于上青天的蜀地，会诞生一位把酒问青天的苏轼。李白的豪爽和苏轼的达观，通过他们对庐山的感知，便知一二。李白眼中的庐山是“飞流直下三千尺”，而苏轼心中的庐山是“只缘身在此山中”。这也是感性和理性的一次对撞，深深烙印着他们所处的时代特点和自身的个性特征。

相较于动不动就“会须一饮三百杯”的李白，苏轼的酒量说出来都觉得寒碜。《东皋子传》有云：“予（苏轼）饮酒终日，不过五合，天下之不能饮无在予下者”。你看，就连他自己都承认酒量不大。五合不过半升，相比李白一斗的量，苏轼也就是一瓶酒陪到底。然而苏轼还真的陪到底。苏轼喜欢喝酒，可他从不喝闷酒，他喜欢那种和朋友共饮的气氛。并且，他的朋友还五花八门形形色色，在他眼中几乎没有不是朋友的人。苏轼自己都说，“上，可陪玉皇大帝，下，可陪卑田院乞儿。”只要大家志趣相投，“铺糟啜醨，皆可以醉，果蔬草木，皆可以饱”。苏轼说“然喜人饮酒，见客举杯徐饮，则余胸中亦为之浩浩焉，落落焉，酣适之味，乃过于客”。这些可以集中反映苏轼对酒的体味。

乌台诗案后，宋神宗元丰二年（1079），苏轼被贬黄州，虽说名为团练副使，其实也就是下放的改造干部。贬谪带来的不仅仅是官位的骤降，最直接的还是生活的窘迫。可苏轼没有消沉，他卷起裤管，在城外租种了一块地，名之曰：东坡。还用芦苇黄泥修建了一座会客厅，名之曰：雪堂。一日，苏轼和朋友在他的会客厅——雪堂畅谈，不知不觉，朗月高悬，四野空旷，黄叶静美，秋霜剔透。恰好一个友人捕到一条鱼可做肴。面对此情此景，苏轼言道："当有酒。"苏轼便回家取酒，其妻王闰之"洗盏当我前"。赤壁畅饮后，乃有"江流有声，断岸千尺，山高月小，水落石出"（《后赤壁赋》）。《前赤壁赋》中，也有"清风徐来，水波不兴，举杯属客，诵明月之诗，歌窈窕之章"。当然，苏轼酒后也闹过麻烦。九月的一天，苏轼和朋友在雪堂夜饮晚归回黄州南江边住所。谁料，家僮酣睡，叩门不应。倚杖门前，眼见夜色沉沉，耳闻江流滚滚，即赋《临江仙》一首：夜饮东坡醒复醉，归来仿佛三更。家僮鼻息已雷鸣，敲门都不应，倚杖听江声。长恨此身非我有，何时忘却营营！夜阑之静縠纹平。小舟从此逝，江海寄余生。孰料第二日黄州城内谣传苏轼歌罢"小舟从此逝，江海寄余生"，便"挂冠服江边，拿舟长啸去矣"。消息传到黄州徐太守耳里，直吓得他冒出一身冷汗。因为苏轼贬谪黄州，他是有看管责任的，要是"舟失罪人"，他如何向朝廷交代？于是慌忙"命驾往谒"，一行人惊惊惶惶，来到苏轼寓所。推门一看，只见苏轼横躺床上，"鼻鼾如雷"。正睡得香哩。

鲁迅先生说过：中华民族自古以来，就有埋头苦干的人，就有拼命硬干的人，就有为民请命的人，就有舍身求法的人，——他们是中国的脊梁。苏轼能够被人们喜爱和推崇，绝不单单因为他的文采和酒，更重要的，是他对黎民苍生有满腹的仁爱之心。苏轼之所以被贬黄州，有一个最主要的原因，那就是对抗王安石变法；而再次返回权力中心后，又被贬谪，却是因为他反对司马光废除新法。苏轼在《上皇帝书》中直言不讳地说道“臣之所欲言者三：愿陛下结人心，厚风俗，存纪纲而已”。之后，反对全面废除新法，苏轼用了八个字“校量利害，参用所长”。这一前一后，无不鲜明地反映出他的政治理念——以人为本。西湖十景之“苏堤春晓”和“三潭印月”，便是苏轼“以人为本”的政治理念的具体体现。《六月二十七日望湖楼醉书》中写道：卷地风来忽吹散，望湖楼下水如天。在波诡云谲的政治旋涡中沉浮的苏轼，大约没有想到这次醉后 18 年，会再次回到杭州，会率领 20 万民众给后世人留下一道美丽的苏堤。苏堤在，游人在，那柔风中飘摇的柳丝，不正是千百年来民众对苏轼至诚至爱的膜拜吗？

有大爱的人，历来是和民众贴得最近的，他绝不会高高在上板着冷冰冰的面孔，声色俱厉地呵斥。“酒困路长惟欲睡，日高人渴漫思茶，敲门试问野人家”，这便是我们可爱的苏东坡，一个醉气熏熏讨水喝的路人。这首《浣溪沙》是苏轼在徐州为官时，答谢龙王降雨回来的路上所写。只是不知道是不是邻村的老翁拦住他一起喝的酒。西新桥建成啦，看吧，“父老喜云集，箪壶无空携，三日饮不散，杀尽西村鸡”。在《白鹤峰所遇》中这样记载：“邓道士忽叩门，时已三鼓，家人尽寝，月色如霜。其后有伟人，衣桄榔叶，手携斗酒，丰神英发，如吕洞宾者，曰：‘子尝真一酒乎？’就座，各饮数杯，击节高歌。”大半夜来的客人，竟是一位陌生的道士。难怪苏轼都说：“杖履所及，鸡犬皆相识”，“人无贤愚，皆得其欢心”。

然而，有一杯酒，却几乎把我们可爱达观的苏轼逼上了绝路。这杯酒的名字叫乌台诗案。

子曰：岁寒，而后知松柏之后凋也。当个人私利受到威胁的时候，是检测一个人道德优劣的标尺，尤其是身居高位的权臣。李定、舒亶，这两个人因为陷害苏轼而在历史上留下了名字。作为变法新党的他们，把抗法的苏轼当作眼中钉肉中刺，急于除之而后快。因为如果废除新法，也就意味着他们的官位不保。当御史台的官吏押送苏轼进京路过太湖时，苏轼想到了死，他不想因为自己连累朋友。当被关进大牢后，他在“伸手皆是墙”的牢房中，面对酷吏的羞辱折磨，苏轼又想到了死。就连隔壁牢房因错案入狱的苏颂都这样说：遥怜北户吴兴守，诟讼通宵不忍闻。谁也不会想到，“拗相公”王安石竟然为苏轼求情。这倒不难理解，王安石和苏轼的政治理念都是富国强民，只是策略不同而已。同为“唐宋八大家”，王安石的奏章很短小，他说：岂有圣明之世，而杀才学之士？

对涉过险滩出狱的哥哥苏轼，弟弟苏辙后来这样评价说：既而谪居于黄，杜门深居，驰骋翰墨，其文一变，如川之方至，而辙瞠然不能及矣。后读释氏书，深悟实相，参之孔、老，博辩无碍，浩然不见其涯也。苏轼第一次被贬黄州，已是45岁；59岁，年近花甲，被贬惠州；待到62岁，竟远放海南儋州。苏轼这样说自己：问汝平生功业，黄州惠州儋州。唐宋八大家中，若论文学造诣之最，非苏轼莫属。诗称“苏黄”，词号“苏辛”，就连书法，也是“苏黄米蔡”。可若说贬谪的次数之多、岁数之大、时间之长、路途之远，也皆非苏轼可比。你想，让一个六十二岁的老头去了海南岛，总不能让他在天涯海角去跳海吧？可就是在海南岛，苏轼也照样“也无风雨也无晴”。明代诗人张习有诗曰：我来踏遍琼崖路，要览东坡载酒堂。苏轼在这载酒堂里，培养出海南岛第一位进士——姜唐佐。有人说，海南岛这块荒蛮之地，文化教育便开始于苏轼。苏辙《补子瞻赠姜唐佐秀才》诗中言道：沧海何曾断地脉，朱崖从此破天荒。锦衣不日人争看，始信东坡眼力长。

从古至今，死于奸佞权臣刀下的文人比比皆是，和苏轼一样，遭遇“乌台诗案”这杯既苦且毒的酒的文人也大有人在。单单一个司马迁，在《报任安书》中，就这样写道：盖文王拘而演《周易》；仲尼厄而作《春秋》；屈原放逐，乃赋《离骚》；左丘失明，厥有《国语》；孙子膑脚，《兵法》修列；不韦迁蜀，世传《吕览》；韩非囚秦，《说难》《孤愤》；《诗》三百篇，大抵圣贤发愤之所为作也。似乎命运给每个人精心设计了一个又一个的难题，把它们埋伏在人生必经之路上，是妥协跪伏知难而退，还是细细解答坚守节操呢？酒给他们一个共同的答案：形似水，而性似火。中国的文人，看似手无缚鸡之力，如水一般柔弱，可性如烈火，因为他们体内都有一副硬邦邦的骨头，那是支撑一个民族傲然挺立的脊梁。

苏轼在儋州写过一篇小文章《在儋耳书》，原文如下：

吾始至南海，环视天水无际，凄然伤之曰：“何时得出此岛耶？”已而思之：天地在积水之中，九州在大瀛海中，中国在少海中，有生孰不在岛者？覆盆水于地，芥浮于水，蚁附于芥，茫然不知所济。少焉，水涸，蚁即径去。见其类，出涕曰：“几不复与子相见。岂知俯仰之间，有方轨八达之路。”子念此可以一笑。戊寅九月十二日，与客饮薄酒小醉，信笔书此纸。

此时，苏轼胸襟之广阔，对人生感悟之深邃，确如苏辙所言：浩然不见其涯也。当然，小酒还是要天天喝的。

本文2017年获“蒙阴老窖杯”征文优胜奖，
同年12月21日发表于《临沂日报》

大野长河

一

原野上，春风中，一粒种子从满是老茧的指缝间，洒落在新翻的泥土里。这和万里之外的高原雪域融化的坚冰之间似乎没有多少联系。可因为一条长河的出现，把这联系变成一种必然。便如种子一定要破土、百川一定要归海、春风要化作秋雨一样。阳光下，那一滴滴冰雪的融水，自滴落的瞬间起，在远方，在荒原大野，便有一粒种子，在等待它的滋润。

这，似乎是一个宿命，更像是使命。

如若你曾被壶口瀑布的激流所震撼，看那滚滚的黄河之水，从秦晋峡谷奔涌而来，像千万匹充满活力的骏马，不可羁绊地飞流而下，在隆隆的轰鸣声里，激荡起一团团水雾，而后，又重新组队，浩荡前行；如你曾驻足于黄河堤坝之上，面对“奔流到海不复回”的浊流而慨叹，那是翻越崇山峻岭的水，那是经历过激流险滩的水，那是在砧铁上千锤万凿过的利刃，横无际涯锐不可当，东流到海。此时此刻，你的心里有没有一震？你的眼眶有没有一涩？你的鼻孔有没有一酸？你的脑际有没有一些想说的话，哽咽在喉咙之间？奋斗、坚韧、向前、积累、勇敢、磅礴、伟岸……那一连串的词汇，在虚空里汇集成一股看不见摸不到的巨大之力，让你真切地感受到生命很深很深地方的本来面目。你垂首沉吟，身边长风飒飒，草木葱葱。

从数十亿年前生命的那第一次萌动，水和生命便注定是密不可分的共同体。为了得到生命所需之水，生命在进化的过程中，演练出堪称奇迹的本领。南美洲巴塔哥尼亚沙漠的蜘蛛，清晨捡食自己特意织成的蛛网上的水滴。非洲卡拉哈里沙漠的土著人，挖取植物的根茎取水。从咿呀作响的水车，到引黄渠的钢坝闸，人类的智慧和自然的荒蛮一路缠斗而来。

张若虚《春江花月夜》诗云：江畔何人初见月，江月何年初照人。在黄河横贯华夏大地万里奔赴大海的征途中，是谁，第一个把河水掬入口中？又是谁，第一次用这河水滋润了田地里的禾苗？又是谁，用手中的农具，开凿出第一条灌渠？

河水无语，昂然东去。

二

水是生命之源。对这句话理解至深的人，是农民。从都江堰到红旗渠，世世代代的劳苦人民，为了丰收，为了富足，用自己的勤劳和智慧，开辟土地，兴修水利。都江堰的内江，原是玉垒山的一块山体，在李冰带领下，用了八年时间，开凿成河道。红旗渠，在林县人民的艰苦奋斗下，硬生生地给巍峨的太行山系上一条腰带，让漳河水在悬崖峭壁之上腾空而来。这一干，就是十年。

黄河，“三年两决口，百年一改道”，在中华民族对黄河的依恋中，又有多少血泪呢？有史记载的决口达 1500 次，改道 26 次。更有甚者，1938 年，国民党政府为阻止日军进犯，炸开黄河郑州花园口大堤，黄泛区的上空，游荡的久久不忍离去且无处安放的 89 万人的魂灵。新中国成立后，1958 年 7 月 27 日，中央防汛总指挥部发言人向新华社记者发表讲话，说：自 1946 年人民治黄以来，黄河已经安度了 11 个伏秋大汛，没有发生决口泛滥。今年特大洪峰，最大流量每秒 22300 立方米／秒，特大洪水总水量达 60 亿立方米。也是新中国成立后，陆陆续续在黄河下游修建了诸多引黄工程。滔滔河水，冲出敞开的闸门，顺着一条条引黄渠，流向广袤的田野，浇灌了千万亩农田，滋养了亿万生灵。

有了水，土地便有了灵性，种子撒下去，庄稼长出来，土地有了庄稼，农民也就有了活命的本钱，为了活命，农民舍得赔上自己的命。

“三之日于耜，四之日举趾。同我妇子，馌彼南亩”。在中国美学的图谱中，农民的形象，被一个个辛苦的日子凝练成这样一幅画面：一位头戴斗笠的老农，在田间锄禾。炎炎烈日，厚厚的土地，还有纵横恣肆的汗水，脸上的皱纹，都做了留白，而锄头和禾苗和紧皱的眉头，则细致入微地描摹。作为一个标签，勤劳和困苦，烙印在农民的骨头上。

“怅然吟式微”的人，是没有真正体验过农民生活的，只有“带月荷锄归”，才能体悟“此中有真意”。农民是辛苦的，土地是无私的，而河水，是多情的。当春风撬开厚厚的冰层，当归燕又呢喃在梁间，当灌浆水潺潺流进土地，你能听到泥土嗞嗞作响地吮吸着水的滋养。经过一个冬季的蛰伏，越冬的麦苗终于可以吃饱喝足，伸胳膊扬腿，铆足了劲儿地长身量。只待“夜来南风起”，喜看“小麦覆陇黄”。一年的口粮有了着落，心里才踏实。

2006年，全面取消农业税，历朝历代执行数千年的“皇粮国税”，被取消，中央出版发行了特制邮票，有人还特意铸鼎，以示纪念。

日子好了，祖祖辈辈眉头解不开的疙瘩，冰消雪释。

三

我总固执地认为，要想了解这块土地，必须要接近农民，而最好的方式，莫过于去集市。集市在农村里，不仅仅是买卖货物的集散地，还是乡里乡亲十里八庄消息的广播站。手里有没有钱，到集市上转一转看一看，一目了然。

日子紧的年月里，爱赶集上店，是老人的忌讳。除了这，一切和土地，和种庄稼劳动挣钱无关的事情，都是长辈们嗤之以鼻的事情。在他们眼中，勤劳能干，是一个农民的标配。年轻的小伙子，在农田的劳作中练就一身的力气和技能，是必不可少的，谁家有一个棒小伙子，是街坊四邻羡慕的“香饽饽”。与之相反，那些游手好闲，“打鱼摸虾耽误了庄稼”的懒骨头，都是打光棍儿“戳狗牙”（方言，指要饭的乞丐）的货。

上面说的，可是指的那些“赶闲集”的人，如果你脑筋活泛，能赶集卖货挣钱，那可是大本事。饥饿是人活下去最大的敌人，能填饱肚子，是农民最基础的要求。汗珠子砸碎在泥土里，每一粒粮食都是辛苦所得，谁也不能喝着西北风长大，开开门，就是要“柴米油盐酱醋茶”，哪一样不需要钱呢？种庄稼粮食，不也是为了能换钱吗？

花钱，在集市上；挣钱，也在集市上。一个集市的兴旺和萧条，便是农村农民的一面镜子。

山珍海味，也有吃腻的时候，穷苦的日子里，集市是个很不错的放松的地方。谁家有个娘生日孩满月，亲戚朋友七大姑八大姨，便要到集市上来买礼物。现在日子好了，手机微信叮咚一下，发一个红包就能解决，可在过去，赶集买礼，可是件很复杂的事情，既要鼓鼓囊囊、大大方方、拿着好看露脸，当然，还要花钱少，经济实惠。谁的钱也不是大风刮来的。

都是在这块土地上过活的人，都是喝河水长大的，三里村五里庄，不是亲戚也是老乡，集市上碰个面，总要说几句。大王庄的黑老三晚上跌一跤，捡了一个大元宝；小李家的瘸狗剩，不孝顺他娘，得了“噎死病”（方言，指食道癌）……

远远近近的消息在这里汇聚，又在这里分散到四面八方去，当炊烟升起，这些消息，又在家家户户饭桌上被无数遍地重复。一年，两年……有的消失在烟雨中，有的留存在土地里，慢慢地，事情变成了故事，故事变成了传说。

逢年过节，也有那半大小子、大闺女，在熙熙攘攘的人流中。因为，彼此那么一次回眸，而惹得家里的土炕长了牙，啃得整晚翻来覆去地“烙大饼”。第二天，红日东升，集市又抖擞着精神，热闹起来，好像从来都没有疲倦过。

四

河水滋养的生灵，就像河水一样，有自己的方向，有自己的动力。人生一世，草木一秋。这里的人，生，生在土炕上，死，埋在黄土里，活一辈子，两件大事：盖屋，娶媳妇。曾有人这样说：上苍把顽强的生命力给了底层的生灵。而我以为，这是本末倒置。你想，你细想，不正是在生命那为了存活下去的最原始的内在驱动下，最底层艰苦的生存环境锻造了他们顽强的生命力吗？当然，还有智慧。

家有梧桐树，引得凤凰来。男大当婚女大当嫁，不婚不嫁惹出笑话。在这片原野上，如若谁家的小伙子大姑娘养到 30 岁，那背后，还不知道被人嘀嘀咕咕说了多少猜疑，要不然，咋会“杆儿”着呢？禽有巢，兽有穴，人呢？大小孬好，也要有间屋啊。

谁家盖屋垒房，是整个村庄的事情。祖祖辈辈喝着河里的水，世世代代在这块土上刨食，艰苦的日子把他们紧紧地攥成一个整体。有钱帮个钱场，没钱帮个人场，谁家也不能堵上大门朝天过。力气有的是，就算是累断了腰，抽一袋旱烟，喝一壶老酒，躺下睡一觉，起来还是跟叫驴一样欢实。

土坯是田野的土地换了一种姿势，梁檩从地边边沿沿锯来，还有芦苇织成的苇席，花钱的，也就剩下屋顶上瓦片了吧？如果不想花这个钱，那就扛起铁锹拉起牛车，到田间运土，厚厚实实地捂在房顶上，冬暖夏凉。来年你再看，春风里，一层茂密的草，在那里迎风招摇。

土屋从大平原上来，从深厚的土地里来。如佛家所说：一花一世界，一叶一菩提。大平原上的每一寸土地里都有着数以万计的生命，每一寸土壤也都是一个小宇宙。这里面不仅有冬眠的青蛙，有蠕动的蚯蚓，也有草木的种子和根系，还有肉眼看不见的微生物。

它们看似安静，其实又喧闹地存在着，它们和人一样，在这里繁衍生息，用自己的方式改变着。可设若你第一次见到土屋，见到平原，它们又是那样的安静祥和。诗佛王摩诘在《渭川田家》中写道：野老念牧童，倚杖候荆扉。这是多么温情的一幅画卷啊，动和静的辩证关系，在土屋身上得到了充分的展示。

虽然，他们的主人并不懂得什么哲学。

五

农民作为田野的主人，没有太多高深的哲思，然而他们有简单实用的经验，乃至近乎迷信。长河辗转万里，遥遥而至，他们认为这是天意。当引黄闸修建之后，看到河水沿着渠道流淌进干涸的土地，他们认为，毛主席、周总理都是天上的星宿，降临凡间来救苦救难。比如说，对于那些不请自来的住户，最喜欢的，是燕子。老家的童谣这样唱道：一檩穷，二檩富，三檩开当铺。这说的就是燕子把窝建在屋内第几根房檩上。因为惺惺相惜的缘故，在辛勤的劳作中，在恪守信诺中，燕子和农民建立起特殊的友情。从衔泥筑巢，到雨中捕食，还有从不窃取农人用汗水换回的粮食。燕子本能的行为，在农民眼里成为优秀的品质。农人会嘲笑猪，会嘲笑狗，会嘲笑麻雀，可从不会对燕子说三道四。因为燕子不进穷家。这句话在这片田野上，成为那些在苦水里熬日子的农人的希望和祝福。

当燕子把第一颗泥团安放在檩木上，当雏燕破壳发出第一声唧啾，当春风驱走严寒，南归的燕子再一次在村庄里喧闹起来，原野上，长河畔，总会有一份感动和欢喜在萌发。当河水再次溢满一畦畦秧苗、一面面明镜一般的水面，在天地间铺开，远远望去，上下天光，整洁明净。一只只白鹭，蹑手蹑脚地腾跃其间，耳畔似乎有一只悠长的笛声，在遥远的天际，隐隐作响。

地平线处，一架架高高的塔吊，挥舞着长臂，正在悄悄窥视着。

长河，利兮？害兮？我想，视民如子便为利，视民如草便为害！

本文2021年6月发表于《散文百家》第6期

无棣古城遇韦陀

一

在山东无棣有座古城，古城旁是海丰塔，海丰塔在大觉寺。

一进大觉寺，迎面是笑容可掬的弥勒佛。看着袒胸露乳、大腹便便、笑容可掬的佛祖，不由人便想起成都宝光寺的对联来，上联是：你眉头着什么焦，但能安分守贫，便将得和气一团，常向众人开口笑。下联配：我肚皮有这般大，总不愁穿虑吃，只讲了包罗万物，自然百事放宽心。若你留心的话，在无棣，不论是高楼林立的城镇，还是阡陌交通的乡村，人人面上都带着一种别样的笑意。那是一种坦然的笑，一种诚恳的笑，一种善意的笑，一种淳朴的笑，尤其是在那笑意里，带着一句“啥前儿来地？”浓重的方言，在句尾还带着一点儿上扬，恐怕只有黄河渤海的滋润，才有如此的温润。

如果你想看面红耳赤恶语相向的吵架、抡胳膊挽袖子头破血流的斗殴，在这儿，只怕是乘兴而来，败兴而回。当然，也能看到脸红脖子粗的人，也能看到搂着脖子攥着手的人，你凑近了一闻，嗬，这哥儿俩敢情刚从酒缸里爬出来的两个“醉枣”。

大觉寺弥勒佛身后，还有一尊神。只见他头戴凤翅兜鍪盔，身披黄金锁子甲，足踏乌云皂履，手持金刚宝杵。原来是韦陀菩萨。依照佛家的说法，这韦陀菩萨，可是了不得，发下大誓愿，做佛祖的护法。据寺内的师傅介绍说，弥勒佛是好脾气，对谁都笑呵呵的，可人世间的事情，五花八门，路见不平，也要有韦陀菩萨，手拿着八万四千斤的金刚杵，刚直不阿斩妖除魔。我一想，这话也对。《增广贤文》有云：慈不带兵，义不养财，善不为官，情不立事，仁不从政。这倒也符合辩证法。

试想，大师兄的金箍棒才三万六千斤，这杵比齐天大圣的武器重一倍还多近万斤，什么样的艰难坎坷，在菩萨面前，还不是张飞吃豆芽——小菜一碟。

只是我没有想到，我会在古城用另一种形式，遇到韦陀菩萨。

二

滚滚长江东逝水，浪花淘尽英雄，是非成败转头空，青山依旧在，几度夕阳红。

这是明代杨慎在嘉靖年间所写《临江仙》的上阕，读过《三国演义》的人，对这首词应该再熟悉不过了。江水、英雄、青山、夕阳，东临碣石的曹丞相有没有驻扎无棣古邑尚未可考，可登临碣石山之上，看洪波涌起，叹星汉灿烂，那雄浑的诗句，似乎在冥冥中，和千年之后留下一个邀约。千年的风雨过后，流水落花已去，物是人非，我想，大约只有这片土地能记住。当然，还有那匹老马。

燕国求援的使臣一路风尘地来到齐国，作为近邻的桓公也军容整齐地踏上北伐的路途，“无棣邑”，便在大军的征途之上。无棣这片土地重情重义的气息，有没有感染还有那匹视途的老马，尚未可知，只是有一件事可以确定，邻居朋友有难，义无反顾地伸出援手，这是板上钉钉的。山戎首领密卢儿没有想到自己会命丧于他所认为的“朋友”之手，歹毒的敌将黄花，也没有想到，齐人的智慧，一匹老马，能从“旱海”

中逃脱出来。

瞻仰过海丰塔出大觉寺，往右拐，不到一箭地，便是古城南门——迎恩门，远看气象庄严，城楼飞檐。千年之前的桓公在此走过，老马在此走过。若是有一部神奇的放映机的话，我们还可以继续往历史更深的片段推去，姜子牙在此走过，大禹在此走过……

古城的历史，最早可以追溯到商周时期。置身古城前，不由人视通万里思接千载，你会去想那千年之前的，眼前这座城，会是个什么样子，会有怎样的人在这里生活，他们又会有怎样的故事，故事里又会有怎样的喜怒哀乐悲欢离合。“夏谚陈歌继雅声，棣城新出竹枝吟”，道光年间的江苏武进人庄护写下的诗句，犹在耳畔，可那“新出”的“竹枝吟”，一转眼，依然又是百年之后。你自然也会想，由此时起，往后百年、千年过后，这古城，又会是一番怎样的景象呢？

三

因物华天宝，才人杰地灵。

无棣之所以千百年来，人才辈出，在我看来，和这一方水土有着莫大的关系。

“我住长江头，君住长江尾。日日思君不见君，共饮长江水。此水几时休，此恨何时已，只愿君心似我心，定不负相思意。”

这是宋代无棣人李之仪的词作，传颂至今，不知伴几多痴男怨女，度过漫漫无眠的相思之苦。或许，有人以为，能写出如此缠绵词句的人，定是多情之人，殊不知，李之仪的多情，比大多人心里揣测的“多情”要高出几个层次。

乌台诗案后，苏轼作为劫后余生之人，是众人唯恐避之不及的，然而，这时候，就有一个人，勇敢地和他——苏轼，站在了一起，他，就是李之仪。

“足下才高识明，不应轻许与人，得非用黄鲁直、秦太虚辈语，真以为然耶？不肖为人所憎，而二子独喜见誉，如人嗜昌歜、羊枣，未易诘其所以然者。以二子为妄则不可，遂欲以移之众口，又大不可也。”

上文中的“足下”，说的便是李之仪。熙宁四年（1071），苏轼因与王安石意见相左，受到排挤，出职杭州、密州、徐州，再贬黄州，颠沛流离十余年。对苏轼流放外地，李之仪甚为不平，他主动联系一些旧日好友和官宦在朝中活动，以图苏轼早返京师。他把自己的思念、想法书函一札，远投黄州。苏轼接阅后，心情十分激动，旋即复《答李端叔书》，直抒胸臆，表达了自己已厌倦官场游戏，淡泊利禄声名，与民日出而作、日落而息的乐趣。此间，还有苏轼《与李公择书》《次韵答李端叔》等，坎坷的仕途加深了两位文人之间的友谊。

说到这里，有个人，也是一个无棣人，我觉得也很有必要说一下，那便是杨巍。

明史有云：巍素厉清操，性长厚，有时望。

万历十二年（1584）初，一些朝臣与御史羊可立等勾结太监张诚等，罗织罪状，上疏弹劾张居正，欲抄没其家。万历皇帝便命刑部右侍郎邱橓和太监张诚前往荆州，抄张居正的家。两人及锦衣卫、给事中等奉命前往。左都御史赵锦上疏“乞特哀矜，稍宽其罚”，于事无补。杨巍于万历十一年 (1583) 由南京晋京朝见皇帝，被授资政大夫衔。三个月之后改任北京工部尚书。不久被调任户部尚书，又转吏部尚书。

时任吏部尚书的杨巍，闻知查抄张居正家产事后，心急如焚，第一次上疏施救，疏曰："居正为顾命辅臣，侍皇上十年，任劳任怨，一念狗马微忠，或亦有之。今……上干阴阳之气，下伤臣庶之心，职等身为大臣，受恩深重，惟愿皇上存天地之心，为尧舜之主，使四海臣民，仰颂圣德，则雷霆之威，雨露之仁，并行而不停矣。此非独职等之心，乃在朝诸臣之心，天下臣民之心也。"万历皇帝照例不听。明史载："诚等尽括其亲族所有，得黄金一万，白金十余万。长子、礼部主事敬修不胜拷掠，自缢死；诏尽削居正官，以罪状示天下。"张居正十二位嫡亲遭囚禁，渐次饿毙；80多岁老母流落街头，衣食无着。杨巍、申时行和潘季驯等六卿大臣一同上疏"请少缓之"，因此"诏留空宅一所、田十顷"，张母才得以苟全活命。

能坚持自己的原则立场，真可谓"大丈夫"也。

四

无棣人，似乎血脉里就流淌着一股"耿介"的基因，这股"耿介"，是对民族大义，对天下苍生，而于日常生活来说，便显得有点"犟歪歪"的。而这"犟"，犟得可爱，犟得憨厚。

很有点林语堂的味道。

林语堂的发妻廖翠凤，乃大家闺秀，林语堂经人介绍，到廖家做客，名为做客，实为廖家相看相看未来的女婿。当时的林语堂，只不过是一个毛头小子而已，不懂礼数，毛手毛脚，饭桌上，甩开腮帮子，大吃二喝。廖翠凤父母问她，看这女婿如何？廖翠凤答道：这年轻人日后定成大事，我愿将终身托付于他。父母诧异，问为何，廖翠凤道：你看他，吃饭时，专心致志，心无旁骛，一点也没有左顾右盼，说明他为人也专一，做事肯定投入。

你如果和无棣人待在一起时间久了，便会发现，他们身上，也有林语堂这种带着“犟歪歪”的一股子“专注”的劲头儿。所以说无棣的小伙儿不适合谈恋爱，可是，适合做丈夫。

俗话说：萝卜青菜各有所爱。一种性格决定一种爱好，吃饭也是如此。你到无棣，不尝尝“八大碗”，那你就跟没有到过古城，没看过海丰塔一样。可是，你可别怪我没有提醒你，随身你没有带着一桶两桶水，最好先别吃。

八大碗，顾名思义，这道菜，一共有八碗。要问哪“八大碗”，乃是芙蓉鸡、松肉、藕盒、卷煎、四喜丸子、小面丸子、炸虾仁、蒸梭鱼。热腾腾、香喷喷地上了桌，你就吃吧，那浓郁的香味，跟这片土地一样：富含盐分。若你是江南人，最好悠着点，挑筷子头上一点，先品品，要不然，你心里还不暗暗说道：“这是砸死卖盐的了吗？”

为何非要八碗呢？那是因为无棣人爱面子，自己在家吃糠咽菜，别人看不见，对待朋友，可真的是掏心掏肺实心实意。

另外，不知道你有没有发现，无棣人特别喜欢排亲戚，七大姑八大姨三舅四姥爷，三里村五里庄，不是亲戚是老乡，无意间大马路上追个尾，闹个剐蹭什么的，说不定，就能认出亲戚来。

说到这里，你有没有感受到无棣人身上那种浓厚文化积淀呢？对呀，齐文化、儒家文化，在这里孕育而生的一种无棣文化、无棣精神，一种谦和内敛却坚韧耿介的气质。

五

据《无棣县志》载：“康熙六年六月十七日地震，城堞圮，池水溢，寺塔为裂”，“光绪十四年夏五月四日地震裂，黑水涌出，大觉寺塔圮其半”。到近代，海丰塔塔基砖石剥蚀，更加战火频频，已经难于修补，遂于1957年经上级批准，将残塔夷平，塔基封土保护。1991年6月，无棣县委、县政府决定重建海丰塔。新建海丰塔由无棣籍原北京市设计院总设计师、曾设计人民大会堂、北京饭店等建筑的设计大师张镈先生设计，基本保持了唐塔的风貌，书法家赵朴初题写了“海丰塔”塔匾，唐塔风貌重见于世。

又据传说，相传，文殊菩萨在五台山讲经说法，当时的五台山沟无泉水，山不披绿，天罕飞禽，地绝走兽，文殊菩萨生普救之心，便想借东海之水，消五台山之热，让荒山青青，沟涧溪泉，松木葱葱，花果芳香。于是，文殊菩萨来至东海，向龙王借了“清凉石”，回五台山途中，路过古邑棣城，顿觉和风微拂，丽日映照，瀛瀛之州，百鸟围翔，花香袭人，一种飘然若仙之感，遂落座歇息。菩萨心想：这里虽不是名山大川，也是佛家之佳境胜地，何不将舍利子置于土中，以感念佛祖之恩德，领略这里的秀丽风光。随之取舍利子，观音口念咒语，风沙起处，将舍利子埋入地下。唐朝贞观年间，文殊菩萨“无棣歇脚藏舍利”的说法传到京都长安，唐太宗亲派尉迟公为督办，在无棣修建唐塔。

而在古城内的吴宅南墙，细细刻着《吴氏家训》，开篇便有："……作揖，须并两足，以左手拉右手，自心上起，向下，将至足面……"这是多么详尽的规制，这是多么细致的动作，乃至连左右手的先后，从"心"的位置作为起点，到迈开人生旅程的脚下。一个顽童，在礼节中，培育对师长的敬畏之心。无论哪一个年代，礼数在个人成长中，都有着举足轻重的作用，当你看到彬彬有礼的学生，当你遇到长幼有序的家庭，你心里，也会有一种判断，这是一个有希望有前途的学生和家庭。在无棣，你会这样来赞美它，因为，无棣人，儒风雅致。

不管是史实，还是传说，落脚点都在无棣这块土地之上，无论是过往，还是当下，无棣这块土地都在上演着一幕幕的传奇故事，并且一直延伸到无尽的未来。你不能不说，这是一块神奇的土地；你不能不说，这是一块有温度的土地。这很像一个人的穿着打扮和言谈举止，无论从内涵还是外在，无棣、无棣人，都给你非常鲜明的感触。就像大觉寺内弥勒佛和韦陀菩萨的前后组合一样。

而我，也是因为一个偶然，在初冬，在古城旁的荷花池边，依着古城的倒影，按下了相机的快门。也就是在我脑际电光火石的那一刹那，我也不知道被何种神力所驱动，我竟然把相机侧了过来，你猜，我看到了什么？我看到古城和倒影完美地组合在一起，组合成一柄韦陀菩萨的金刚杵的形状。莫非是韦陀菩萨在此显灵了吗？这，我不知道，我只知道，在无棣这片土地上生活的人，有性格，有气度，有担当，有追求。

本文 2021 年 2 月发表于《无棣大众》

一场乙未年的春雨

落雨了，在一个乙未年春日的午后。

惊蛰荡起隐隐的春雷，惊醒大地沉睡的眼睑，清明过后，雨便飘坠了。淅淅沥沥，洋洋洒洒，不似夏雨刀光剑影快意恩仇的轰轰烈烈，不似秋雨握别阳关凄切悱恻的缠缠绵绵。乍暖还寒的时节，一寒一暖，两股巨大的气团在神州大地上空展开对冲厮杀，你来我往，我往你来，墨色的云团是铁骑驰过腾起的烟尘，隆隆的雷声是战鼓在锤响，刺穿乌云的闪电是金戈相击迸出的冷霜。点点滴滴的雨，是这大变革的殊死搏杀，推动历史车轮前行洒下的血泪。

这雨却又是这般自己独有的一份静谧、一份温和，恰如母亲对儿女关切的目光。

燕子归来了，在蒙蒙的雨幕中，灵动的翅膀迅疾地扇动，流转的眼眸在寻找，寻找那曾经的暖巢，身体里原始的渴望驱动着它，即便是跨越万水千山，即便是历尽千难万险，也是一定要回来的。经过一个严冬，巢穴已是破败不堪，然而善良的它不会嫌弃，它将用自己的勤劳和隐忍，换回曾经的梦想。记得少年无知的我曾因为毁坏燕窝而遭到母亲严厉的训斥，母亲说："燕子不落贫家。"在那个穷苦的年月，母亲对燕子的理解可能仅仅停留在祈福的层次吧。古老的土地上经受了一个多世纪劫难，这段沉重屈辱的历史把母亲这民族中亿万分之一的，命贱如蚁的草木之人，碾压得已经近乎麻木。可是她心中不灭的，依然是对幸福追寻的火炬。清明前后，种瓜种豆。在燕子的呢喃声里，母亲擦亮生锈的犁铧。

麦苗返青了，细密的雨丝在大地上织出一层绿色毯子，点缀其上的是黄色的小花，还有母亲弯曲的腰身。母亲用尖锐的镰刀，把一棵棵黄花连根除掉。那是麦蒿，学名播娘蒿。它披着绿色的外衣，闪着狡黠眼神，匍匐在地面上，开着黄花，掺杂在麦田里，汲取着原本属于小麦的营养，占据着原本属于小麦的空间。母亲对它们的态度是鲜明的，坚决、彻底、干净地铲除。辛劳的汗水和着春雨和着希望深深浸润进这多情的土地，再过两个月，深埋的根系便会汇聚成饱满的麦粒，在幸福目光的注视下，母亲用布满老茧的双手把它捧起。千百年来，一辈辈的生灵，在这片俊秀的山河上用自己的挚爱，铸成独有的脊梁。就算一个多世纪前的那数次锤击，也没有把它击弯。

120 年前，那也是一个乙未年的春天。4 月 17 日，一纸《马关条约》的签订，把中日甲午战争的惨败做了审判。统治集团的腐朽导致战争的失败，科技的落后导致处处受制于人，中华民族跌落进那个黑暗的历史深渊。中日双方代表是李鸿章和伊藤博文。伊藤博文对李鸿章说：“中堂见我此次节略，但有允、不允两句话而已。”李鸿章问：“难道不准分辩？”伊藤博文回答：“只管辩论，但不能减少。”原来，李鸿章每日给总理衙门发回大量报告会谈进展情况的电文，均被日方截获破译，伊藤博文由此完全掌握了清政府决意回避谈判破裂局面的底线。

那时也应有落雨，但那是凄风苦雨。亿万如母亲般的国人，把纤绳深深勒进古铜色的肌肤，深深弯下腰身，拉动这民族的航船。前事不忘，后事之师，而今，我伟大的祖国已浴火重生，在这绵绵的春雨下，蓬勃向前。

啊，这打湿我脸颊的春雨，这打湿神州山山水水的春雨。

本文 2014 年 4 月 19 日发表于《鲁北晚报》

马作的卢飞快

从严格意义上来说，我拥有过 4.5 辆车，分别是小板凳、我的屁股、自行车、摩托车和汽车。到底屁股算不算车，我实在不能确准，所以，权作 0.5 辆。

“郎骑竹马来，绕床弄青梅”。在孩子眼中，几乎所有的物事都可以变通。撒一泡尿，可以作为河流湖泊；一堆沙土，可以当作高山大川；拿一根短竹，骑在胯下，便是驰骋千里的白龙马。诚然，从外形和舒适度上来说，小板凳，无疑是最佳选项，尽管在速度方面有所限制，但快乐程度上，一点也不输竹马。并且，两手扳住凳面，四根凳腿，如同马蹄，哒哒敲击着地面，颇有“骏马奔驰保边疆”的豪情壮志。

自行车，是我小学毕业，要到离村子五六里路的联中上初中时，那是 1983 年暑假，父亲从市区的旧货市场给我买的，具体花了多少钱我不知道，可是，我非常喜欢。我从换货郎的小推车上，用一只漏锅换来塑料彩带，细心地把我的“车”精心装饰起来。记得当时，我坐在车座上，两脚还够不着脚蹬子，母亲就用棉絮给我做了一个垫子捆在横梁上。有了棉垫子，脚倒是够着蹬子了，可是，就怕路上有个坑坑洼洼，车子一过一颠簸，铁质横梁上下一跳，撞得我蛋疼。

摩托车是1995年冬天买的，4800元人民币，济南轻骑集团红色野马牌二冲程摩托车，当时在我们单位，是第二辆。那，在当时，也算是豪车了，单位“一把手”就曾亲自坐过我的车呢。后来我又买了一辆二手的K90摩托，白色的。可是我对那辆野马摩托车感情最深。它可以说是对我从一而终。最后，在它风烛残年之时，它驮着我出去，原先清脆的口哨变成风箱一样的哮喘，时不时还重重地咳嗽两下，让我很担心它一撒手就弃我而去。停车的时候，我连钥匙都不拔，因为我知道，除了我，它谁都不认，除了我，谁都开不走它，除了我，谁都不会操作那套复杂的启动程序。只有我懂它，俗话说，人生难得一知己，我和它，也算是一路坎坷走来，风雨同舟。在一个黄叶飘飞的秋日，我手里攥着250元钱，看着它被装上废品车，心里很不好受。

野马摩托车，是卧式发动机，火花塞在前轮后面，最怕下雨，车轮带起的水，会把火花塞溅湿了，火花塞湿了，发动机就熄火。我看着休了克的摩托车，在茫茫的雨幕里，叫天天不应，叫地地不灵，只能推着走。我当时就想，哪怕是开一辆 12 马力柴油机的拖拉机头，也比这个破摩托强，如果是汽车，就幸福得冒泡了。我做梦都梦见手扶着方向盘，挂挡，踩离合，踩油门。

汽车是 2010 年 8 月贷款买的，48000 元，黑色江淮同悦，1.3 排量。可是当时我还没有拿到驾照呢。

有了车，隔着车窗，心里莫名有了一种安全感。开车行驶在路上，尤其是无人的长路，耳边只有两种声音，发动机低声地嗡嗡，车轮碾过路面发出的沙沙声，整个人躲在车子里，忽然感觉天地无限地扩大开来。脑海里浮现出父亲赶着牛车在田野上走过的场景，一种莫名的幸福也无限地扩散开去。

啰里啰唆地说了我的前四辆车，最后，说一下我那半辆车。

不知道朋友们有多少人看过黑白影片《平原游击队》，抗日英雄李向阳，胯下马，手中枪，马鞭往身后一甩，啪啪两枪干掉两个鬼子，纵马冲过敌人的封锁线，气得松井手拿东洋刀，吹胡子瞪眼怒不可遏，口中怪叫：八格牙路。嘿，那，简直，简直羡慕得了不得了不得的。于是乎，一只手大拇指一挺，食指一伸，比作手枪模样，另一只手往自己屁股上用力一拍，双脚飞奔向前，瞄准狗“汉奸”、鸡“鬼子”一路冲杀过去，顿时院子里尘土飞扬鸡飞狗跳人喊“马”嘶。当然啦，等来的，不是老鬼子松井，而是老娘，也是横眉立目，手握笤帚疙瘩，口中大骂：“小崽子，反了天了。”最终结果，是我被老娘摁翻在地，屁股上结结实实地挨了两家伙，然后呢，然后如你所料，我一把鼻涕一把泪地打扫一地鸡毛狗毛的战场。

屁股自然算不上车了，只不过也带给我车的享受，算作半辆，也说得过去。

仿佛就是一眨眼的工夫，现如今，堵车现象在中国大地上如雨后春笋一般，遍地开花。我和朋友说，这从某种意义上说，是好事，起码来讲，是有车可堵。说句话，您可别不爱听，假使回到几十年前，一人一辆自行车，你试试，还堵不堵？

本文2020年8月28发表于《山东商报》

第四辑

在水一方

一方水土一方人

1994 年 7 月，我毕业走出滨州师专，来到滨城区里则镇第二中学。虽说同样是四角的天空，身份却已有所不同，一边做学生，一边当老师。初为人师的我，面对新的生活、新的环境，既陌生，又好奇。然而不几日，便也熟识了，备课、上课、批改作业，看似平淡，却很充实。

时间虽已是初秋，但午后的太阳还颇有些威力。一日闲暇之余，几位同事约我去黄河洗澡。路上我不免提出质疑，想那浊流滚滚，何以洗得清。同事告诉我，现在河水并不大，也不浊。登上坝顶，眼前豁然开朗，宽宽的河床蜿蜒趴伏在脚下，果然河水清澈，水流轻缓。同事们扔掉车子，奔下坝底，毫不客气地脱去衣服，扑通一声便投身到“母亲”的怀抱。其时，早有一群学生在里面嬉戏打闹，而我这只“旱鸭子”只能蹲在岸边缓坡的浅水里，看着他们笑。那班学生今日竟不似往日对我的尊敬，五六个喊着笑着，用水向我发起攻击，或是潜入水底，偷偷地来摸我的脚。面对我的“威逼利诱”，他们面不改色，我也只好谈判妥协，我下水，他们教我游泳。不几日，在这些“学生老师”的循循善诱下，我竟也能扑腾几下了，心中甚是高兴。然而快乐的时光总是过得那么快，眼看红日西坠，我也不得不穿衣返校。

走在路上，暮色悄然四合，炊烟在村庄的上空萦绕，田野里升起一层薄薄的轻雾。放羊人赶着羊群，羊群在清脆的鞭声中急急地走，而那些在外打工的，紧蹬身下的车子，奔向远处那个属于自己的，虽不大却很温暖的家。

“老师，你吃过青玉米棒子吗？”同行的学生还没等我做出反应，早已停下车子，四散消失在路边的玉米地里，不一会儿，一堆青玉米堆在我面前。

“这怎么行？”我说。

“不要紧的，吃几个玉米棒子有啥了不起的？要是等过了年，葚子熟了，去摘葚子，那才好吃呢。”

晚上，我一边吃着煮熟的青玉米，一边体味着鲁迅先生看社戏归途中吃豆的感觉，并盼望着春天到来，盼望着葚子熟。

日子一天天过去，一学期结束了，新学期又开始了。一天在上课的时候，“抓获”一个吃零食的学生，在他的抽屉里搜出一堆紫色的形似草莓而又比草莓瘦长的东西，学生告诉我，那是葚子，鲁迅先生笔下的桑葚。

一天，在校门口，一位老乡告诉我：“赵老师，吃葚子去地里摘就行，没啥的，又不是啥好东西。”我看着他那紫红的脸上挂着真挚的笑容，还称呼我“老师”，我有些无所适从了。

在以后的日子里，在这里，上至须发皆白的老人，下至咿呀学语的孩童，都这样称呼我，亲切里含着尊重。每当我听到这一声称呼，心里总有一种莫名的感动，自豪是有一点，但更多的是一种责任。

放假了，望着变得空旷寂寥的校园，我也只能挥挥手，我也要回到远远的、有母亲的家里去。透过车窗，看着离我越来越远的属于我的校园、属于我的田野，我有些依依不舍。

我知道，我已爱上这一方水土，这一方人。

本文1999年12月发表于《校园文艺》第12期

遇见秋

遇见秋，是一个哲学的必然。

遇见秋，是蹚过油腻腻的炎炎夏日，辗转反侧寤寐思服的期盼；遇见秋，是人约黄昏后，那一回眸的惊喜；遇见秋，更是历尽劫波相逢一笑的释然。任黄叶飘飞，北雁南去，一轮阙月下，我自落花人独立，安静且傲然。

遇见秋，应在一个雨后的清晨。一夜秋雨淅淅沥沥缠缠绵绵之后，秋风如水，碧空如洗，就连拂过面颊的每一缕风，都那样干净清爽。极目远眺，天空那么高，那么远，如一位深思的哲人，是那样沉静。所有的思虑，仿佛只是一个等待，等待那浩荡的风，荡涤自己的身体，带走所有的喧嚣和浮躁。蹲下身来，和一株小草去交谈，谈一谈生命的奥妙。人生一世，草木一秋，遇见秋，一个生命是走到了一个终点还是起点呢？这又是一个问题。此刻，红彤彤的太阳从东方地平线上探出头来。灿烂的光，在亿万棵草尖的水珠上，幻化成亿万个太阳。生命之伟大和渺小，真的有区别吗？我问风，风不回答，在我手边飞驰而过。太阳升起来，草尖的晶莹开始暗淡，新的一天开始了，只是多了一份秋所独有的清爽。

遇见秋，应是一个暖暖的午后。高大的落地窗前，一杯香茗，一本书，矮几小凳，窗开一缝，便这样，在秋阳暖烘烘的拥抱中，畅享一份清幽和惬意。我一直觉得，秋，是一本书，或者说，书，是一段秋。经过春的萌生，夏的勃发，终于把生命中的慷慨淋漓，凝成这一份淡然。书中的爱情，自然免不了儿女情长、生死离别，可如果春是初恋，夏是热恋，那么秋，便是粗茶淡饭的厮守。秋的厮守，是采菊东篱下的恬静，是一杯清茶的悠然。当然，驻足窗前，看一川落木萧萧，一声轻叹声里，云儿轻轻，风儿轻轻。

遇见秋，亦可在一轮朗月高悬的夜晚。一片清辉中，万家灯火已阑珊，蓦然回首处，人也孤零，影也孤零。此情此景，也难怪李白举杯邀明月，对影成三人。这份孤寂之美，也只能在秋的月下，才越发显得那样动人心魄。万籁俱寂，秋虫呢喃。喓喓草虫，趯趯阜螽。夜空中，雁阵长鸣，那份对君子剪不断理还乱的愁思，不免让人扼腕慨叹，但愿人长久，千里共婵娟。去体验一种美的极致，去感受一份刻骨的思绪，是必须要物我两忘的。在夜月下，遇见秋，和身影双双起舞，和明月推心置腹，念天地之悠悠，独享那份独有的孤独。

若是能在一条林荫小路上，遇见秋，那凉凉的孤独，应该会平添一丝丝暖意吧。小路悠长，林荫如雾，就那样缓缓地走，时而驻足，时而俯身，轻轻将脚避开一片片落叶，细细阅读每一根叶脉的延伸。黄叶红叶，被人们当作秋的标签，若把满腹的相思化为文字写于其上，顺水漂远，在凄迷的眼神中消逝，又是另一种美啊。有人说，死如秋叶之静美，我是不认同的。秋叶静美不假，为何要和死联系在一处呢？因此，我更喜欢化作春泥更护花的胸襟。你看，那黄的灿烂、红的潇洒的叶片，无论大小，无论形状，都那样坦荡，不迁就，不苟合，来的时候，来了，去的时候，去了。不正如两千年前，恺撒在《高卢战记》中说：我至，我见，我胜。萌发，葳蕤，凋零。落叶说：来也自然，去也自然。

最好，小路旁，有一潭秋水，一潭惊鸿足以照影的澄澈秋水。远山，近树，高天，倒影，在平静如镜的水面，凝成瞬间的永恒。所有的希冀、繁华，都在此时沉淀为静若处子心无旁骛的这潭秋水。没有浮华的泡沫装饰，没有芜杂的风雨纠缠，就单单是那样通透，就仅仅是如此纯净。是等待？等待一夜北风紧的碎玉柳絮飘落？等待那独钓的孤舟？亦或是洗尽铅华后，那也无风雨也无晴的超然呢？一丝风过，片片黄叶在水面上荡起串串涟漪。呵，这风可不要太急，莫要吹皱水边那伊人如黛的眉头。

蒹葭苍苍，芦花飞雪，是应该有一点风的。遇见秋，自然是绕不开在水一方的伊人。她姓甚名谁？芳龄几何？在几千年秋风的吹拂下，早已打磨成一座没有答案的雕塑。可有谁会回转身来，看一看对岸的少年？少年正在捕鱼，或是取水？这些已经都不再重要，我们知道的是，那样无意中瞬间的一瞥，便揭开一本万世的黄卷。是前世的宿命，还是今世的奇缘，只在那一刻，在那个秋风浩浩如潮，漫天飘飞着雪白的芦花，在苍茫的天幕下，一颗心被点燃。可少年面对难以逾越的河流，能做的，只有默然而立，把那一份剪不断理还乱的思恋，用双唇变成声音。蒹葭苍苍，白露为霜，所谓伊人，在水一方……

如果说，今年的落叶，是明年一豆新芽的前世，那所谓的伊人，又将在后世谁人的生命中出现呢？谁人又为了这一线姻缘，把这份销魂袭魄的情思，在滚滚红尘的清秋中，低低地吟唱。是寂寞梧桐的深院，还是24桥的明月？

不知为何，忽想起易安居士，想起那秋日黄昏里点点滴滴的雨，想起那三杯两盏淡酒。徜徉在东方文化殿堂里的女子不多，而能在秋的季节里展露身姿的更是少之又少了，我以为，除了在水一方的伊人，便是李清照。而后者相较于前者的凄迷，多了一份凄凉。在动荡纷乱的尘世大潮中，一位弱女子能做的，除了随波浮沉，恐怕只有低吟哀叹吧，便如那满地堆积的憔悴黄花。是秋的惨厉，还是落叶的无助？亦或，浩浩历史的洪流，便是如此，本没有什么对与错之别。设若没有那场凄冷的秋雨，在殿堂中便没有了一位名叫李清照的舞者，也便没有了那——寻寻觅觅，冷冷清清，凄凄惨惨戚戚。

然而，在农人眼中，有钱难买露针雨，可是千百年来口口相传的一句真言。看吧，飒飒的秋风里，广袤的田野上，一层嫩绿色的毯子正在铺开，走进细看，那细密的针脚，是那一棵棵一二指高的麦苗。不早不晚，雨儿来了。早了不好，嫩芽还没有从土里露出头来，雨水打湿的地面，天晴后形成一层硬壳，把苗闷了。晚了不好，土壤的墒情不够，种子萌发也便乏力。一个生命对另一个生命的牵挂也由此开始。种子，希望，收获，生存。一幕大戏，在秋天，正徐徐拉开。

呵，遇见秋，是一个和蓐收（传说中的秋神，白帝少昊之子）冥冥中百转千回的因缘。

本文 2021 年 9 月发表于《散文诗世界》

野有蔓草

一

那年暑假的一个多月，我大部分时间是和母亲在稻田地里拔草。父亲铁青着脸和我说：“只要公家让你考，供你到80，我也供，想干建筑，门儿都没有。”

大暑的节气，稻秧已经齐膝高了，一簇簇趾高气扬的像骄傲的公主，在故乡的大地上，舞动着绿色的裙裾。一条条长长短短的田埂，把土地切割成大大小小的长方形，间或有棉田和玉米掺杂于稻田其中。不远处，一条乡路由南向北延伸，路西面是一条引黄渠，每年到了灌溉时候，滚滚浊流沟满壕平地奔涌向北。路边高大的白杨树，把自己镶成稻田蕾丝的花边。树下，我家的黄牛，甩动着尾巴，在悠闲地吃草。浩浩荡荡的风，从遥远的天际潮水般汹涌而至，白杨树在风中哗哗啦啦翻动着手掌般大小的叶子，给蝉的嘶鸣打着节拍。千千万万簇稻秧，一排排、一列列，用自己的身躯，在大地上组合成一床巨大的地毯。风可能是累了，远远地望见稻田，一下子便被那绿油油的柔软诱惑了、招引了，东一头西一头的，在上面肆意地打着滚儿。我想，如果有文人骚客眼见此情此景，定然会吟诵出传世的佳作，如陶渊明所言：此中有真意，欲辨已忘言。高天上，是一朵朵洁白的云，我认为一定有仙人端坐于其上，吃着仙果喝着琼浆，谈着高深莫测的禅机仙道，俯瞰着人世间的悲欢离合，闲适地乘风飘荡。在大日头明晃晃的照耀下，云朵把身影投照在稻田地上，缓慢且坚定地走过。

我多么希望它们能停下来，隔断日头炽热的尖牙在我皮肤上的噬啃。

那时，高考第一年复读落榜的我，正陷在没过脚踝的泥中，在我身前，浅浅的水面上，除了稻秧，还有千千万万根水草，我和母亲必须用手一根根地把它们从泥里连根拔出，清理完成后，再端着脸盆给稻秧施肥，让稻秧吃得饱饱的，攒足了劲儿，长稻谷。然后，父亲才能把稻谷加工成白花花的大米，用自行车驮到集市上，换来钱。因为知道其中的辛苦，我对大米饭有强迫症，要么不吃，只要吃，碗里一粒米都不剩，哪怕是掉到地板上，也要捡起来塞进嘴里。

我们拔除的水草中，绝大多数是一种叫“三棱子”的草，它鸭黄色，幼小的模样很让人怜惜，毛绒绒地附在地面上，就算长高后，也是细细柔弱的身材，头上顶着几束辫子，有的还带着三两朵棕色的花。后来，我查找了资料，才知道它的学名叫香附子。那一刻，我把这个带有女人味道的名字在嘴里反复咀嚼了好多遍。就是它，把我和母亲捆在稻秧田里，抬不起头来；就是它，用它细小且锋利的腰身，在我手掌上割满了细细的绿色的伤口，割成一副“玄冥绿掌”；就是它，和稻秧抢肥料，为此，这块土地上的男女老少，都弯腰站在没过脚踝的泥水里，顶着炎炎的烈日，和它做殊死的搏斗。

“啥时候，这地里的草绝了种才好呢！”母亲恨恨地说。

母亲穿着一件洗得发白的藏青色的褂子，挽着裤管，穿着水鞋，弯着腰，两只胳膊肘抵在膝盖上，那姿势，很像跳山羊游戏里的山羊。母亲拔草像是生了很大气一样。她左手握着草，右手去拔。对于矮小的，还处于嫩芽状态的小草，母亲连泥带草一把就抓起来；对于长高了的，则先是用手握住，掂量着力道，既要把草连根拔出，又不能扯断。拔出的草多了，母亲手里握不下之后，母亲就把它们夹在臂弯处，所以，她要把身子往左侧下去，等臂弯里也撑不下的时候，母亲便找一束长的香附子草，把它们捆起来，扔到田埂上。等回家时候，用包袱收起来，带回家喂牛。有时候，母亲也会把它们拧成一个大草疙瘩，然后用脚狠狠地踩进泥里，一边踩，嘴里一边小声地骂上几句恶毒的话。

散工回家的时候，母亲照例又在天地间跪了下来。在以后的日子里，每每想到那个场景，我生命的天空都会随着母亲身体的塌陷而塌陷。

母亲跪倒的地方，是一个抽水浇地冲击而成的水坑，水坑里是一汪清澈见底的水。母亲把衣服解开，借着稻秧的掩护，在田野里袒露出自己洁白的胸膛，像是要把整个大地都拥入怀中一样，她用手撩起水坑里的水，洗去身上纵横流淌的汗渍。和母亲一样，在故乡土地上劳作的女人，羞涩和矜持是一种奢华，汗水日复一日不停地流淌，把她们的腰身都掏空了。她们只能在大地上用跪趴的姿势生存。

二

我把田埂上的一束束香附子草收起来，满满登登一包袱装进牛车里，套上牛，回家。坐在牛车上回头看稻田，没有了杂草，它的颜色好像淡了一些。

这块稻田地，原先是一片废弃的砖窑厂，是父亲在一九八六年承包的，接手之后，父母用了十年左右的时间，硬生生地凭着一双手，用小推车和铁锹，用骨子里的勤劳和坚韧，把一片废墟整成了良田。

这是一块南北走向，大约 20 亩大小的地方，窑厂的废墟在南面，北面是烧砖挖土遗留下来的大大小小的坑。在那个一根草都金贵的年月里，窑厂废弃后，能拿走的，被拾荒人都拿走了，只剩下一堆碎砖烂瓦，不几年的工夫，大片大片的野草便把这里全部攻陷了。野草中，香附子草还排不上号，主要有芦苇、白茅、马唐草，北面的土坑，每到夏天，就蓄满了水，那里是芦苇的根据地；南面废墟地势偏高，白茅高扬着白色的旗帜，严正地宣示自己的存在；马唐草则在瓦砾缝隙里打着游击战，还有各种野菜，混迹其中。远远望去，葳葳蕤蕤，生机盎然。这里，成了割草人的宝地，推着独轮车，带着镰刀包袱，用不了多大会儿，就满载而归。如果赶着牲口车，卸下牲口，用铁橛子系了长绳，牵住它，找一个草势丰茂之处，把铁橛子深深地插进泥土里，割完草，只要不怕蚊虫叮咬，还可以在树荫里睡一会儿。如果精力充沛，则可以到北面的芦苇丛中，倘若运气好的话，是可以寻到野鸭蛋的。我想，那是上苍给这一方土地上被贫穷挤压成扁平状的生灵独有的快乐。

辛劳是农民的底色，老茧是他们的徽章，在乡村里，横草不拿竖活儿（方言，指特别懒惰，懒得连伸手把一根草摆整齐的力气都不想出）的人，是被人瞧不起的。我的父母，是村里勤劳能干的代言人，多年之后，父亲说起整理这片稻田地，还不免叹一口气，眼睛闪着亮光，说："那时候，就是年轻，有气力，能扛住活儿。"

整地的活儿，主要是把废墟南面高地上的瓦砾运到北面把坑填平，再盖上一层土，周末或假期的时间，我去干过，很累人。

我们现在已经习惯了起重机、挖掘机、收割机的存在，而在30年前，就算是一辆模样稚拙的东方红100推土机，轰隆隆地碾压着大地在乡间昂然而过，滚滚的链轨屁股后面腾起的尘土中，定然会引来半大孩子追逐围观，地里忙着农活的老百姓，也会停下来，翘首观望。我的父母，面对这一片废墟，能依靠的，只有铁锹、小推车，还有双手和内心如火的希望，在瓦砾和土坑间往返劳作的他们，就像一条起伏飘摇在野草涌起的浪涛中的小船。

窑厂的瓦砾堆，一半砖头一半土，因为存不住水，干焦焦的有些发白，一些芦苇和葎草，从砖缝里爬出来，贴着地面奋力地伸展开。大大小小的砖头混在里面，像是土地的一颗颗尖牙，我至今都记得，铁锨的锋刃铲到砖头上发出的咔嚓咔嚓的声音。我恶狠狠地用脚蹬住锨头往下猛一用力，满心的希望，收到的是坚硬的回击，有时候，力道用不巧，还会崴了脚脖子。而父亲却很悠然，动作不疾不徐，坚定而有力，如同拉车的牛一样。到北面土坑去平土，也不轻省。短短几年的工夫，芦苇就把自己的根系在土地里盘根错节起来，一根根小指粗细，我一脚把锨头蹬下去，可翻起的锨头上，并没有多少土，芦苇白色的根系，牵牵连连的，把土都拽了回去。

很多次，我都想把铁锨往坑里一丢，转身就走。可我抬眼四顾，除了茫茫无际的野草和庄稼，只有一条回家的路，我哪里也不能去。

三

吃饱喝足的牛，蹄子轻快地敲击着大地，走在乡间小路上，和来上工的时候相比，要快了很多。母亲说：“别看它不会说话，可它知道回家。”我和母亲斜倚着香附子草，坐在牛车上，带着一身的疲惫，看着夕阳西下暮霭沉沉，还是颇有些诗意的，而母亲惦记的，是那年在公路段上，挥动着钢镐凿灰土的父亲有没有回来。

我卸车，收拾牛棚，母亲收拾晾晒在门前的柴草，点着灶膛，烧火做饭，等我把那捆香附子草放在牛棚旁边，一股炊烟从烟囱里冒出来，整个院子里弥散开一股草灰的烟气。我给牛棚铺上干爽的沙土后，下一项任务是铡草，把一捆捆香附子草带着泥的根切下来，再把它们铡成虎口长短。

铡草是个技术活，按刀的人和往刀下续草的，要密切配合，看父亲和邻居家碌碡爷爷一起铡草是一种享受。父亲按刀，碌碡爷爷续草。父亲一提刀，半跪于地的碌碡爷爷把怀里早整理好的草捆往刀床上一放，父亲就势往下一用力合刀，锋利的刀刃迅疾地切断一根根草茎，那断裂的声音组合成一个清脆的声响。那声响，像麦收季节，父亲扬场时，被抛向高空的粮食粒子，落在粮食堆上，那粮堆仿佛一条微微弯曲的土丘。随着一声声“欻拉欻拉”响声，一堆凌乱的草，变成一段段细密规整的样子，如同一个个张牙舞爪的土坷垃被粉碎成细土。空气里，一种青草的味道，钻进我的鼻子里，那是草的血液还是眼泪呢，我分不清楚。

“有吃饽饽就肉的，就有嫌糠不够的。”碌碡爷爷说。“你看这草，命可真苦，不给吃的，不给喝的，有好地，还都给了庄稼，就算偷偷地钻进去，还给拔出来，再用刀铡了喂牛，你说，这叫啥命啊？”

碌碡爷爷干活的时候，经常说一些大道理给我听，只可惜，当时的我只是一知半解。

小时候，我曾经问过碌碡爷爷和父亲一个问题：分明是“啸聚山林”的“绿林好汉”，可偏偏为啥叫落“草”为寇，而不是落“林”为寇呢？那时候，就连整天没有笑模样的父亲和无所不懂的碌碡爷爷，也不能给我一个满意的答案。父亲铁青着脸，说：“你一个吃屎的孩子，整天东打听西打听的，哪来那么多为啥？”碌碡爷爷则回答说：“人家说书的就那么说，就像你，你咋管你爹叫爹，你爹咋不管你叫爹呢？”他一边说一边用粗糙的手掌摩挲我的头，支棱着灰白胡子豁着大黑牙，呵呵地笑起来。说完，他们俩的耳朵又像是被“洋戏匣子”揪住一样，侧着脑袋，听那里面拦住岳飞的牛皋高声喊喝："此山是我开，此树是我栽，要打此路过，留下买路财，牙迸半个不字，我是管杀，不管埋。"

我寻思，难道是因为那些为"寇"的人，和草一样，是因为命不好，而不受待见吗？

我至今仍然清晰地记得，草铡完后，碌碡爷爷用扫帚把草堆整理好，在小板凳上坐下，点了一根丰收牌的烟卷，深深吸了一口，说："傻小子，好好念书啊，别在这庄稼地里砸土坷垃，和草混在一起，没出息。"

父亲回来了，他和碌碡爷爷就着母亲拌的马齿苋喝酒，这时候，蚊子也开始热闹起来，母亲把牛吃剩下的草渣在天井里点起来，熏蚊子。草渣散发出的烟雾随着夜风在院子里游荡，飘散，最后，只剩下一堆黑乎乎的灰烬。

四

吃过晚饭，我便到引黄渠里找一个僻静的地方洗个澡，那是我一天中最惬意的时候。

我把自己埋在水里，只在水面上露出一个脸，贪婪的蚊子循着我的气息，在水面上飞动，偶尔会有小鱼啃一下我的肌肤。世界非常静，我看着深蓝的夜空上闪闪的星星，仿佛能听到它们的心跳。

我尽量把自己的身体放松，就像用扳手把身体每一个关节的螺栓松开。也不知道过了多长时间，远处洗澡的父老乡亲的嬉闹声渐渐平静下来，水也开始有些凉了，整个世界仿佛只剩下我自己。巨大的苍穹下，我感觉我自己就是一根香附子草。碌碡爷爷的话，按捺不住地在我脑际回响：和草混在一起，没出息。

就在那个暑假结束的时候，我鼓起勇气和父亲说：我去复读吧。那一次复读，我没有让父亲去送我，我自己整理好课本材料，装进一条化肥编织袋里，带上被褥，骑着自行车去学校。一路上，我不时地扭过头去，看原野上的庄稼，稻子已经开始秀穗，玉米已经一人多高。在它们身下，是一棵棵奋力活下去的草，还有我的父母、碌碡爷爷和乡亲们。我抬头看见高天的云朵，云上的仙人有没有赐福给我，我不知道，我只知道，我要考上大学。一年后，当师范录取通知书送到我家的小院时，母亲在天井里点燃黄表纸，面朝南方念念有词，虔诚地跪了下来。母亲坚定地认为，天上的仙人一定能听到她的话。

如今，只要我看到高楼林立的工地上带戴安全帽挥汗如雨的民工，看到绿化带里穿着破旧的橘红色马甲修剪苗木的园林工人，看到大街上行色匆匆眉头紧皱的陌生人，我就不由自主地想起原野上苍苍茫茫的野草，想起跪倒在天地间的母亲，想起碌碡爷爷和我说的话，“小儿来，咱们这草木之人，只有拼了命，才能活下去。”

本文2021年6月发表于《西部散文选刊》第6期

迷雾里的阳光

我去参加一个志愿活动，为一家农村低保户送过冬煤。

那是一个初冬的早晨，大地被一层厚重且潮湿的雾气严严实实地蒙住，透不出一丝气来。我在一片白茫茫中，焦躁地在指定的集合点等待着。滨博高速的高架桥影影绰绰地横架在220国道上，桥洞像巨兽张开的大口，偶尔有车辆开着双闪灯，仿似行走在咯咯作响的冰面上，小心翼翼地从那口中逃身出来，或是投身进去。风拖拽着一大团一大团的雾气在我周围缓缓地游走，湿漉漉的雾气拂过我的脸，冷飕飕的。临近那黑黢黢的高楼，在雾中时隐时现。渐渐地，一种极为深层的惊惧在我心里清晰起来。我想，若高高的虚空中有一双眼睛的话，那浓雾中的我，应是一只渺小的蝼蚁吧，亦或是一片离开枝头，却还没有着地的落叶，一个脚掌，一个车轮，便可轻易地将我碾成齑粉。对于生命的渺小和脆弱，在那一刻，我有了更深层的体会。

在这等待中，我忽然想起了母亲，想起母亲说过的一件和雾有关的事情，我仿佛看见浓雾中，依稀出现母亲那渺小而又脆弱的身影。

45 年前，刚刚一岁多的姐姐还躺在铺了沙土的布口袋里，我在母亲的肚子里。也是初冬的早晨，也是白茫茫的大雾，母亲给姐姐喂了一碗玉米粥，然后带着我，拿着布包袱出门去。父亲受公社的指派，去邻县挖沟调河干工程去了。爷爷奶奶早在父亲 15 岁的时候，便相继离世，矮小的土屋里，只剩下姐姐和她的哭闹声。

母亲要去“栾”棉花桃子。到底是不是这个“栾”字，我是不确定的，母亲用方言说的时候，只是说：“ luan 桃子”。在我们老家，祖祖辈辈传下来一个习俗，过了霜降，大地上棉田不再归个人所有，谁都可以去采摘剩余的棉桃。母亲后来和我们解释说，那是为了给那些穷苦的人留一条活路，也让他们能多少有一点棉花保暖，熬过漫长的冬天。母亲说，那时候她年轻，一上午跑三五十里，运气好的话，能“栾”到十斤八斤棉桃。母亲说，那雾可真大啊！只能循着脚下的路，凭着记忆，去找到大雾里的棉田，去找寻被主人遗忘在棉株上的棉桃。母亲说，那时候不知道害怕，也不知道累，只知道家里还有女儿。母亲说，委屈的时候，也会哭。而对于布口袋里的姐姐，母亲是她的全部，生命的本能给了母亲勇敢和坚强，尽管雾中的母亲是那样渺小和脆弱。

晌午，母亲背着盛着棉桃的包袱回家来。第一件事是用小铁锅烧热干净的沙土，换出被姐姐尿湿的那些。再喂一下哭闹累了、自己啃手指的姐姐。然后，就把“栾”来的棉桃铺在地面上，用脚踩。那是一些桃核大小，又干又硬又黑的棉桃，咯吱咯吱响着，有些硌脚。用脚踩扁以后，再用柳木棍子反复敲打。把它们打碎后，母亲便用手把一点一点细碎的棉絮用指甲抠出来，或者纺线，或者絮被，来缝补呵护着贫苦的日子。母亲说，别人家都有老人，给盘算着，有什么事情提前准备什么东西。可是你爷爷奶奶死得早，俺年轻不懂事，你姐姐落生的时候，连个布口袋都没有，只能裹在一床小半褥子里。说着说着，母亲眼圈红了，眼泪就落下来。母亲说，那日子啊，就像走在大雾里一样，看不到边儿。你姐姐的那个布口袋，还是邻居家大娘给的，我一辈子也忘不了她的好。

极度贫苦的日子把底层的人紧紧攥在一起活命，亲帮亲，邻帮邻，只能如此。一颗心主动去温暖另一颗心，必然是人类文明的最深层的起源。

正在我眼睛发酸的时候，同去的志愿者朋友三三两两地聚合来了，有的手里拿着衣物，有的提着一袋子面粉，有的带一桶油。大家见面，搓着手，互相打招呼。这时候，天地间明亮了很多，雾气依然很大，白花花地横亘在阳光和大地之间。我们七手八脚地把东西搬上车，车子穿过高架桥的大口，一路向西驶去。隔着车窗，是浓雾笼罩下的大平原。那茫茫的雾气里，仍旧游走着我故乡的人们，他们在一起耕耘耬耪，一起盖屋垒房，一起婚丧嫁娶。那里面也有我，跟在父亲后面，搬着两把木椅子，给邻居家二叔送去。

那是30年前的一件事，也是冬天。记忆里，那个冬天出奇的冷，房顶上盖着厚厚的白雪，檐下挂着尺把长的冰锥，在用砖头垒成课桌的教室里，十个孩子中有八个的手脚会被冻伤。早上，就连最勤劳的农民，也不再因为一块牛粪而跑更多的路。可也就在那个冬天，早起的二叔在场院屋子的草垛里，找到一个女人和她怀里幼小的女儿。女人在二叔家喝了两碗热粥后，告诉人们她一路讨饭到了这里，只要有口热饭，能给孩子做一套棉衣棉裤，她就留下来。大家伙儿都看着二叔，看着这个因为家里穷，光棍儿到四十大几的男人。二叔红了脸，点了头。于是街坊四邻就在凛冽的寒风里，拿脸盆摸扫帚，扫的扫，洗的洗。灶膛里燃起了柴草，烟囱里冒出了炊烟，有了女人，有了孩子，二叔就有了家。

父亲特意把他自己亲手做的一套桌椅送过去。父亲是这样说的，穷时帮一口，强于富时帮一斗，过日子谁家都有个五步三急过不去的时候，三里村五里庄，不是亲戚是老乡，更何况是街坊邻居呢？在那个物质极度匮乏的年月里，最底层的穷苦百姓珍惜所触及的一丁点儿资源，诸如一根柴草、一块瓦片，都视为珍宝。省吃俭用是农人活下去的一条秘诀。然而节省不是吝啬，谁家有个大事小情，邻居本家都来帮忙。有钱帮钱，没钱帮力气。

车子拐下国道，往南驶入一条窄了很多的乡村公路。这时候，雾气淡了一些，太阳只是偶尔在雾气后面露出一个圆圆的轮廓，像一滴滴在纸上的油污。那躲在工厂高墙背后的田野，终于向我袒露出宽阔的胸襟。初冬的田野，枯黄色是主色调，黄的草，黄的土，间或有淡墨色的痕迹，那是调皮的孩童放野火的结果。我拖着清鼻涕放野火的时候，村里的房屋还都是土坯房，现在绝大多数是砖瓦到顶的了，有的还是二层小楼。就算是有土坯房也是废弃不住的，坍塌的断壁残垣掩映在高高的水泥围墙的阴影下。经济的迅猛发展，把掩藏在人类身体里私欲的猛兽彻底释放出来，冰冷的围墙，切断了祖祖辈辈生于斯老于斯的父老乡亲的血脉。爷们儿亲，辈辈亲，打断骨头连着筋。这是当我们把桌椅在那间土坯房里摆放好以后，父亲对二叔说的一句话。而今回想起来，是那样的遥远。

我们的车终于在一家矮且老旧的土坯房门前停下来，迎出门来的，是一位老大娘。她头上戴着用黄色的方围巾打的包头，上身穿着一件黑底白花的棉坎肩，胳膊上带着深蓝色洗得发白的套袖。这样打扮的老人在农村是很常见的，她们带着从父辈农耕时代那里遗留来的认知习惯走进网络信息时代，日新月异的变化让他们眼花缭乱无所适从，她们只能通过简单的体力劳动，换一点钱来维持生活。走到她近前的时候，我分明地看到她眼里闪着晶莹的泪光。猛然间，这泪光刺痛了我的心，揭去刚刚还蒙在我心里的一层沾沾自喜的施舍者虚荣。带队的人介绍说这是宋大娘，也就是我们救助的对象，今年 70 多岁了。我慌忙抢前一步，拉住老人的手，老人的手很粗糙，皮肤像晒干的枣子。老人看到我们，红着眼圈，嘴里喃喃地说：“你看看，你们还都想着我，你看看，你们还都想着我。”翻过来调过去，都是这一句。这个我能理解，憨厚朴实的农村人，是没有那么多华美的词句的。带队的人在路上就介绍了宋大娘家的情况，她早年丧夫，和一个生活不能自理的患了精神病的儿子相依为命。在农村，虽说现在耕种都用农机，但是有些农活还是需要男劳力，比如说给庄稼地灌溉，比如说爬屋上房修修补补。换做先前，那就更加困难。作为一个传统的农业大国，重男轻女的观念是有现实依据的。

宋大娘把我们让进屋里。我环顾一下，不能说家徒四壁，但屋里确实没有几件像样的家具，这不由得让我想起二叔刚成家时候的场景。可就在迎门的正墙上，赫然高挂着一张毛主席画像。我们把带去的油、面，衣服放下，外面的几位朋友把煤卸下来，老人忙着沏茶倒水，确乎是不多，但对于一个农村家庭来说，这足以带给他们一个冬天的温暖，或许老人还有很多很多的困难，起码我们帮她解决了其中的一个，让她能在寒夜里多安眠一点时间。就像父亲送给二叔的桌椅，从某种意义上说，它成全了二叔一个家，支撑起一个生命，最起码的一份做人的尊严。

离开宋大娘家，我们已经走出很远了，老人还站在门口目送我们。我的眼前又浮现出她热泪盈眶的样子。一份细小的关爱，便如同一棵看似羸弱的小草，它会把根深深地扎进厚厚的土地。等春风吹来的时候，它会用自己的生命装点春天。我想，母亲目送邻居大娘的时候，泪水也一定打湿了那个养育了姐姐的布口袋。

回来的时候已是正午，车窗外，雾气已经散去，墨绿色的麦苗在明媚的冬日暖阳的拥抱下，正在随风起舞。

相对生命的长河，能使爱的暖流奔涌而出的决堤时刻终归是凤毛麟角少之又少，我们更多的是在一个个普通的日子里，在柴米油盐吃喝拉撒这些琐事中缓缓前行。并且，日间和我们接触的人更多的是和我们没有血脉关系的人，更多的是朋友、同事。去滨州里则小吴家村送爱心煤这件事已经过去了很久，可我依然清晰地记得宋大娘的样子，尤其是她那双热泪盈眶的眼睛。

在后来的日子里，我始终对那浓雾和阳光念念不忘，我慢慢感觉到那阳光，竟然治愈了我思想深处很多痈疽疔疖，使之平整光洁。

本文 2019 年 3 月 26 日发表于《中国青年作家报》)

迷津渡

雾失楼台，月迷津渡，桃源望断无寻处。

——秦观《踏莎行》

连我自己都不相信，我竟然会迷失在回老家的路上。

我已经有一段时间没有回老家看看父母了，一来是回去的路正在翻修，车辆无法通行，二来是事情比较多，乌乌压压的一堆，压得我几乎透不过气来，下班回来昏头涨脑的，懒得动，整天稀里糊涂地忙，也不知道究竟忙了些啥。昨天，母亲打电话对我说路修好了，思量再三，还是决定回老家看看。

车子在新修的平坦宽敞的柏油马路上向前飞，两旁新栽植的绿化树噌噌地向后倒，我的心情也和这路一样，敞亮。就在半年前，这条路还是坑坑洼洼的麻子脸，一路连环坑，“躲得了初一躲不了十五”，走在上面，如同坐轿。晴天一身土，雨天一身泥，纵横交错的深深的车辙，好像一个饱经沧桑的老人脸上的皱纹。而现在，旧貌换新颜，让人心情不好都不行，平日里积压在心头的那团挥之不去的乌云也烟消云散了。空气里氤氲着一股沥青的味道，闻起来感觉是那样的甜美。

我开着开着，感觉有些不对劲，我怎么没有看到老槐树呢？我怎么看不到村口，找不到家了呢？我的村口应该有一条小河，小河边是苇塘，苇塘对面是一棵高大的古槐，古槐下有一盘石磨，石磨旁有一群人，那是我熟识的一群人，是我的父老乡亲。原先每次回来，远远地就能看到那棵古槐，看到古槐，心里也就踏实，鼻子也就仿佛闻到老家厨房里传出的饭菜的香味了。不管过去骑自行车、摩托车，还是现在开汽车，走到那儿，我都会停下，和古槐下的那群人打招呼。而现在，我怎么找不到了呢？

我停了车，站在路边仔细地审视着远远近近静卧的几个村庄，看了一会儿，我感觉后面那个村子应该就是，可是回家的路在哪儿呢？我慢慢地把车倒回去，终于在路边找到一条小路，相对于宽阔的新修的马路，这条小路就像是在绿化带上轻轻撕了一个缝儿。小路连接着不远处的村庄，那真的是我的村庄吗？半信半疑的我又给母亲打了电话确认，母亲在电话里说，这确是我的村庄。我下了车，站在这个缝隙处，看着周围陌生的景物，一个大大的感叹号在我心里猛地抖动了一下，震荡起心底那过往的记忆碎片，循着记忆，我才得以还原先前村口的样子。

老槐树应该就在这路的中间位置吧。那是一棵干瘦干瘦的树，树身子有一搂多粗，下半身的树皮都脱落了。身子虽然是中空的，可枝头上仍然倔强地顶着几乎能数的清的几片青翠的叶子，就像一个风烛残年的老人一样，用尽最后一丝气力，也要守护着家门。每次回家看到它，总会触动我心底的一块柔软的角落，它身上每一条纹理都有一段温软的记忆。大概从这个村庄一开始，这棵树就站在这里了吧。

村庄坐落于此究竟有多少年了，我不知道，树下的老人曾告诉我说，祖辈是明朝时从山西洪洞被官府硬逼着迁过来的。我曾努力地去想象那个时刻的场景，一家人，或者是几家人，一步一回头地离开自己的故土。不知道走了多久，男人、女人、孩子，衣衫褴褛，步履蹒跚，最后，在这块土地上停下了脚步。搭起窝棚，点起炊烟，用自己的双手和勤劳开始在这片土地上刨食，村庄也便在此开始扎下根来。一代代，一辈辈，寒暑交替间，风霜雨雪下，简陋的窝棚变成现在的楼房，其间，又当有多少酸甜苦辣，有多少悲欢离合呢？

悲也好，喜也好，辛劳是村庄的主旋律。日出而作，日落而息，村口是聚散依依的节点。清晨，高亢的鸡鸣在原野上回荡，土地和村庄一同醒来，伸一伸懒腰，井边的辘轳吱吱呀呀是关节松动的响声。打一个哈欠，原野上笼着一层白色的薄雾是呼吸的气息。乡亲们三三两两地从村口出来，驱着牛车，荷着犁铧。犁铧在汗水中航行，种子在期许的目光里撒下，布满老茧的手轻轻触碰着稚嫩的幼苗，心中点燃一团丰收的火焰。日之夕矣，从地里归来的乡亲矮了半截，那是因为自己把身体里的水拧出来，浇灌了多情的土地。夜风习习，吃过晚饭，拿着板凳，扇着蒲扇，又聚集在老槐树下，石磨旁，那一闪一闪的亮点，是点燃的一袋袋旱烟。歇一歇疲惫的筋骨，说一说“将有事于西畴”。夜深了，人散了，星空下，只剩下夜风和着村边的小河潺潺的水声独自起舞，无言的石磨是忠实的观众。

那一盘石磨只剩下一个磨盘了，上面的碾子不见了踪影。我依稀记得第一次认识石磨是很小的时候母亲曾带我到过这里来碾过面的，母亲推动着笨重的碾子，粮食粒子在被碾子碾过的时候，发出咯吱咯吱的响声。后来村里接来了电，有了电磨，石磨也就退休享清福了。

这条小河真正意义上应该是一条引黄渠，依据庄稼不同时期的需求，按时放水。放水时，是汹涌的浊流，平日里，流淌的水是清澈的，水里游动的鱼清晰可见。父亲第一次打我，也是在这河边。那是上小学三年级时的一个夏日，逃了课，我们几个不知天高地厚的小子偷偷来到河边。正值河里放水，面对滚滚的流水，我们“勇敢”跃身而入，纵情嬉戏，直到父亲严厉的吼声在岸边响起，战战兢兢地光着屁股站在父亲身旁，父亲的大巴掌“亲切”并反复问候了我的屁股。父亲一边打还一边说：“我再让你狗踢蹬，我再让你狗踢蹬。”俗话说：吃得苦中苦，才得甜上甜。看来这句话倒过来说也有一定的道理。虽说是引黄渠，可是直到现在我依然固执地称它为河，因为不单单是小时候，直到现在，它依然是我的乐园。周末闲暇，或是小河旁，或是苇塘边，支上钓竿，慢慢静了心神，远望是广袤的原野，俯首是平静的水面，一身的疲惫混入漫天飘飞的芦花里，消散于拂袖而过的故乡的风里。

苇塘是我儿时的后花园，每一根芦苇在我眼里都是心爱的玩具。苇叶不但可以折成小船，还可以卷成口哨。苇秆既可以折成手枪，也可以在秆头放上嚼过的面团去粘知了。当然，最惬意的是在苇塘里面压倒芦苇做出一张小床来，躺在上面，抬头是蓝蓝的天空，周围是厚厚芦苇的屏障，这一方天地都是我自己的，可以自由地想，可以自由地说。这一切都在凉凉的秋风里结束，芦苇在锋利的镰刀下躺下来，长得粗壮高大的被尼龙绳编制成苇板上了房顶，矮小纤细的用铡刀切了，压在墙下做了碱脚（农村盖房为了防止墙体受潮腐蚀而做的一种防护措施）。多少年后，那些被压在高大沉重的墙体下的纤细的芦苇被翻拆出来，即便是苇叶发霉变黑，苇秆依然坚韧如初，正如我一辈辈的父老乡亲骨子里那股劲儿一样。

黄河水浇灌了庄稼，养育了扎根于此的一辈辈人。寒来暑往，庄稼收了又种，种了又收，顽童长成小伙子，小丫头长成大姑娘。男大当婚，女大当嫁，村口响起喜庆的锣鼓。东村的铁蛋娶了西村的花枝，南村的翠叶嫁了北村的狗剩。不知不觉间，秋去春来，一声婴儿嘹亮的啼哭在村口传出来，又一辈新的生命开始悄悄主宰这块土地。一辈辈的这样积淀下来，三里村五里庄的，不是亲戚也是老乡了。燕子去了又来，树叶黄了又绿，“也傍桑阴学种瓜”的小毛头长成小伙子，小伙子变成发脱齿落的老头子，“巧笑东邻女伴”变成耳聋眼花的老太太。终于有一天，哀伤的唢呐在村口响起，一个曾经鲜活的生命就这样走出村口，在飞扬的纸灰中，投进这片土地的怀抱，化作其中的一部分。多少年后，我也会归来，那声声唢呐，也会在以后的某一天为我奏响。有离开，就有归来。

年轻的翅膀是要搏击更宽阔的天空的，到城里上中学，第一次离开生我养我的村庄，我没有回头，我的眼睛盯着的是远处高楼林立的城市，那里有宽阔的马路，有琳琅满目的橱窗，我曾经发誓，再也不会回到这个土得掉渣的村庄。然而我错了。在一个雪花飘飞的冬日，我踏着厚厚的积雪，冒着凛冽的寒风，带着一身的委屈回来了。远远的，就看到村口老槐树下的石磨旁有一个黑点，走近了，果然是我的母亲，当我把冻僵的手放在母亲温暖的怀里，再也抑制不住的泪水肆意地混在雪花里飞扬。而现在，当在我迷失在故乡的时候，不远处老家里的母亲应该早已做好热腾腾的饭菜了吧，故乡对归来的孩子永远都敞开着家门。

母亲老了，我的村庄却一天天地年轻起来，一排排新房子拔地而起。新的村委会，新的活动中心，新的健身器材，农民也开始有了城市的生活方式。进出村口的牛车已经不多见了，取而代之的是大型的农机具。原先干农活，最怕的是麦收，不要说一镰刀一镰刀地割麦子，一车一车地用牛车往回拉麦子。也不要说一桶水一桶水地泼场（原先老家收麦子之前，找一块空地，用犁耕起来，然后用水泼湿，再用碌碡压实。用水需要到河里去用水桶挑水，一桶水只能泼湿屁股大的一块地方，十几个人，每个都要来回挑几十担水，累死人）。更不要说牵着牲口拉着碌碡在骄阳下一圈一圈地碾场。只要一场雨过来，一年的口粮说不定就要泡汤。所以老家也有一句话形容急切的，叫作火上房，麦上场。而现在，只要拿着粮食口袋在地头儿上等着就可以了，在大型联合收割机的轰鸣声里，不消半个时辰，粮食收了。地里的活儿少了，可把勤劳已经养成习惯的母亲是闲不住的，老家的犄角旮旯都种上了东西。菜多了吃不了，母亲就东家西家地送，我们姐弟几个每次回来，临走时，必定大包小包的，都是纯绿色无污染的菜。当然，母亲顺便也啰里啰唆地捎带上几乎几十年不变的嘱咐的话，什么少喝酒啦，什么照看好孩子啦，什么好好工作啦。此刻，我站在这个新的村口，忽然觉得那些嘱咐也正如同生活在这片土地上的人，如同这土地上生长的庄稼一样，没有华美的外表，但亲切、实在，更为重要的是——养人。

老槐树没有了，石磨没有了，苇塘也只剩下可怜的一角，老家变了，变得更新，变得更美了。我要做的，是用我的眼睛捕捉住这点点滴滴新变化的信息。我要重新梳理老家在我大脑里的印迹，以便在这个纷繁变化的时节，我再次回来的时候，能找到回家的路，能找到我根系所在的这片土地。

本文2013年4月发表于《滨州工人》第4期

闲走乡路听年声

乡路如折尺，年三十儿的下午，我走在故乡的乡路上，用脚丈量着这以年为单位的时光末尾。

乡路两侧，一边是村庄，一边是田野。此时的村庄里，零零落落地传来鞭炮的炸响声，那响声是集结号，以村庄为圆心，震颤的声波荡漾开去，通知大平原上每一个人年的到来。于是路上的行人都行色匆匆，在路的尽头，在那个和自己有着相同频段的声源，有热腾腾的酒菜，有刚出锅的饺子，有温暖的炉火和笑容。相比喧闹的村庄，田野是静默的。午后温煦的阳光，抚摸着大大小小斑斑驳驳的残雪，只有风，扯动着枯草的断茎孤独地起舞，裙裾翩翩，簌簌作响。远处，升腾起灰色的烟尘。哦，是野火。我仿佛看到一群拖着清鼻涕、放学回家的孩童，围着火焰开心地说着笑着，那孩童里有一个童年的我。不料想，就好像那样一愣神的工夫，我便两鬓斑白了，在一声悠长的叹息中，听火焰噼噼啪啪的歌声。这歌声不知道重复了多少年，又有多少个生命在这歌声中实现了涅槃，只等不远的春风来叩响轮回的门环。

越冬的小麦也默默地等着。它把虎口长短的身子趴伏在大地母亲的怀里酣眠，墨绿色的枝丫间拥裹着白色的雪被，静等着春风来唤醒。还有没有打理的棉田，把温暖的棉絮奉献出来，只留下棉花秸秆瑟缩着枯瘦的身子。忽然想起母亲给我讲的，关于棉花的一个不成文的乡规：在鲁北平原上，过了霜降，就可以“栾”棉花桃子，也就是可以任意采摘大地上任意一棵棉花秸秆，不管是剩余的、残存的，还是遗漏的。因为穷人也要过冬。母亲说她就“栾”过，一天跑下来，机会好的时候，能有小半兜干瘪的黑褐色的棉花桃子，回家来用棍子打破，然后把里面的棉絮剥出来。想着年轻的母亲在田野上留下的脚印，想着昏黄的油灯下从母亲手里剥下的棉絮。我的心猛然酸楚起来。那时候的风，也应该比如今冷一些吧？我想。

啪啪的鞭炮声在田野上炸开，那是上坟的人点响的。大平原上的风俗，年三十儿下午给逝去的先人上一次坟，烧一叠黄表纸；大年初一早上吃过饺子，再来上一次，再烧一叠。都要放鞭炮，区别是，初一的时候要在坟头用土坷垃压上一张黄表纸，用来证明这个坟头里的住户还有后人。就像村里很多搬走闲置的空院落，过年的时候都要贴上红红的新春联。只是，村庄在这里用另一种形式呈现出来。大平原上的生灵，生，落生在土炕上；长，长大在土屋里；活，过活在土地上；死呢，埋在土坟下。难怪说土生土长呢。一声高亢的婴儿的啼哭声，宣告到来；儿孙们一串号哭声里，宣告谢幕。这一来一去，叫一世，就像平原上的草木，一荣一枯，算一年。

上坟的鞭炮响过后，夕阳也好像是累了，蹲坐在西边人家的屋顶上，看着袅袅而起的炊烟。四下里静极了，少了行人的乡路忽然宽阔了很多，早早点亮的路灯，在暮霭中温习着落寞。此刻，每一家的堂屋中，定然摆下丰盛的宴席，伴着电视中热闹的春晚，人们把杯中斟满的幸福喜悦一饮而尽。等待新年钟声一响，璀璨的烟花便开遍这华夏神州的大地。红日西坠，天上的星斗隐隐地在深蓝的夜空中闪亮，偶尔有几声狗的叫声从悠长的胡同里传出来，仿似也醉了酒一样，醺醺的。

农谚有云：五九六九，隔河看柳，春打六九头。天地间，仿似有一个巨大无比的碾砣在大地上周而复始地碾过，单位是年。轰隆轰隆，冬天走了，轰隆轰隆，春天来了。一茬茬庄稼，一代代生灵，黄了又绿，走了又来。在这大平原上，上演着一幕幕爱恨情仇、一幕幕悲欢离合。

正想着，一抬头，到家门口了。

本文2017年2月14日发表于《滨州日报》

梦醉槐香

清灵灵的一湖碧水，如一线微启的明眸，看着两岸密匝匝的香花槐，看着高新区的土地，看着道旭引黄渠滚滚南去的黄河水，看着鲁北平原上这一方蓝莹莹的天。

九曲回环的黄河，应是为了赴一场跟鲁北平原的相会，翻山越岭蜿蜒千里，慷慨赴约。有了水，平原的土地就有了灵气，有了水，土地上的生命也就有了滋养，滨州小营大米的香气也就氤氤氲氲地在全国各地弥散开去。我想，一定是落花有情，怎奈流水无意，任凭柔肠百转，可怜挽留的泪眼婆娑，河水依旧默然东去，这一段难舍的情思，凝成这一湾微波款款的龙江湖。

我是在一个暮春的日子，有幸一睹这惊世回眸的。

出滨州市区，车子南行拐下老黄河大桥向西，沿黄河南岸，驶过道旭引黄闸，一条宽敞平坦的南北向马路豁豁亮亮地向我张开了双臂，这便是高十路。沿高十路南行不到一千米，路东是龙庭水库，路西便是龙江湿地。

下车在路边驻足西望，春天已在这片土地上打开，明媚的春阳下，每一块泥土都像收紧的腱子肉，鼓鼓胀胀地散发着张力。在这里，我忽然发现春天的隐喻里多了一个义项——发展；在这里，不由得让我脑际浮现出一句诗——旧貌换新颜。新铺的路径上仿佛还能闻到沥青的气味，新挖的沟渠坡上还有挖掘机巨爪的齿痕，去岁的芦苇还是顽强地在今年的春风里招招摇摇，新栽的金叶榆已经隆重地穿上了迎接宾客的盛装。我仿佛能听到这块土地上，那咿咿呀呀拔节的声响。这里不是我的故乡，而这片土地上却有着故乡的味道。设若换做同一时节的故乡，那平铺在大地上的，是绿油油的麦苗，浇地的柴油机吭噔吭噔地喘着粗气，乡亲们端着盛满化肥的脸盆，穿行在麦田里施肥。而这里，只是偶尔看见一两个给新栽苗木剪枝的人在劳作。倒是不时地有电动三轮车，嘀嘀嗒嗒地摁着喇叭在我身边飞驰而过，打断我飘飞的思绪。

转过新嫁接的柳树林，南面不远处的绿树丛中，一片玫红的光影一把揪住了我的眼睛，呀！那是香花槐吗？

那就是香花槐。胳膊粗细的树干，铆足了劲儿笔直地向上生长，玫瑰棕色的树皮光滑明净，不过，在伸展开的树枝上，可是有图钉大小的尖刺的。当然，那里也倒挂着一穗穗娇艳的槐花，宛如一串串风铃，在风里轻轻摆动。“西风恶，夕阳吹角，一阵槐花落”，那是暗自神伤的纳兰性德，我们高新区的槐花，可高兴得很呢，每一穗花上，都像是落着数十个玫红色的小蝴蝶，翩翩欲飞。每一个花瓣，又像是一个红彤彤的小嘴巴，有的在吵吵闹闹地说着，有的还羞涩地抿着嘴，大概是在哼唱古老的歌谣吧。密密匝匝的花，密密匝匝的树，汇合成一片红花绿树的海浪，在这块土地上涌起。侧耳去细听，我听见春天的风，在林间穿过。我听见孩童的笑声，那是儿时的姐姐和我。

仍记得小时候，漫长的冬天过去，吃过了白茅的嫩芽，槐花随后便开了。一穗穗悬在高高的枝头，向我招手，父亲找来长竹竿，竿头装上用铁丝弯成的钩子，姐姐梳着两个小辫，跷着脚，在树下钩。我则不然，纵身上树，骑跨在枝丫间，为所欲为。闻一闻，花香扑鼻，嚼一嚼，甜嫩可口。树下的姐姐，树上的弟弟，豁着牙，笑了。儿童是不应承担历史的沉重的，也不会去感叹人世间的悲凉，世界总会有快乐的支点。可长大又是岁月按部就班的设计，此情此景，两鬓斑白的我，不由得又想起那辛苦的日子，舌底又泛起那一丝远去的香甜。那一份记忆，便如这槐树林边的龙江湖，清澈纯净。

龙江湖，是龙江湿地上一片龙形的水域，首在西南，与宴贺台遥遥相望，尾在东北，与道旭引黄闸“藕断丝连”。它横卧在黄河南岸高新区的土地上，仿佛是从河水之中腾跃而出，稍事休整，即刻便要飞升入云一般。我在龙首的位置停了下来，回望宴贺台方向，再看看面前平静的湖水，竟陷入了沉思。

龙，是有着多项释义的。历朝历代，哪一个统治者，不自封为真龙天子呢？站立在高高的金銮殿上，俯视着脚下跪伏的亿万草民。然而，现实的残酷和对幸福的渴求，这草民们又供奉起一个个神灵。张道士在那宴贺台之上修筑的道观香炉中，袅袅燃起的烟雾，不知道带走了多少平头百姓的祈愿。祈愿富足，祈愿平安，祈愿风调雨顺，祈愿人丁兴旺。无法把控自己命运的生灵，祈盼着明君，祈盼着清官，祈盼着上苍神灵的垂怜。透过槐树林，我仿佛看见黄河大桥北岸，高高耸立的唐赛儿跃马挥剑的英姿。我仿佛又听见那振聋发聩的诗句：骑在人民头上的，人民把他摔垮。给人民做牛马的，人民永远记住他。在这龙江湖畔，有过多少风云变幻，有过多少沧海桑田？我问龙江湖水，可湖水泛着微澜，默然无语。

忽然，槐树林后一阵锣鼓声响起，打断了我的思绪，转过去一看，原来是高新区为了首届槐花节安排的戏曲节目开演了。我这才明白，为啥刚才那么多电动三轮车带着孩子大人，“蹭、蹭”地往这边跑，原来有戏看啊。

嗬，看吧！台上戏演得带劲，台下观众也看得热闹。三里村，五里庄，不是亲戚是老乡。要么是舅舅遇到外甥，要么是姑姑看见娘家侄儿，打头碰脸地低头不见抬头见，见面打声招呼，递个烟，点个火，问个平安。和着锣鼓点儿，浸在浓郁的槐香中，这又是多么温暖的一幕大戏啊！只是路面一下子窄了，南来的北往的，挨挨挤挤熙熙攘攘地，把一路全副武装的骑行车队堵在里面，急得花头巾、太阳镜包裹下的额头上冒了一层油汗。乡亲们不着急，电动三轮车方便得很呢，走不动，坐在车上等呗，反正地里也没有多少农活，反正隔着树林也能听到台上的戏词。

干了一辈子农活的父亲，曾用这样的话来评价他现在的生活。父亲说："现在的老百姓，就是到了天堂了，吃不愁，穿不愁，不干活，还领钱。"难怪这看戏的父老乡亲们个个脸上都洋溢着灿烂的笑容呢，原来是因为高新区在吃不愁穿不愁上又加了一条：有地方玩儿。想到这儿，我不由得慨然长叹。在我小的时候，农村的娱乐项目少得可怜，为了看一场电影，能跑十几里路，一村人挤在一间屋子里看一台 14 英寸的黑白电视，还扛着天线满屋顶跑。就更不要说老一辈的人的生活了。

好不容易挤出看戏的人群，一排高大的白杨树像是阅兵队伍一样，站立在槐树林身后，扑入眼帘。那是道旭引黄渠的护坡林。路旁是一片新栽的柳树，都在两米来高的位置齐刷刷地截了头去，嫁接了两个枝芽，问工作人员，回答说：嫁接了龙爪柳。这"嫁接"一词，好像在我脑间擦亮了一根火柴。引黄闸不就是"嫁接"吗？引出河水，滋润了土地，养育了百姓。新的时代，新的思路，高新区打造龙江湿地，不就是"嫁接"吗？在土地上打造出一片风景区，给这一方百姓提供一个休闲娱乐的场所。面朝黄土背朝天，辛劳了几千年的平头百姓，在这沁人心脾的槐香中，在这龙江湖畔，终于让幸福的梦想展翅高飞。

就在我出神的时候，一位老人牵着一个六七岁的孩子，在我身边走过。孩子手里拿着一根竹签，竹签上插着一根油光锃亮的烤肠。老人正在教孩子唱诵一首童谣：土楼子酸，上南关。老人口中的“土楼子酸”（学名：酸模叶蓼），我不陌生，小时候，我就当零食吃过。像什么茅针、茅根啦，什么“青饽饽”（学名：苘麻）啦，什么山茄（学名：龙葵果）啦，都吃。忽然我有一种冲动，我在路边的草丛里蹲下身子寻找，果然找到几棵土楼子酸。我轻轻拔了一棵，放在手里端详了一会儿。那柳树叶子一样的形状，那叶子中心的黑斑，仿佛每一道叶脉，都能找寻出儿时的一段记忆。我放在嘴里嚼了一下，又酸又涩。

关于土楼子酸，那是一段多么困苦的时日啊！只愿我们的高新区，愿我们的祖国，越来越富足，越来越强大。我想，当那远去的孩童老了的时候，儿时记忆中，应该有一湾清澈的湖水，有一缕芬芳的槐香吧，永远取代我那酸涩的土楼子酸。

不由自主地，我轻轻哼唱起老人教唱的儿歌。

土楼子酸，上南关。

南关到，吹洋号。

洋号响，打老蒋。

老蒋派兵来站岗。

站岗的，没留心。

打那边来了八路军。

八路军，挎盒子。

专打日本的洋骡子。

……

本文 2018 年入选《2018 滨州文学作品选》

秦皇河畔秋意浓

这是一湾多么平静的水啊！我站在秦皇河廊桥上，一声发自肺腑的感叹油然而生。

但只见，明媚的秋阳下，银白色的河面，从我眼前身后，一直向南北延伸开去。飒飒的秋风，柔柔地在我身边拂过，而我眼前的水面，却好似没有一丝涟漪，就那样镜面一样，映照着天上的白云、身边的芦苇和菖蒲。偶尔，有一两只野鸭迅疾地掠过，把身影隐在芦苇丛中，不一会儿，飘飘摇摇地游出，身后跟着三五只小鸭。我想，水神共工若见此情此景，定然是“怒从心头起，恶向胆边生”的吧？想当年，上古之时，“怒触不周山”，“天柱折”，何等蛮横；“地维绝”，何等狂妄。而今，当年纵横恣肆之水，竟然如此安详，难不成，真的“萧瑟秋风今又是，换了人间”？而此时，天地无语，秋风正浩浩荡荡地从大地上踏过，秋，正蓬蓬勃勃地舒展着雍容的台步，闪亮登场。

这一湾水，源头来自秦皇河南端的张肖堂引黄渠口，原是一条引黄干渠，经过近十年的修建，如今已经成了省内驰名的开放性公园。这水，原是黄河之水。滔滔黄河，腾跃晋豫峡谷，东出桃花峪，举目远眺，是一马平川的华北平原。黄河行至滨州地界，水势趋缓，河面开阔，越发雍容。她耳边仿佛已听闻渤海的阵阵涛声。她翻山越岭，九曲十八弯，来到滨州这一方土地，似乎，冥冥中早有安排。河水曾是两岸生灵的救命之水。遥想50年前，这片土地上翻身当家做主的人们，肩扛手抬，修建了张肖堂引黄渠，自此，滚滚东去的浊流，由渠口涓涓北流，滋润了焦渴的土地。“春种一粒粟，秋收万颗子”，河水绽放了农人的笑颜。河水养活人多矣，多得如河畔的芦苇，数也数不过来。

我一直认为，在《诗经》中被称为“蒹葭”的芦苇，是最能代表生活在这片土地上我的父辈们的品质，他们坚韧、勤劳、善良，他们的骨子里有着极强的生命力。一穗穗深红色的芦花，在我眼前摇动，不多久，待“潦水尽而寒潭清，烟光凝而暮山紫”，冬风横行的时候，它们就和着雪花变白。“蒹葭苍苍”，有一场雪，一场由芦花编织而成的雪，许多年来，一直苍苍茫茫地飞扬在我的记忆深处。每当冬风渐紧之时，它便舞动起来，一朵朵，一团团，叽叽喳喳地笑着闹着，飘飞在我眼前。不知有多少次，我伸出手去，试图截存一两朵，捧在我的手心，让那带着暖意的洁白，再次沁入我的心脾，可惜，转瞬间，便被世俗的风无情地卷走。我原以为，这场芦花雪慢慢就会停歇了，只留给我一个空荡荡、冷森森的空旷。不料想，随着年岁的叠加，这两年竟越来越密集地落了下来，一朵、两朵，一团、两团。原来，这雪一直坚守在我心底的一隅，闪着暖暖的温润的光，给我勇气，给我希望。我这才明白，芦花带给我那真正的温暖，再大的风也带不走，因为它已融入我的血脉之中，它伴我走过生命的每一个脚印，从相识，到相知，到相依。

芦苇，她精灵一般，在秦皇河畔扎下根来，在尘世的喧嚣声中，独守着自己一份坚守，筛风摇月，淡然平实。它用瘦瘦的筋骨，把农人身体内铁一般坚韧的血脉凝结，将底层百姓的愁苦和宁静，结成亘古的一幅大写意的水墨画，感动了岁月，沉默了历史。在底层卑微地活着的生灵，没有浪费的权利。正如农人那艰辛的日子，“节俭”两个字近乎残酷地刻进他们的骨骼。不单单是吃穿住用的物事缝缝补补用了再用，就连孩子也负载着超龄的活计。

而今，那些在土里泥里苦熬苦业的农人，正在静美的秦皇河公园里，闲适地享受着生命的和谐。

就在距离廊桥不远的南端，还有一处藕塘，夏日时节，我曾去过，正是“映日荷花别样红”，当我真的到了跟前，却是“菡萏香销翠叶残”。秋日的荷叶已不再是翠绿，而是墨绿，荷花已谢，只留下一枝枝莲蓬点缀在一团团荷叶之间，换做过去，这是不可能的，早已被附近的村民采摘一空，而如今，却不再有人光顾。“山有扶苏，隰与荷华”，这是《诗经》中关于荷花的诗句，其实，荷花的历史要远得多得多。20 世纪 70 年代，考古学家在新疆的柴达木盆地发现了一千万年前荷叶的化石。而据科学家研究，原始人类出现不久，就在池塘沼泽中发现了可以食用的莲子和莲藕，荷花也就成了人类生存下去的助力者。当人类的祖先在大地上行走的时候，看到了荷花，便看到了生的希望。

我摘了一枝莲蓬，离开藕塘，漫步在秦皇河公园的甬道上，一种极大的感动在我身体里不可抑制地升腾起来。

我想，我手里的莲蓬，也应该记得这片土地，这秦皇河的变迁，记得不知经历了几朝几代黄了又青、青了又黄，却仍在池塘的水面上，在四季的风雨中，摇曳出一派婀娜的城市中已罕见的荷花和莲蓬。想一想，在有人之前，河水在流淌，一直流淌到没有了人之后。

河水从遥远的高原赶来，是和莲蓬做一次邀约吗？河水也许承载了千万里的思念，无言，是对坎坷艰险的咀嚼和筛选。藕塘把一个季节的美都奉献出来，等待，等待一份美随河水远去，一份美，凝成我手中的莲蓬。也许，河水并没有远走，莲蓬也并未枯萎，只是时间雕琢了河畔亿万生灵的皱纹，在一声怅然若失的叹息声里，“无边落木萧萧下”。

行至秦皇河公园南端是滨州南海水库。在一排杨树林中，如同我们前世有约一样，一枚黄叶飘落在我的肩头。我知道，积聚力量的冬要来了，我盼望着它身后的春，盼望着秦皇河郁金香节的再次召开。那时，四面八方的人们又能把欢声笑语洒满这里的每一根花花草草。

本文 2020 年 12 月 3 日发表于《滨州日报》

在北宋，请放慢你的脚步

在东营市利津县北宋镇，离开车水马龙嘈杂吵闹的220国道往南，大巴车一头便扎进初秋的田野里。温煦的阳光，整齐的村庄，成熟的庄稼，还有从车窗外扑面而来的清爽的风，这一切都让我感到亲切而又激动。等车子一爬上黄河大坝，视野豁然大开。登高远眺，一条巨龙般的堤坝蜿蜒在广袤的鲁北大平原上，在这里，古老的河流和大地，与崭新的马路和庄稼，在亘古不变的飒爽秋风中，形成了和谐的统一。置身于这如洗的碧空之下，眼见绿意滂沱金风浩荡长河逶迤，忽地，我的思绪飘飞起来，思接千载视通万里，我仿似看见那一辈辈生灵，在这片土地上生老病死，我看见他们上演着一幕幕爱恨情仇悲欢离合，生于斯，老于斯，一代代，一茬茬，如这川流不息的河水，如这秋收冬藏的庄稼。那虚空中巨大的历史的车轮，缓慢而又沉重。

可是，长时间以来，有个疑问在我的心底淤积成洲，那便是：到底是我慢了，还是这世界变快了呢？

好像昨天，还宽得跟河面似的十车道大马路，今天就被车堵得满满的了；前脚刚刚学会摆弄的锃光瓦亮的新手机，一转眼，卡得你直想摔在地上，再踏上一只脚；只要你敢上街，陌生的，崭新的，乌泱乌泱的大广告、小广告，塞得满满一包，就算回家，门前开锁、换气、家具、装修、妇婴……一长串追着，死缠烂打；坐沙发上看一看微信朋友圈咋样呢？不看不要紧，一打开，各种新鲜出炉的讯息，噌噌地塞满你的眼睛，“主力军”是养生方面的，什么什么不能吃，什么什么有污染，什么什么造假……最后，吓得你连自己下咽的唾沫都怀疑了。各种各样新的物件、新的理念，如同一根根凌厉的鞭子，驱赶着人们一路往前奔去。

幸好，这天，在北宋镇佟家村，在一片幽静的绿色里，得以让自己气喘吁吁的心，透了口气。在这里，世界好像一下子慢了下来。这里没有绚丽的霓虹灯，也没有嘈杂的汽车喇叭。

你看，红了一半的枣儿在高高的枝头上，轻轻摇动；墨绿色的玉米地，在宽宽的滩区里铺开，一棵棵玉米，腰里别着牛角大小的棒子，挺头树脑地骄傲着；丝瓜细长的藤蔓在篱笆墙上肆意地延伸，巴掌大小黄色的花儿，吹着喇叭。那是谁家，门口五颜六色的蜀葵花正好看呢！蜀葵是啥？就是咱老家的光光花儿啊。你听，那广阔的河面上吹来的风，在村子里拂过，不知名的小虫，在路边的草丛里说着悄悄话儿。这熟悉而又亲切的场景和感觉，令我不由自主地展开双臂，深深地呼吸一下，这富含负氧离子的空气，清爽的气流，好像要把浑身的污浊荡涤干净。

这些景象，对于一个从农村走出来的孩子，是那样熟悉，又是那样陌生，好像见到一位长大的发小，眉宇间，依稀仿佛，可又确然不是先前的样子了。

倘使在儿时，白露时节的农村，在如海的玉米地的高树上，早就用木棍草苫子做了看庄稼用的窝棚。在饥饿的驱使下，面对成熟的粮食，人们的底线就像那河边低矮的堤坝，稍微大一点儿的河水，就令之岌岌可危摇摇欲坠。就连挂满半红的枣儿的树下，也坐了发白牙缺的老人，拄着拐棍坐着马扎，驱赶躲在墙角后面伺机偷枣的顽童。你可要知道，那枣儿红透后，用竹竿打下来，晒干了，是要背到集市上换钱的。那时，就连草也几乎没有立足之地的，只要能耕种的地方，哪怕是巴掌大，也被利用起来，墙根下点几棵倭瓜，沟坡上种一小片黄豆。路边的野草也没有现如今这样的嚣张，它们早早地被处理了，要么是锋利的镰刀，要么是牲畜的牙齿。在那个物质极度匮乏的年月，一根草也有一根草的用处。

忽想起在五庄控导工程边，遇到一位在浮桥边汲水种白菜的老人，谈起1955年决口的事情。老人回忆，那时候他七八岁，清楚地记得是正月初六，他村里因为决口，死了十好几口子人。据说，解放军乘着船来救人，那躲到树上逃命的人被冻成了冰疙瘩。老人说："刚建国，又打了仗，国家没有那么多力量治理黄河，你看看现在，这大坝，跟铁桶似的。"老人说着，眼睛里分明地显现出深沉的神情。告别老人，我的视线，越过玉米地，望着远方隐隐约约的大坝，一种极厚重的感慨从心底涌上来。怎样活着才算是一个真正的生命呢？就在我想这个问题的时候，有一群绵羊在我身边走过，牧羊人甩动着长鞭，发出清脆的啪啪声，伴着那羊群的咩咩声，缓缓消失在无边的黄河滩区独有的绿色里。

北宋镇佟家村，是标本式的滩区村庄。用当地的俗话讲：三步一塘，五步一湾，睡在高台上，走在沟洼里。高台是滩区农民盖屋垒房用的屋基，用土堆成，三四米高，在没有机械的年月，这用几百方土才能建起的屋基，需要一家乃至一个族群的男女老幼，肩挑手抬，耗费几年的时间。为了防止高高的屋基坍塌或者被雨水冲坏，家境富裕一点儿的，用碎砖烂瓦砌一层保护层，而大部分人家，则种了枣树、槐树、杨树、柳树，用那密密匝匝的根系紧紧固定住泥土。岁月在流淌，树木的根系也在地下延展，在一个个没有知觉的日子里，一棵棵小树长成了大树，村庄也便被厚厚的绿色包裹起来。因为修筑屋基工程量巨大，所以，滩区的房子庭院一般都小。那你可能会问，干吗要那么高的屋基呢？那村民会笑着告诉你："为了防水啊，防黄河漫滩。"漫滩，那是悬在滩区农民头上的一把"达摩克利斯之剑"。汛期一到，温顺的黄河水一扭头就翻了脸，滚滚的浊流转瞬间就淹没滩区，树木只露着一个可怜的树冠，一个个村庄，变成汪洋中的孤岛，辛辛苦苦耕种的庄稼也都绝产了。你可能又会问："为什么不搬走呢？"那我会反问你："当初他们的先祖为什么要搬到这里来呢？"

当我把这个问题摆在一位在门前乘凉的老人面前的时候，他回答说："老一辈人也是为了挣口饭，为了活命啊！滩区有这么多地，一年总能收一季粮食。现在，人们舍不得搬了。国家修建了那么多水利工程，黄河被治住了，不闹了，你看，过去家家户户墙上都挂着的小船，现在差不多都没了。生活条件这么好，不光有养老钱，种地还有补助，老百姓从古到今，也没有这样的好事儿啊。这不是要把俺们佟家村建成‘大美北宋，宜居城镇’的试点吗？确实是这样，咱这里，环境好，空气好，水好，瓜果李桃啥的，绝对没有污染。别的事情咱不知道，听说城里很多人开车到乡下来买笨鸡蛋，买笨鸡，买羊，俺们村里还建了一个工作室呢。”老人就那样慢慢地说着，阳光从高大的白杨树缝隙里漏下来，照着他布满皱纹的古铜色的脸。

老人应该没有听说过这样一句话：一个人为钱犯罪，这个人有罪；一个人为了面包犯罪，这个社会有罪；一个人为了尊严犯罪，世人都有罪。和亿万普普通通的，普通得如这泥土一样，面朝黄土背朝天的，中国的穷苦百姓，是极少犯罪的，他们只会忍受，只会等待。他们跪伏在历史大路旁等待，等待神灵赐福，等待清官的公正，等待英雄，等待侠客。直等到新中国成立的那一声春雷，这片古老的东方土地才有了自己真正的主人。他们用自己的勤劳和智慧创造了一个又一个奇迹。用我母亲的话说：“这现在，就是到了天堂了。”同行的一位朋友说：“现在是农业文明消亡的时代。”听他的语气，倒是很有些惋惜。我倒要说：“我欢迎这个消亡，长江后浪推前浪，一种文明的消亡，岂不正表明另一种更新更好的文明在诞生吗？就像贾家村的蜜桃采摘节一样。”

还没有看到桃子，司机远远地停住车，说：“下车吧，前面的路是在早先乡村公路的基础上修的，都窄，过不去了。”下车的我往前走，身边的电动三轮车嘀嘀嗒嗒地响着喇叭，一路冲过去。车斗子里老的老小的小，跟赶集似的。还没有看到演出现场，早就听见强劲的音乐，我在熙熙攘攘的人群里使劲挤了一身臭汗后，才看到在一片玉米地中开辟出来的场地。各种小商铺已经把道路两旁摆满了，吃的，喝的，玩的。嗬，这边喊：“瞧一瞧看一看啦，十块钱三串儿，十块钱三串儿。”那边应：“走过路过不要错过，两块钱一件儿，两块钱一件儿。”穿行其间的，有大人搀扶着的老人，有老人牵着的孩子。孩子呢？左手拿着五颜六色的气球玩具，右手握着肉串、鱿鱼、棉花糖。老人呢？跟着孩子，拿着马扎背着书包带着水杯。你就尽情享受这份热闹吧！这场景，多么像过去老家的唱戏啊。也只能是像，那时候，只有逢年过节，穷苦的人们才能看戏，即便是后来有了电影，也要跑十几里路。文化生活是何等的匮乏啊！而现在，电视都看腻了，隔三岔五的，就有这样那样的文体活动，过去只能看屏幕上的，现在都欣赏现场表演了。

大功率的音响，对我一阵劲爆地狂轰滥炸，我没有打上三个回合，便逃进舞台东侧的蜜桃采摘园里。一个个红艳艳的桃子，足足比拳头还要大一圈，摆放在园门前的篮子里，好像不住地朝你眨着眼睛，勾引得肚子里的馋虫活蹦乱跳起来。“能吃吗？”我问桃园主人。主人答道：“不要钱，随你吃，只要不糟践，你吃多少都行。”我犹豫了一下，还是没有抵挡住馋虫的搅扰，拿了一个，沉甸甸地很有些压手，冲洗了一下，咔嚓一口。嗯——，香甜可口，果然好吃。我正在享用美味之时，迎面跑过来一个花枝招展的女孩子，待走进仔细一看，原来是女孩子她妈。只见她，红裙子绿袄子，脸上画着浓妆，手里握着一柄小花伞。桃园主人问：“演完了啊？”女孩子她妈答：“演完啦。”憨厚质朴的男子，秀丽妖娆的女子，翠绿的桃园，此情此景，多么像那句古老的诗句啊，“女曰鸡鸣，士曰昧旦。子兴视夜，明星有烂”。我问：“刚才的节目是你们演的啊？”女人答道：“是啊，排了一个多月了呢。”一边说着，女人便开始忙活起来。看她在桃林中进出，活像一只上下翻飞的花蝴蝶。

徜徉在桃林中，不由得让人感叹新型的农业给古老的农村带来的变化。那一排排浓翠欲滴的果树，那一个个肥硕鲜嫩的桃子，还有农人脸上独有的憨厚的笑容，在不远处广场舞的韵律里，是那样的祥和。

自新中国成立，尤其是改革开放以来，短短数十年的变化，是令人惊喜和应接不暇的。单单是我，从儿时吃地瓜干儿、窝头，到现在不敢吃肉，甚至为了减肥不吃晚饭，这判若云泥的落差，谁受得了啊？就像母亲不解地问：现在不干活还领钱，这叫怎么一回事儿啊？我不知道再过几十年会变成什么样子，我坚定地相信，日子会越来越好。人活着，中国人活着，就应该是这个样子，幸福且安康。

朋友，如你到利津县北宋镇，请你放慢脚步，细细品味那绿色和缓的节奏。若有可能，当择一处幽静之地，便如在佟家村看到的那样，与三两个老友，在树荫下，瘪着嘴，慢慢细数着过往的日子，老去。

本文2017年12月发表于《当代散文》

蒹　葭

蒹葭苍苍，白露为霜。所谓伊人，在水一方。

（蒹葭者，芦苇也，飘零之物，随风而荡，却止于其根，若飘若止，若有若无。思绪无限，恍惚飘摇，而牵挂于根。根者，情也。相思莫不如是）

第一次认识芦花，正是朔风浩荡之时，芦花飞雪。那时的我，八九岁的年纪，我们在故乡的原野上脱土坯，我，父亲，母亲。

贫苦的日子把父母死死地捆在辛劳的“战车”上，车轮碾压过的日子里，留下深深的两道车辙，一道盛满汗水，一道装满愁思。父母像瓦砾中的葎草，但凡有一丝光亮，都会蜿蜒扭曲着身子去探寻。我曾好奇地翻开断砖瓦片来看，我惊奇地发现葎草隐在黑暗中的身躯是嫩黄的，而曝于阳光下的父母，肌肤是黝黑的。我不知道，要经受阳光多少暴晒，要榨出多少汗水，才能显露得出来那样浓重的颜色。葎草的身躯和芦苇一样，都有一样的关节，都有深埋地下的白色细密的根系。它们不会放弃一丝阳光，也绝不会漏掉一滴水。在底层卑微地活着的生灵，没有浪费的权利。正如农人那艰辛的日子，“节俭”两个字近乎残酷地刻进他们的骨骼。不单单是吃穿住用的物事缝缝补补用了再用，就连孩子也负载着超龄的活计。就像我正在做的，用手抓住小指粗细的麻绳，拎着装泥的兜子，脱土坯。

时节已经是深秋，衰草连天，蒹葭苍苍。农历十月的鲁北平原，紧锣密鼓的几乎拧成死疙瘩的农活，终于在此刻把农人的脖颈松开一点缝隙，使得我们可以透一透气，忙一点自己的事儿。高大密集的玉米丛林已经从大地上清除干净，仿似一转脸的工夫，换成虎口长短的青翠的麦苗。葳蕤了整个夏天的白杨树在风中哗啦哗啦扇动着巴掌大的树叶，那是演出结束前的掌声。远远的，土黄色低矮的村庄用习惯的姿势趴卧在那里，村边偌大的苇塘里正在上演一场大联欢，芦苇是一个个身着暗绿色长裙、褐红色头巾的舞者，成群成群的麻雀叽叽喳喳地讨论着它们的舞姿，或者是在预测什么时间第一场冬霜撒落，给一根根芦苇换成枯黄色裙裾、白色头巾。然而，热闹是它们的，我却要暗自咬紧牙关，抵御着麻绳勒进肌肤的痛楚。

我看着麻绳在我手掌上留下的，红色豆虫形状的印痕，随着心脏的跳动，它好像也蠕动着，一口一口地噬咬我的神经，试探我能承受的痛楚底线。我紧皱着眉头，看到父亲母亲也是紧皱着眉头。父亲赤着脚，把倒进四开纸大小的长方形木模里的泥三两脚踩实，再用灰板抹平，提起木模，一个湿漉漉的土坯就做成了，只待阳光把它晒干。泥是父亲早和好的，我只负责和母亲提着布兜的麻绳带子运送。母亲注意到我对手的观察，于是找来一根木棍，把提改为抬，并且把装泥的兜子往自己手边挪了又挪。母爱在一根木棍上教会我牛顿的杠杆原理。满满当当一上午的时间，一堆泥在我们手中，变成一块块齐齐整整的土坯，规规矩矩地排列在大地上。慷慨的大地在绚丽的秋阳下，袒露着广阔的胸襟。等过了年，春暖花开后，这片大地上的一块土就会换一种土坯的姿势站立起来，变成为我们遮风避雨的房子。

“你们歇会儿吧，我去担两担水，要不，泥就坨住了。”父亲说。

碧空如洗，北雁南飞。我和母亲席地而坐，母亲清理脚趾间半干的泥块，我的注意力则被一只蚂蚁急急忙忙爬行的脚步固定住。蚂蚁细长的腿在大地上快速地挪动着，快得几乎看不清，只有它偶尔停下来寻找方向的时候，才留给我一个整体的印象。而那停顿极其短暂，一眨眼，它又飞快地奔跑起来，好像有一根无形的鞭子在它身后驱赶着一样。

担水回来的父亲带回一根芦苇，父亲用手清除了上面暗绿色的叶子，三折两折，一支芦苇做的驳壳枪便放到我手中。霎时，刚刚还蒙在我心头的痛楚乌云被这支驳壳枪一挥而走，这极简单的玩具带给我极大的欢乐。伴着我口中发出的啪啪声，我瞄着地上奔跑的蚂蚁一阵乱射，打得蚂蚁四散奔逃。我笑了，母亲也笑了。“娘，看，飞机拉线。”我把枪口指向远处的天际，在那里，天幕上，一架蚂蚁大小的飞机拖着一长截白色的丝线笔直地划过。我高声地唱起来：“飞机飞机你下来，我和日本打仗去，他使枪，我使炮，打得鬼子嗷嗷叫。”母亲又笑了，父亲也笑了。母亲也哼唱起来，而那曲调悠扬且沉重。她一边唱着，一边把剥下的苇叶折成一只只小船，每只船舱中仿佛都满满地盛着母亲洒落的音符。

季节不会忽视每一个生灵，再弱小，也会给它一份温暖，虽然那份温暖是那样的短暂和潮湿。

父亲担水的苇塘我是很熟悉的，那里是我的天堂，在那里，我是自由的、快乐的。每一根芦苇都是我知心的朋友。

春风吹来的时候，覆在苇塘水面上的坚冰悄然消释了。我脱去厚厚的冬装，虽然小手上还留有冻伤的痕迹，而温润的天地下，我飞跑的脚步是轻快的。一根根芦苇嫩芽，小小的，尖尖的，由着自己对光明的渴望，冲破厚厚的冻土，从黑暗里冒出头来。远远地望上去，碧蓝的天穹下，黄绿色的苇塘边，是生命的交响乐。我约了小伙伴，把芦苇嫩芽拔出来，你一个，我一个，放在嘴里，鼓起腮帮子用力地吹响，简单欢快的音符在广阔的天地间传开，那是顽强的生命的乐章。虽说那时候，没有电动玩具，也没有巧克力糖，而欢快的心便和这苇塘一样，充满着新生的希望。我不知道是谁最先在这片苇塘边把这大概是世界上最简单的乐器吹响的，可是我知道在我吹响的时候，那一刻，便永久地烙印在我的生命的年轮之上了，就像父亲给我编制的那支芦苇驳壳枪一样。

夏季，苇荡入海。午后的阳光拖长我的背影，要么在苇塘里寻找鸟窝里的鸟蛋，要么满脸黑黑的挂着淤泥，赤着脚，浑身湿淋淋地提着几条鱼回家领赏。有时候，也有自己的心事。一个人在苇塘深处，把芦苇整片地压倒，做出一个两三平米空闲的地方来。我躺在用芦苇做成的床上，四周用芦苇织成的厚厚的帷幔把我和世界隔离开。闭了眼，耳边传来风儿吹过苇塘的沙沙声。我感觉我的身体开始慢慢地融入这一片寂静之中了，什么都不想，整个人就像身边这清澈的水一样。上面是一片蓝蓝的天，一朵朵白云轻轻地飘过，它们从哪里来，又到哪里去呢？

“国子哦——，回家吃饭了哦——”

不知道是苇塘的蚊虫叮咬，还是母亲悠长的呼唤把我唤醒，我睁开眼才发现我被一片无边的黑暗吞噬了。我害怕极了，循着母亲的声音，我在惊慌失措中从苇塘里逃出来，回到母亲身边，母亲迎接我的仪式是重重地用巴掌问候我的屁股。我直到很多年后，才明白她为什么要打我。

然而，在脱土坯的原野上，母亲的眼中浸满着柔软，就像新缝制的棉衣。

短暂的休息融化了我手上的勒痕，又重新增加了水的泥变得柔软好使唤多了。父亲好像浑身都有使不完的气力，担来水，又把脱土坯的泥翻了一遍。

“来吧，咱下手啊。”父亲命令道。

我听父亲这句话已经不知道多少遍了，每每干活前，都这样说。种地这样说，割芦苇这样说，脱土坯也这样说。去年冬天，父母拿了雪亮的镰刀，把苇塘里的芦苇割倒，捆成一个个腰身粗细的个子，然后套了车，把芦苇拉回家。父亲把拉回家的芦苇分开，高的一堆儿，矮的一堆儿。高的用细麻绳织成苇席，盖房的时候铺在房顶上，上面用泥抹平，再铺上瓦片。短的用铡刀切得齐齐整整的，做碱脚。镰刀的利刃嚓嚓地把枯黄色的芦苇齐根斩断，随着一下下的抖动，洁白的芦花散落开来，随风飘去，粘了父亲满满一身，像一个雪人。这飘散的芦花应该不会知道自己将落于何处，每一朵芦花，应该都是一颗碎裂的离别心吧。我想，这被做成土坯的泥土，也应有此感受，因为过不了多久，它们就将换一个地方，不知要经过几世几劫才能回归到这并不遥远的故地。

土坯经过一冬天的晾晒，抽干了水分后，变得异常坚硬。在全村父老乡亲的手中，一座新房落成了。那时候的乡村，贫穷把人们紧紧地攥在一起，盖屋、垒房、娶媳妇、送老人这样的大事是要全村老老小小齐出动的。房子是土房，围墙是短木棍扎成的栅栏。用老话说：三里村五里庄，不是亲戚也是老乡。祖祖辈辈积淀下来的乡情，像芦苇隐藏于地下密密麻麻的根系，解都解不开。

30 年过去了，如今高高的塔吊挥舞着长长的巨臂，带着钢筋混凝土的部众，乌压压地向乡村压过来，矮小的土房土屋瑟缩着身子抖落残破的墙皮，露出自己土坯做的骨骼。邻居新建的二层小楼和高大的院墙隔断了炊烟的味道。村边的苇塘五六年前已被一家物流公司征占了，透明墙铁制的围栏上面，尖利的刺尖扎得人心疼。围栏边上，散落着邻居丢弃的土坯的断臂残肢，与之相伴的，是芦苇做成的碱脚。

我是亲眼见过翻修老房的时候拆下来做碱脚的芦苇的。那或绿或黄的苇叶已经霉变发黑，而苇秆依然是那样结实。这一根根生长于污泥浊水中的芦苇，这《诗经》中缱绻着绵密情思的蒹葭。上面承着高墙的重压，下面抵挡盐碱的浸渍，便如一辈辈生于斯老于斯的我的父老乡亲。他们于大千世界中是那样的渺小，他们把希望和汗水洒在这里，或许直到老去的那一天，都没有离开。

川原秋色静，芦苇晚风鸣。啊——，这飘飞的思绪里，渐渐清晰的是芦苇在风中坚强伫立的身姿，它没有青松的高大，可是它有属于自己的风骨。那漫天飘飞的芦花，幻化作父辈那刻着深深的岁月沧桑印迹的古铜色的脸。

本文2013年5月发表于《校园文化》第5期

故乡的夏夜

虽没有两三点雨，但我们回家之时，西边的天空已经点亮七八个星。东方深蓝的天幕下，一轮朗月已悄然腾身纵起。一把银辉中，牛车驮着我、父母，还有农具和一大捆青草，缓缓地行走在乡间小路上。一下午的劳作已经把我们身体里的精气神全都抽干了，连说话的气力也没有剩。我们像刚刚用过的拖把，浸着淋淋漓漓的一身汗渍，瘫软地斜靠在那一捆青草上，听着牛蹄在路面上踏击出一个个《诗经》里古老的散落的音符。抬眼处，暮色苍茫，炊烟袅袅，身后是杂草被我们擦拭一净的玉米田，远处是遥遥相望的柴扉。

下午三四点钟出门的时候，西斜的骄阳如巨魔喷火的大口，在尖利的蝉鸣摇旗呐喊中，依旧嚣张跋扈，丝毫没有收敛热力。南风汹涌，热浪浩荡而来，整个鲁北平原被置入一个巨大的蒸笼之中。大地刚经过麦收，不几日，一棵棵青翠的玉米苗便在风中招招摇摇了，还有杂草混杂其间。每个生命都在尽最大的努力用自己的方式去获取自己生存的空间。自小就跟着父母在地里摸爬滚打，知晓农人对禾苗的珍惜和对杂草的憎恶，母亲说趁热才能把锄下来的草晒死。一转念，在另一个时间环境中，命贱如蚁的农人岂不又是另一种形式的杂草呢？不知有多少明晃晃的锄刀，躲在暗处冷冷地笑。跨进家门的那一刻，我恨不能一头把酸软的身体躺倒在地上，可是不行啊，青草和农具尚需规整规整，母亲照例还要做饭，父亲则要打理牲口。想那怅然吟式微的王摩诘，定然是没有俯下身子来，感知从土里刨食的艰辛味道。

早上存在大铁盆里的凉水被太阳暴晒一天后早已温热，父母忙完手里的活儿，各自用脸盆盛水冲洗了一下，褪去一身的汗渍，疲乏的筋骨暂且恢复了几分精神。饭后，父亲提着马扎摇着蒲扇横披了衣服去打麦场乘凉去了，母亲则还要把换下的汗衣涮洗晾晒，因为明天还有新的农活等在门外。我则拿了手巾、肥皂，赶赴村口的小河。

所谓的小河是一条引黄渠，九曲黄河万里沙的河水在大地的这个角落沉淀澄清下来。我选了一个清静的地方入水，把整个人都浸泡在水里，只把脸露在水面。我喜欢这样的感觉。四下里嘈杂的声音都销匿了，清爽的河水轻柔地梳理滋润着我酸软的肌肉和神经。天空仿佛就在我面前触手可及，照亮张若虚的春江的月华，此时此刻，便揉碎在这浅浅的河水里。整个心是那样的沉静，仿佛什么都不想，又好似什么都想。我忽然对日间的酷热萌生一份感激。如若没有那番炙烤，怎会有此等惬意。

走在回家的路上，夜已经有一两分深了。河里嬉闹的男孩子已没有了声响，打麦场上响亮的谈笑已有些阑珊。远处，沟坡的杨树林里捕捉金蝉的灯光也近乎零落。故乡在这夏夜里垂下瞌睡的眼睑。夜风习习，日间熏熏的热浪尚未全然退去，余波在夜色中缓缓袭来，虽说已弱减了那焦灼的热力，在我走进小院中的时候，额头竟又布了一层细碎的汗珠。

月亮已经升起来了，明亮的月光泼泼洒洒地流淌在小院里，母亲点燃的蚊香袅袅娜娜地把青蓝色的裙裾长长地舞动。高的树，矮的菜蔬，都沉浸在一份静谧中，就连背光处的暗影，也分外地柔和。高大的白杨树在深蓝夜空的映衬下，凝成一团浓郁的沉默，被蝉喧闹了一天，许是累了，静静地不愿扇动一片叶子，像极了一位陷入沉思的哲人。它身后的夜空分明地亮，如高高地平铺了一层浸透水的绸缎。在圆月清辉的轻抚下，缀在上面的星，或远或近，或大，或小，都思虑着很是微妙甜蜜的心事。阴晴圆缺，悲欢离合，是力拔山兮气盖世的霸王别姬的豪迈悲壮，还是梧桐更兼细雨易安缠绵悱恻的愁绪，星无言，月无语。凝神处，小虫唧唧啾啾，一缕凉凉的清新的香气，依稀仿佛。

一棚丝瓜，三五架黄瓜、豆角，间杂几垄茄子、辣椒，在父母辛劳的抚育下，它们在小院中栖下身来，于这无尽的时光河流中和我在此相约。这院落原是一处苇塘，是父母在冬闲的时候，用牛车运土，一点点填平的。也曾有一个省力的机会，附近的引黄渠用泥浆泵清淤，可父亲说那样淤积的土不透气，长不了东西，随后作罢。于是，苍黄的天幕下，父母，牛车，在冬天铁青的寒风中，凝成一座雕塑。而今，那时的辛劳换作这一院葳葳蕤蕤的繁茂。农家简朴的日子没有水晶帘，可这一院的香气却比蔷薇要来得实在，来得厚重。

窗前那一树石榴，和这小院同龄，当年纤细的枝条现如今已如滴入清水中的一滴墨水，荡漾开来，开出一树笑语嫣然的花朵。残褪的花朵窸窸窣窣地飘坠，辉煌的怒放输给岁月的悠长。只待那长空一声雁鸣，震落这雍容蓊郁的繁华。江畔何人初见月，江月何年初照人。仓央嘉措那触摸经桶的指尖，是否在此时此刻抚弄了这一院的清香。也曾为荷塘一叶碧盘上的流珠凝眸，也曾因了一幕细雨莫名地缠绵了愁思。月下，沐浴在这一瀑清辉里，日间沉积的那厚厚一层焦灼琐事，悄然荡涤。心生一念清净，映日荷花便别样红。情随湘水远，梦绕吴山翠。即便密意无人寄，且将一丝幽恨盛于这白玉盘中，任由如水的月华清洗。

万物有情，一株小草，一粒微尘，都有一份独有的思想。这一瞬，与我相守的这月、这星，这植株、这小虫，乃至那亿万无名的生灵，高贵与卑微、长久与短暂，俱皆消融在这悄然升起的一层薄薄的清雾中。

看到即将燃尽的蚊香，忽想起去年秋天在那个位置曾有一堆未剥皮的玉米棒子。那也是一个有月的夜晚，带着儿子回家来，母亲正在剥棒子皮。见状后，我慌忙赶过去和母亲一起剥，并且招呼儿子过来帮忙。12 岁的儿子扭捏着过来剥了几个便说手指疼。母亲笑着说："算了，他自小没有干过活儿，别难为他了。"我对儿子说："你奶奶是这世界上最幸福的人啊。"母亲不解地问为啥，我接着说："您现在什么苦都能受，什么脏活儿、累活儿都不觉得是苦，这不是幸福吗？”母亲说：“那是，就是现在让我要饭，我也去。”儿子问什么是要饭，母亲说：“问你爷爷去，你爷爷要过饭。”说完，母亲笑了。

一愣神儿的工夫，感觉有些微凉，抬眼望月，已西斜。

本文2016年6月获“中华魂夏之声”散文大赛三等奖

谨以此书献给我挚爱的妻子吕爱青